张衍——著

编涯 拾掇

bian ya shi duo

文汇出版社

目　录

第一辑

第二辑

第三辑

4

6

第一辑

一本好书，从封面开始

在图书出版的过程中，图书封面的审核工作是一个非常重要的环节。

图书封面的设计和创作，需要责任编辑和美术编辑对图书内容的精准把握，对图书审美价值和内在张力的透彻理解，才会创作出优秀的作品。一幅优秀的封面，可以是一幅典雅的图画、一幅精美的艺术品。

在实际工作中，有些封面设计存在这样或那样的问题，破坏了图书的美感，甚至给读者带来不好的感受。近年来，随着出版新人的增加，对封面美学的内涵和视觉元素的运用有了新的理解，尤其是出版社与民营工作室的合作日趋广泛，封面设计、制作出现了许多新的变化，这些都是可喜的现象。但是，不可否认，也带来了新的问题。如何消除封面中存在的隐患，有效避免图书封面的瑕疵，甚至是"技术陷阱"，是图书三审尤其是终审必须严格把关的关键点。

一、树立牢固的政治意识，把好图书封面的导向关

习近平总书记指出："文化是一个国家、一个民族的灵魂，文化兴则国运兴，文化强则民族强，没有高度的文化自信，没有

文化的繁荣兴盛，就没有中华民族伟大复兴。"图书出版作为文化事业的一部分，承担着传承优秀文化传统、提供优秀文化产品、促进文化交流的神圣使命。图书产品是一个国家、一个民族文化的高度凝练和体现，是文化自信的最好展示，因此，每一个出版人的肩上都担负着光荣的使命和巨大的责任。

图书封面的设计和制作，在整个图书出版流程中具有极其重要的地位。图书的封面，是出版社学术核心的外在表现，也是图书精神内涵的集中体现，更是图书美学价值的集中体现。书的封面，是图书出版后的第一视点，带给读者的第一印象，是大众审美的引导者和文化倾向引导者，是社会主义核心价值观的传播者。因此，图书封面的审核与把关，是图书出版中一个极其重要的环节，具有举足轻重的作用。

二、鼓励创新突破，坚守业务底线

改革开放40多年，同其他领域一样，我国的图书出版也迎来了繁荣发展，图书品种越来越多样化、图书制作更趋精美，精品频出，佳作不断，极大地丰富和满足了人民群众日益增长的文化需求。

随着时代的发展，尤其是互联网时代的到来，读者市场的分流给传统出版带来了巨大的冲击，人们对图书产品的要求和期待也越来越高，给图书出版带来更大的挑战。而一本书除了选题本身的影响力之外，图书封面的设计和制作也是关键的一环，毕竟这是吸引读者的第一视点。我们欣喜地看到这几年图书封面设计的创新和发展，看到了更多"最美的图书"。

然而，不容否认，在"创新"的冲动下，也存在一些新的问题，下面是我根据 10 多年的封面审核经验，提出的一些看法，供同行参考。

1. 书名、副书名

书名和副书名应该完整、醒目、言简意赅。一本书的书名是图书内容的高度提炼，是一部作品的点睛之笔，好的书名让人过目不忘，甘之如饴，回味无穷。副书名是正书名的有效补充，恰当的副书名就像绿叶，能给正书名起到锦上添花的作用。

但是，现在有些图书的书名却起得令人不敢恭维，比如有些书名像绕口令，不把读者绕晕不罢休；有些书名像高考题，让你绞尽脑汁；还有些书名仿如脑筋急转弯，让读者云里雾里……现在似乎流行长书名，甚至是超长书名，所以在封面设计上就产生了问题——如何断行？按理说，一本书的书名作为一个完整的元素，不能随意分割，即使要分行，也必须合理断行，字体字号统一，容易辨识。但现在有相当一部分图书，书名起得很长，而且还随意切断。更加令人感到不可思议的是，有的头尾字体不同，有的头尾字号各异；甚至一个书名，前半部或后半部作为图案装饰，留下剩余一半吸人眼球，让读者误判；更诛心的是或者干脆截取其中一段文字，放大字号，标出醒目色，如此达到引人眼球的目的。超长书名的问题应该引起重视，要从源头上重视，报选的时候就应该慎重判别是否符合图书的内容，如为了增加噱头或营销，则须加以防范和杜绝。

副书名又叫解释书名，是对正书名做进一步解释或说明而一般不独立使用的书名。副书名的摆放位置，通常有两种：一种是作为眉题，放在正书名的上端；另一种是常规的用法，置于正书名的下方。无论哪种方式，都必须和正书名保持合适的距离。现在有些图书，为了营销，在副书名上动足了脑筋，有的把正书名缩小、弱化、淡化，而把副书名置于醒目和突出的位置，本末倒置，误导读者。

除了以上的问题，书名字体的选用也成了所谓"创新"的借口。比较突出的有两点：一是字体怪异，吸人眼球；二是滥用书法，鱼龙混杂。

封面字体应以端庄美观、符合读者审美倾向为主旨，切忌张牙舞爪、奇形怪状，违背汉字书写规律，拙劣夸张，观感不佳，尤其是部分类型文学的图书，字体变异、夸张、惊悚、低俗甚至恶心，实不可取。

书法作为我国优秀传统文化的一种艺术样式，使用得当，会给人带来美的享受。好的书法作品让人赏心悦目，常用于艺术类图书。不过现在扩展到几乎所有类型的图书，尤其是所谓"名家名人书法"的题字题词，有些编辑甚至允许使用作者自己的书法，不仅未给图书加分，反而起了反作用；书名的作用主要是让读者对图书有个原始判断，可有些"草书"真的是"草"到了乱花迷眼、雾中看花，辨不清面目的地步；还有些所谓的书法，可以说是真正的"献丑"。

图书的书名和副书名经常会用到拼音和外文，如果是引进版图书，使用原著国家的文字，不仅贴切，而且便于读者查询，有些引进版图书连封面都是直接"拿来"。不过，本土作者创作的图书，还是应该以拼音标注为宜，有些本土图书赶时髦，给书名配上外文，反而是不土不洋，胡乱搭配，给人以滑稽之感。

2. 作者名、译者名

作者的署名是图书封面的一个关键元素，是图书著作权的一种表达方式。无论竖排还是横排，正确的方式是放在图书书名不远的适当位置。现在有些图书的封面设计，把作者名字与书名割裂开来，摆放随意，极端的甚至摆在出版社名正上方，有些干脆连作者名都在封面上消失了。

3. 出版社名和社标

出版社名和出版社的 LOGO（社标）一般同时放在图书封面的下方，现在有些出版社只在书皮上标出社名，而在书脊上才同时放置社名和社标；更奇葩的是有些图书封皮上的社标和社名莫名其妙地消失了。个人以为，在这个注重商标的时代，出版社的社标也是一种品牌展示。在我国出版界，有不少历史悠久的出版社，其社标以设计高雅、独特而深入人心，具有很强的辨识度和品牌知名度，轻易放弃在封面上的位置，或许是一种战略上的失误。反过来，现在有很多民营工作室，在封面的设计上，就非常注意自己的品牌形象，不仅在书脊顶端位置显眼摆放醒目的标志，还在封面制作上加强一致性和连续性，同时，千方百计地在封皮、书脊、封底、勒口、书腰等位置展示各种标识，极力强化自身的形象辨识度。

图书封面上的社名和社标是出版社对该作品出版权的重要宣示，也是图书封面的关键元素，它必须是单独的、排他的，不能与其他元素混淆在一起。如今市面上的部分图书，封面和封底布满各种宣传文字和图案，压缩、挤占出版社社名和社标位置，甚至直接消失，这些问题表面上看似乎不大，却是图书专业性的根本体现，应该引起重视。

4. 照片、图片

封面设计离不开照片、图画、线条、形状、色彩等要素，使用人物照片时千万注意肖像权和版权，尤其是合影，必须取得照片中每一个人的授权。特别要注意的是，封面人物不能随意使用党和国家领导人的照片，使用海外人物照片尤其是政治人物照片时，须注意背景审查。使用绘画作品时，注意人物的形象和构图必须符合中国人传统的审美习惯。世界地图和中国地图的使用在图书出版中出现的频率也比较高，无论是作为主体设计还是底纹陪衬，都必须符合国家相关规定的要求。有些图书喜欢在封面或封底上排列章节名，须仔细同内文核对一致；拼音或者外文，是另一个比较容易忽视的细节，尤其是作为底纹装饰的时候，同样必须仔细编校，将差错及时排除。

5. 书脊和封底

书脊上出现的更多是校对问题。在审核过程中，有时会发现书脊的书名或副书名与封皮不一致的情况，或者拼音与外文字母有错，有些可能因为请社外人员设计，所以会遗漏出版社的社标或社名，这些问题，加强校对，提高责任心就可以避免。

封底上常摆放图书内容简介、推荐语、条码、二维码。这里容易出现问题的是内容简介，绝不能把内容简介等同于广告语，忌敏感字词、夸大其词、模棱两可玩暧昧，要有政治敏感，严把导向关，防打擦边球。推荐语应该与推荐者核实，以免未来可能的纠纷，推荐内容应以作品评价为标准，不宜因人情而盲目拔高、吹捧。条码位置应该摆放正确，不能随意挪动。

由于时代的发展，二维码在我国百姓生活中已经得到了极大普及，许多图书的封底（或者勒口处）都会放置一个或者多个二维码，链接作者方或者图书合作方的公众号，以作为图书的延伸阅读、互动、营销等服务。由于我国还未有这方面的相关规定，所以，相对而言这是一个盲区。在这种情况下，作为图书的责任方，无论是责任编辑，还是复审和终审，都应该自觉严格把关，认真审核公众号的内容，不留隐患。

6. 前勒口和后勒口

勒口一般分为前勒口和后勒口，前勒口往往放作者照片和简介。这里要注意的是，作者简介不是作者履历，宜精练，主要介绍学术成就。可有些作者简介已经放了一张清晰照片，后面却还出现"男"或"女"的性别介绍，这就有点搞笑了。有些作者简介的内容甚至详细到小学、高中、出生的村庄名字，满满当当的，却没有多少含金量。后勒口的情况比较复杂，有些是放了出版社已出版的图书介绍或者将出版图书的预告，有些合作类图书却增加了合作方的信息，有些则偷偷地打擦边球，放置图片或文字广告，当然更多出现的还是二维码，因为位置和承载内容的关系，图书后勒口容易成为审核的盲区，是图书封面审核中比较容易被忽视的地方。

三、健全审核制度，关键项一个都不能少

我们所说的图书封面的终审，也称印前审核，通常是一张包含着封皮、书脊、封底和前后勒口的完整打样稿。同时审核的，

还应该有版权页、扉页，如果设计了腰封，也应该一并提供，以便比较审核。这几个要素，记录了该书的几个相同的关键信息，比如书名、副书名、作者名、译者名、出版时间、书号、定价，如果仅凭印象，分开签发，很可能会造成信息的不一致，而这，也是图书出版中比较容易出错的地方。比如封底条码，有时责任编辑为了赶进度，在没有领到书号和 CIP 的情况下，提前委托美术编辑设计封面；美术编辑为了完整体现封面的设计效果，就用一个老书号暂时替代，而付印前一个疏忽，很可能就酿成大错；又如因为分开审核，定价临时改动，忘了统一，结果造成封底、腰封和版权页的定价不一致等，这方面的工作，其实只要具备足够的责任心和认真的工作态度，完全可以避免。

结　语

自图书面世以来，"封面"这一个特点就保留了下来，我国在很长一段时间内，图书被放在书店的柜子里，与读者之间隔着长长的柜台和严肃的营业员，看封面就成了读者判断图书内容和是否购买的最重要参考元素。20 世纪 90 年代以后，图书和读者之间开始了"零距离"接触，封面在商品流通环节上的重要性有所下降，人们可以在书店自由翻阅图书，然后再决定取舍。在网络时代，图书的流通从线下逐渐向线上转移，读者又一次脱离了与图书的接触，封面的重要性再次凸显。无论外部形势怎样变化，只要图书这种文化样式存在，封面的重要性就不言而喻。

一本好书，就从封面开始……

人格结构理论视角下的《重新做人》

奥地利著名心理学家西格蒙德·弗洛伊德晚年时期提出了"三部人格结构"说，在《自我与本我》一书中，他在无意识概念的基础上，把人格结构分为本我、自我和超我三个部分，并指出，这三者的相互作用使人格得以发展。自创建以来，这一人格结构理论就对人类社会的众多领域产生了巨大影响，文学创作与文学批评界也不例外。

在短篇小说《重新做人》中，美国批判现实主义作家欧·亨利生动塑造了一个受爱情感召决定改过自新的盗窃惯犯形象。主人公瓦伦汀从因偷盗坐牢到特赦出狱，从不知悔改到守法营生，再从为施救他人而重操旧业，到最后完成灵魂救赎，其心理变化和人格发展一波三折，引人入胜。欧·亨利描述的这种复杂的人性正是瓦伦汀人格结构中本我、自我和超我三个系统相互影响、相互抗衡的结果。运用弗洛伊德人格结构理论来分析主人公的心理活动和具体行为，有助于读者更好地理解故事发展的合理性与逻辑性，更深切地了解人物性格的发展变化，也有助于增强人们对小人物身上闪烁的人性光芒的认同感。

一、弗洛伊德人格结构理论框架

作为 20 世纪极具影响力的精神分析学派创始人，弗洛伊德早期认为人格结构包括无意识和意识两个部分，后来他对自己的理论框架进行了修正，提出了三重人格结构理论，即，本我、自我与超我。其中，本我是人格结构中最基本的层次，它是无意识的、与生俱来的，由遗传的本能和基本的欲望构成，不为个体察觉，也不受社会道德规范约束。本我受弗洛伊德所说的"快乐原则"支配，是人类活动的内驱力，给人们的心理器官提供力量，带来愉悦的体验。自我是意识结构部分，基本上是经过特殊分化的本我的一部分，通过与现实世界的接触以及后天的学习得到发展。个体通过自我与周围环境产生交互作用，逐渐学会控制冲动，形成理性或正确的判断。自我遵循弗洛伊德所说的"现实原则"活动，是本我与外部世界的中介和仲裁，对非理性的本我需求和现实规范进行协调。自我寻求把外界的影响施加给本我及其倾向，并努力用现实原则代替在本我中不受限制地占据主导地位的快乐原则。[1]超我是人格结构中代表理想的最道德的部分，主要包括内化了道德规范的个体良心和确定道德行为标准的自我理想等。它用自我理想来确立行为目标，用良心来监督行为过程，主要职能是根据社会道德指导自我，限制本我不容于社会规范的各种活动。超我遵循"至善原则"，处于人格的最高层。

本我、自我、超我这三种形态形成了人的完整的人格，是弗洛伊德整个精神分析学说的核心内容。其中，本我是人格中的生理部分，自我是心理部分，超我则是社会部分。人格结构是一种动态的能量系统，三者相互联系、相互作用、相互结合。人格在自我的冲击下，引起本我和超我的矛盾斗争，经过自我调节，使不平衡达到平衡，[2]在相互融合的不断运动变化中得到发展。

二、《重新做人》中瓦伦汀的本我、自我与超我

作为20世纪初期美国最广为人知的作家，欧·亨利的作品题材广泛、构思巧妙、内涵丰富、情节生动，既有对20世纪初期正处于历史变型期的美国社会中种种不公的批判和鞭挞，也有对小人物合乎人性的真善美的讴歌和赞美，表现出了强烈的人性意识。他的短篇小说常为人们津津乐道，譬如《麦琪的礼物》中亲人间忘我的挚爱、《最后的常春藤叶》中陌生人的温暖关爱无不让读者动容。《重新做人》显然不如这些作品那样广为人知，文学评论者也大多只是把它纳入欧·亨利的强盗系列小说中去研读。为了得其主人公人性发展之精髓，本文尝试从人格结构理论的视角来分析盗窃犯瓦伦汀改过自新的心理发展过程。

（一）放任邪性本我，出狱重操旧业

故事一开始，因盗窃保险箱坐牢的主人公瓦伦汀得到州长的赦免得以提前出狱，他接过赦免状时"有几分厌烦的神气"。这是一个有悖常理的反应。一般而言，被判4年徒刑现在只蹲了不到10个月的瓦伦汀应该心怀感激，兴奋无比。但他反而觉得自己被关押的时间过长，对这种程度的减刑颇有些不满。导致这种反差的正是因为此时的瓦伦汀完全由其人格中的本我所支配。本我仅遵循快乐原则，使本能需要得到满足的欲望，思维的逻辑法则无用武之地。本我是不知道价值判断的：它没有善恶，无所谓

道德。[3] 在瓦伦汀看来，不劳而获是可以的，他对偷盗行为没有丝毫的罪恶感，一味非理性、非道德地追求个人需求，完全没有伦理道德、社会规范和法律规章的禁忌。所以，当典狱长告诫他出去以后重新做人时，他可以浑然不觉其善意，大言不惭地声称自己从未砸过一只保险箱。

监狱外"鸟儿的歌唱、绿树的婆娑和花草的芬芳"对瓦伦汀而言毫无意义，他身上的原始的自己正寻求着生存所需的基本欲望、冲动和生命力。酒足饭饱后，他急着去迈克·多兰的咖啡馆取回自己存放在那儿的谋生行头。"他打开箱子，喜爱地望着那套东部最好的盗窃工具"。瓦伦汀的这种喜爱充分说明，本我的职能就是直接释放个体心理能量，以不道德的、自私的、不受约束的方式寻求自身的舒适和满足。因而，尽管法律指望他改邪归正，成为安分守己的好公民，瓦伦汀依然重操旧业，干净利落地犯下了一桩接一桩的盗窃案子，终于引起了侦探本·普赖斯的跟踪追捕。

（二）开启理性自我，收获事业爱情

作为人格结构的理性部分，自我蕴含着理性和正确的判断，它能调节本能要求和现实社会要求之间的不平衡。当瓦伦汀为了躲避侦探的追捕来到艾尔摩尔时，他遇见了安娜贝尔·亚当斯并对她一见钟情。从这一刻起，自我开始调节他的本我，瓦伦汀开始追求与现实相适应的、为社会规范所认可的快乐与满足。他担心一旦被捕可能会产生的严重后果，现实经验和社会环境告诉瓦伦汀，没有一个女孩子会喜欢窃贼。他非常清楚，如果想得到心仪的姑娘的青睐，自己必须控制住偷盗为生的冲动，开始按现实原则行动。弗洛伊德十分形象地把自我与本我的关系比作骑士和马的关系，马提供能量，骑士则骑在马背上，牵制着马的优势力量，引导马的前进方向。于是，"脱胎换骨的爱情之火把吉米·瓦伦汀烧成了灰烬，从灰烬中重生的凤凰拉尔夫·斯潘塞先生在艾尔摩尔安顿了下来"。

通过市场调研后，瓦伦汀隐姓埋名，以斯潘塞先生的身份开了小镇上的第一家鞋店。随着生意的兴隆，他成功踏入当地的社交圈子，以全新的绅士形象结识了安娜贝尔·亚当斯小姐并赢得了她的爱情。不难看出，受现实约束和陶冶的自我在协调本我的本能冲动和周围外部环境的过程中，瓦伦汀理性正直地指引着原始的自己追求社会认可的满足感和幸福感。"他的愿望达到了"，不是凭借非道德的原始的本我，而是依靠理性的现实的自我。从此，他决心过"正直的生活"，因为，他相信，"这才是生活"。他在给朋友的信里还说："现在即使给我 100 万，我也不会去碰人家的一块钱了。"所有源自外部的生活经验都丰富了自我，在本我与自我的冲突中，自我成功地塑造了一位遵纪守法、合乎道德的成功人士形象。

（三）拥抱良心超我，凤凰涅槃重生

弗洛伊德指出，超我与代表外部世界和现实的自我形成对照，他们之间的冲突最终将反映为现实的东西和心理的东西、外部世界和内部世界之间的巨大差别。超我诱导自我用合乎社会规范的目标代替较低级的现实目标。小说里，瓦伦汀的现实目标就是同安娜贝尔结婚，然后把鞋店盘出去，到西部找一个不容易被人翻旧账的地方落脚，老老实实地生活。正在我们读者看着自我

驾驭了本我的时候，一次突发事件使故事的发展来到了冲突的顶点：一个小女孩被关进了保险库，在场的所有人惊慌失措。安娜贝尔向瓦伦汀求助，因为她崇拜他，相信他无所不能。这是瓦伦汀最擅长的"技能"，但是本我借助自我告诉他，绝对不能在众目睽睽之下开保险箱，那样做的后果只会是一种：处心积虑隐瞒的江洋大盗身份曝光，失去心爱的姑娘，失去受人尊重的斯潘塞先生的地位，一切都被打回原形。救还是不救？我们看到瓦伦汀看着安娜贝尔，"露出一抹古怪的柔和的笑容"。此时，超我要求自我去阻止自私、狭隘、只寻求个人满足的本我，超我指引着他放下自己的得失利益。于是，令所有人震惊的一幕出现了：斯潘塞先生又重新变回了瓦伦汀，用手上的盗窃工具灵活熟练地打开保险库救出了小女孩。

作为传统价值判断载体的超我，既代表着约束，又倡导对完美的追求。我们发现，在紧急关头，舍己救人的社会道德力量引导瓦伦汀做出了艰难却崇高的抉择，超我运用良知约束了本我、支配着自我，遵循至善原则，维护了人性的真善美。最后，当瓦伦汀坦然地走向跟随而至并目睹这一切的侦探本·普赖斯准备束手就擒时，他的灵魂得到了真正的救赎，那是品德高尚、闪烁着人性光芒的斯潘塞先生，瓦伦汀如凤凰般涅槃重生。小说结尾侦探装作不认识瓦伦汀放走了他，这是超我的又一次胜利：人性的善与美超越了冷冰冰的法律，欧·亨利再次讴歌了人间温情。

三、结语

以弗洛伊德的人格结构理论为切入点，通过对主人公瓦伦汀人格中本我、自我和超我的剖析，欧·亨利的《重新做人》给我们带来了不同寻常的阅读体验。整个故事发展过程中，在本我、自我与超我的不断冲突和斗争中，三者相互渗透、相互作用，一步步走向统一和谐。最终，理性和道德开始支配瓦伦汀的活动，他的灵魂得到了升华，实现了真正意义上的重新做人。

参考文献：

［1］车文博.弗洛伊德文集（6）［M］.长春：长春出版社，2010（126）.

［2］王光荣.弗洛伊德人格结构理论的演变及其影响［J］.西北师大学报（社会科学版），1994（5）.

［3］车文博.弗洛伊德文集（5）［M］.长春：长春出版社，2004.

An Analysis of "A Retrieved Reformation" from the Perspective of StructuralTheory of Personality

ZHANG Yan

（ Wenhui Publishing House，Shanghai United Media Group，Shanghai 200041 ）

［**Abstract**］O. Henry's "A Retrieved Reformation" is often categorized as the story of bandits which focus on the virtues of nobodies. This paper attempts to study the character of the hero from the perspective of Freudian structural theory of personality. The analysis of the id，ego and superego can help to have a better understanding of the characters.

［**Key words**］Freudian；structural theory of personality；retrieved reformation

金钱诱惑下的欲望与挣扎

——从《错箱记》看空间叙事在文本中的运用

导　语

　　罗伯特·路易斯·史蒂文森（Robert Louis Stevenson）是 19 世纪末英国的浪漫主义代表作家之一，《错箱记》是他和养子劳埃德·奥斯本联袂写作的一部作品。这部作品以奇特巧妙的构思，大胆丰富的想象，引人入胜的情节，幽默诙谐的语言，通过文学变形，以极度的夸张营造出匪夷所思的戏剧冲突，讽刺了 19 世纪英国金钱至上的社会现实。

　　书名《错箱记》（*The Wrong Box*）中的"箱"，在书中有着一语双关的含义：其一是实指引起轩然大波、不停转手的"装尸体的箱子"，其二何尝不是指代当时弥漫着疯狂而浓郁的拜金主义的英国社会？

　　本书试图通过空间叙事的相关理论，从物理空间、心理空间和社会空间三个方面出发，在经度上探讨和解析空间叙事理论在文本中的作用，在维度上深入挖掘文本价值呈现的现实和历史意义。

一、空间叙事理论的变通与运用

"在许多小说中，尤其是现代小说中，空间元素具有重要的叙事功能。"[1]"空间"的概念所对照的是"时间"的概念。在西方的学术体系中，"时间"的"二维性"长期占领着正统而经典的主导地位，尤其在人文社科领域，线性的时间叙述在文本的呈现上具有直观和简洁的美感。无论对诉说者还是受众，阅读的体验在由"一"到"二"的扁平构架中完成情感的释放和接收，从而达成和解与平衡。20世纪中叶起，后现代主义者致力于打破"时间"的桎梏，不再满足于在二维线性上设置悬念和情节，而是试图在三维的立体空间上丰富和张贴各种创作元素，充分利用空间张力，在文本上实现叙事的自由。由此，创作的多样性得到了极大体现。1945年，美国文学评论家约瑟夫·弗兰克（Joseph Frank）的《现代文学中的空间形式》的发表，被公认为空间叙事理论的开篇。其后，不少学者从不同的角度丰富和充实了空间叙事理论，如法国哲学家亨利·列斐伏尔、法国哲学家福柯及加布里尔·佐伦等。正如丹尼尔·贝尔指出："如同时间问题（在柏格森、普鲁斯特和乔伊斯那里）成为这个世纪头几十年里主要的美学问题一样，空间的结构已经成为20世纪中叶文化中的主要的美学问题。"[2]

随着相关研究的深入和发展，对文本空间的划分衍生了众多的分支，但物理空间、心理空间和社会空间这三大领域却始终是空间叙事理论在文本研究中的重点。物理空间包括文本叙事中的自然空间、地志空间和地域空间。自然空间是文本情节发生的基本依托；地志空间包含了房屋、街道、商场、车站等人为建筑，是文本情感的延伸基础；而地域空间则是国家、城市、乡镇的限定，为文本的文化属性提供背书。心理空间包含了梦境、想象、推理、虚拟场景等潜意识行为。社会空间则是人与人之间的实践活动，和由此产生的社会关系。史蒂文森和奥斯本合著的《错箱记》，为我们完美呈现了这三种空间。

二、物理空间的铺陈

物理空间在文本中的表述意义往往在于对叙事的容纳，它既是传统地理学层面上的自然存在，同样也是对应叙述主体的客体，更是文本所有构想放置的外部世界。《错箱记》通过一个又一个物理场景的转换，实现了文本的审美意义和价值评判。物理空间因为有了人的活动而具有意义。正如英国学者迈克·克朗所言："将地理景观看作一个价值观念的象征系统，而社会就是构建在这个价值观念之上的。从这个意义上说，考察地理景观就是解读阐述人的价值观念的文本。"[3]

1. 链条式的独立空间叙事

《错箱记》讲述了一个围绕金钱令人啼笑皆非的闹剧：约瑟夫和哥哥麦斯特曼小时候由父母做主参加了一个 37 名孩子组成的养老金组织，约定由活得最长的那人领取所有的巨额财产。几十年后，只有他们这一对兄弟还活着。约瑟夫和麦斯特曼还有个弟弟，临死前把两个孩子桑蒂斯和约翰托付给了独身的约瑟夫。为了得到巨额财产，成年后的桑蒂斯和约翰故意隐瞒二伯父的"死讯"，并误将他人尸体装入木桶托运，却不料被人恶作剧调换了标签。于是这个木桶被送到一个又一个倒霉蛋手中，麦斯特曼的儿子迈克尔识破堂兄弟的诡计后，设下了圈套，由此引发了一连串的荒诞故事。

在《错箱记》中，"箱"本身就是一个空间，一个个不同的"箱子"在不同的人手中，辗转于不同的物理空间。所有的空间既是独立的，又在时间线上形成链条，最后回到出发的地点，形成一个闭环。这种叙事方式，在斯蒂文森的其他创作中并不多见。无论是《新天方夜谭》《金银岛》《化身博士》还是《诱拐》，都是在时间的二维上进行元素的创作，以时间推进情节、以情节构置悬念、以悬念的破碎丰富叙事。而在《错箱记》中，时间被极大地弱化，文本的表达在垂直向度上以链条式的空间呈现有序展开；空间的独立和堆叠引导着叙事，反过来强化情节向纵深推进。从桑蒂斯和弟弟约翰第一次把尸体装进木桶，到珠丽雅收到装着神秘雕塑的大箱子，再到"失败的美术家"匹脱曼的大钢琴，最后到葛地虹转移尸体被马车夫抢走，每一次令人哭笑不得的尸体调包，都是一次人性的煎熬和考验。桑蒂斯和弟弟约翰为了获得巨额遗产，在以为二伯父约瑟夫"死亡"后，毫不犹豫地将一个陌生人的尸体藏进了木桶。这或许是下意识的冲动，但其根本还是出于对金钱的贪婪。在这里，作者精准地捕捉到当时弥漫于整个英国社会的拜金主义风气，并进行了无情而辛辣的嘲讽。外表绅士、气度优雅的艺术家匹脱曼从国外偷运雕像，不料阴错阳差收到了装有尸体的木桶。在迈克尔的鼓动下，竟然把尸体装进了钢琴，绞尽脑汁设下圈套送到了葛地虹的家。其道貌岸然的外表下卑鄙龌龊的人品，被作者扯下了华丽的遮羞布，毫不留情地予以鞭挞。而葛地虹发现家中凭空出现的钢琴，作为年轻的出庭律师，第一时间想到的却是如何保护自己的名声。他化名雇了一辆运货马车转运尸体，不料却被强盗以为是贵重物品抢走了。这一个个独立的空间，叙事的局部连贯性似乎有所散逸，人物描写从单体到群像，弱化了文本主体视线的聚焦。实则不然，空间的独立在作者的笔下从属于主题的统一，空间的串联让所有叙事具备了跌宕起伏和意味深长的韵味。"箱子"的"错发"，是空间的自然转化和跳跃，也是文本叙事的内在逻辑的合理演绎。

2. 拼图式的辅助空间描写

在垂直向度上，链条式的空间叙事让文本的脉络走向清晰，而拼图式的辅助空间描写，又让文本的叙事具有了延展的张力。

回到故事的开头，火车出轨现场，是第一个自然的空间——贪婪引发"死亡游戏"。为了得到巨额遗产，桑蒂斯对弟弟约翰冷血地说道，"我打算玩的把戏可以无限期地玩下去——一直玩到天国来临的时候"。面对亲人离世，两兄弟不仅没有丝毫的悲伤和怜悯，反而在第一时间想着如何隐瞒死讯。人心的丑陋在这一刻，被作者以冰冷的文字解剖出来，让人不寒而栗。在这里，提供木桶的农舍和搞乱了标签的火车厢以及混乱的火车站，作为必不可少的辅助空间，让故事有了一个毛骨悚然的开头。另一个重要的辅助空间是匹脱曼的家——恐惧滋生恶念。当匹脱曼在等待从国外运来的雕像时，却发现自己收到了一个装有尸体的木桶。本着体面人的身份，他决定"除非在我的律师面前，否则我绝不打开它"，所以他找到了律师迈格尔。当两人打开箱子发现尸体时，迈格尔否决了匹脱曼报警的想法，而是提供了钢琴藏尸，准备偷偷地栽赃竞争对手，并毫不在意地说"他是无罪的，你知道。我亲爱的匹脱曼，人们犯了罪，只有碰得不巧的时候才会被处绞刑呀"。作者以辛辣的笔触，描写了一个漠视法律的律师的无耻嘴脸，以黑色幽默，剥开了资本主义社会所谓的法治外衣下丑陋的本质，从而让这部被称为"热闹喜剧"的作品具有了深刻的现实主义内涵。同样重要的辅助空间还有年轻的律师葛地虹的家——脆弱意志诞生活报剧。当葛地虹发现钢琴里的尸体后，他想："报告警察，这不就得把他自己好些特别的行径公之于世吗？"于是，"葛地虹心里决定下来了，他不想去找警察"。而是下了决心，把尸休抛到河里去。这一段描写，与作者之前给读者刻画的那个生气勃勃、富有爱心、正直不阿的形象形成了强烈对比，进一步彰显了人性的丑恶。在故事的尾声——一辆载有藏尸钢琴的货运马车被强盗劫持而去的时候，文本的完整叙事留下了一个充满黑色幽默的悬念——没有终点的罪恶旅行。

空间叙事赋予文本创作以极大的自由，使叙事有了张力和质感。而物理空间的灵活运用与变通，又让故事立体而饱满。

三、心理空间的弹性

美国学者福克尼（Gilles Fauconnier）认为："心理空间是当我们思考和谈话时，为达到局部理解和行动目的而建立起来的概念包。"[4]如果说物理空间建构了文本的叙事框架，那么心理空间则实现了对内容的支撑。它是外部现实世界在人物内心的映射，是情感符号的分类和标贴，同样也包含了文化的隐喻和价值取舍。

1. "死亡"的自我构建

不可否认,在《错箱记》这部作品中,"死亡"是一条贯穿文本的主线,串联起所有的空间。但真正的死者,却是那个穿着打扮仿如二伯父的不知名的男子。其他的"死亡",都是相关人物的臆想,更多的是一种标签意义。桑蒂斯从车祸中醒来,不经仔细辨认就理所当然地认为"二伯父"已经"死亡"。这种先入为主的心理预设,源自潜意识对巨额遗产失去的恐惧,其后所做的一系列行为,即是对这种潜意识思维的呼应和反动。正是在这种先入为主的心理驱动下,一向颇有算计和精明的桑蒂斯,才会疏于查验,错认尸体。无独有偶,在作者的笔下,年轻的绅士葛地虹是一个勇敢、热情、富有正义感的律师,并优雅而高尚地爱着桑蒂斯和约翰的"妹妹"珠丽雅。但突然出现在家中的钢琴和其中来历不明的尸体,让葛地虹彻底暴露出了真面目。在反复权衡得失,经过一晚上的痛苦思考后,他得出了结论:"我一定会受到羞辱的! 为了一张 5 英镑的钞票,我把前途毁啦。"于是,他"心里决定下来,不去找警察"。而当他在住家船上不期而然遇到心爱的女孩珠丽雅时,为了不暴露行踪,躲在了狭小船舱的桌子底下。可是,托运的尸首快到了,"这一来,免不了要上绞刑台了"。困境下的葛地虹忽然感到:"痛苦的是珠丽雅的不堪言述的轻率。那姑娘简直会跟随便什么人交上朋友,她没有什么矜持,没有一点高贵妇女的金玉其外的仪表……"这一段心理描写,生生地把一个自私自利、心理阴暗、视爱情为玩物的登徒子刻画得淋漓尽致。作者的高明之处,即在于突然面对"死亡"时,让每一个当事人通过心理空间的自我构建,得到自我减压、自我催眠、自我放纵。如果说物理空间的铺陈给叙事提供了技术框架的硬支撑，那么，毫无疑问，心理空间的叠放让这些框架内部具备了无限的弹性。

2. 自我暗示的"犯罪逃亡"

在物理空间和心理空间上，《错箱记》巧妙地并置了两条逃亡线索：一条是尸体的"逃亡"，而另一条则是相关人员的"心理逃亡"。弄丢尸体后，出现在读者面前的桑蒂斯"像是一个发狂的人了，苍白、憔悴、眼睛血红、下巴颏上长了两天没刮的胡子"。摆在他面前的是两条路："在未能提出二伯父死亡的合法证据之前，他简直是个不名分文的流浪者——然而只要他一提出证据来，就永远得不到那笔'通蒂会'的养老金了！""要是那样，我就得坐牢……"于是，桑蒂斯在纸上把所有的"坏处"和"好处"进行了对照，一系列心理煎熬和情绪挣扎之后，对金钱的渴望超越了恐惧。为了减少损失，他拼命练习二伯父的签名，甚至鼓起勇气去银行冒领钱财……另一个倒霉蛋葛地虹，为了摆脱尸体，煞费苦心地给自己策划了一个剧本：一个音乐家，带着一架大钢琴到住家船上进行创作，然后失踪了……每一个人都认为自己是"聪明的"，是可以戏弄警察、玩弄法律于股掌的——是可以掌握"尸体走向"并让自己完美脱身的。这种心理暗示，让"聪明人们"采取了一个又一个愚蠢至极的行动。这种自欺欺人的"心理逃亡"，以及由此引发的后续，让人物充满了滑稽感，也让文本的喜剧效果达到了不可思议的荒诞顶点。此外，在《错箱记》中，面对死亡，暴力元素贯穿始终，既有外部暴力，如尸体的偷盗、转运和掠夺；也有心理暴力，如阴谋、栽赃和陷害。

所有人都试图用一种极端的方式去解决问题，良心和法律被抛在了脑后。为了让自己摆脱"尸体"的麻烦，保护金钱或自己至高无上的"名声"，每个人都不惜铤而走险，在犯罪的边缘疯狂走钢丝。"暴力正是空间这个奇怪的身体的命脉。暴力有时是潜在的，或者准备爆发的；有时则呈爆发状态。"[5]这种暴力元素的存在，符合人物的心理逻辑，在空间叙述上顺理成章。

斯蒂文森的其他作品充满冒险、勇士精神或奇幻色彩，以浪漫主义回避现实，但在《错箱记》里，借用文本的心理空间，作者对现实世界进行了尖锐的讽刺、嘲弄和鞭挞。荒诞的情节下，是当时社会的反向投射，直指读者的心灵痛点。

四、社会空间的杂糅

相对于物理空间和心理空间，社会空间没有明确的边界，更多的是文化意义上的分类。社会空间中每一个社会成员都自带文化属性，它不是静态的客观存在，而是在彼此的交错、相融和互动中自然形成的。

19 世纪末期，随着英国工业革命大发展给资本主义社会带来的冲击，长期被掩盖的社会矛盾和民族矛盾冲突越发激烈。反映在文学创作上，批判现实主义成了主流，而浪漫主义文学也更多地映照现实。《错箱记》的题材同样适合现实主义的表现手法，但斯蒂文森熟练运用幽默夸张的笔法，来讽刺和嘲弄拜金主义者。正是基于此，《错箱记》描写了当时英国社会的一群小人物构成的社会群像。被误认死亡的约瑟夫，是一个热衷演讲和旅行的老头。他收养了早逝弟弟的孩子桑蒂斯和约翰，同时，还收养了陌生听众送来的遗孤珠丽雅。当桑蒂斯和约翰长大后，约瑟夫"为了准备交卸保管责任，查看一下账目，却惊恐地发现他弟弟的财产交给他经营之后，别说没有增加，即使把自己全部财产毫无保留地赔给他的两个被监护人，还仍然短少7800磅"。这也成了桑蒂斯怨气的由来，认为自己一出生就受到了不公平待遇。为了弥补损失，他只能寄希望自己的二伯父活得更长久些。而竞争对手堂兄——迈格尔发现桑蒂斯的计谋后，将计就计设下圈套，并最终成为最大的赢家——无论二伯父还是自己的父亲哪个得到养老金，都是他的。年轻的律师葛地虹，富有朝气、对社会和未来充满了理想，可是一具突然出现的尸体，却差点毁了他的爱情和生活。而那个中士，灌醉车夫并抢走了他的钱和装着钢琴的马车后不知所终，成了这个故事的神来之笔。作者不可思议地放弃了这条线索，就是因为作者认为作为道具的"箱子"已经不再重要，而围绕"金钱"铺开的错综复杂的社会关系以及由此暴露的人性，才是文本价值的重点。同样，在社会空间的处理上，尸体走向的消弭，意味着叙事在时间顺序上发生了中断，空间叙述开始转向，加强了文本叙事的层次感和丰富性。

另一方面，当时正处于资本主义工业化初萌状态的英国社会中，不同的利益群体裹挟着不同的阶级诉求，不同的文化思潮和文化形态激烈碰撞，最终却在对金钱的贪婪和欲望上达成了惊人的社会共情。在这一个时期的西方文学作品中，解剖人性的善良和鞭挞金钱的丑陋成了永恒的主题。《错箱记》中作者为我们勾画的英国小镇，同样也是当时英国大社会的一个小缩影。主人公桑蒂斯原本善良，希望能过上一种安静、体面的生活。可是，当他发现自己一出生就"被剥夺了"财富，他的心理逐渐产生了扭曲。虽然他和弟弟约翰，还有一个没有血缘关系的妹妹珠丽雅跟二伯父住在一起，"表面上像是一个家庭，实际上只是一个财务上的结合体"，没有任何亲情可言。二伯父更不过是他"不惜以任何牺牲来保护的担保品"。正是基于这样的社会角色判别，所以火车发生事故后，桑蒂斯才会以一种匪夷所思甚至是下意识的速度判定二伯父死亡，并且开始"跟整个社会作战，同时，以毫无经验的手，指挥一桩范围很广，头绪纷繁的阴谋"。在这里，作者通过对人物社会关系的白描梳理，让荒诞的情节有了令人信服的现实生活基础。就其根本而言，社会空间并不是独立的客观性空间，它更多的是人类活动的历史痕迹和文化环境的集成，是人类意识形态和文化修养在群体性社会活动中的投放，也是一种群体意识空间。社会空间的发展，在一定程度上反映和构成了社会文化空间的发展，与其历史发展的趋变形成一致。人类的社会活动本质上是一系列匹配性价值交换的总和，而共同价值的形成，就是社会空间文化属性的基础。在《错箱记》中，作者以娴熟的技巧，生动的语言和活灵活现的描写，让小镇生态跃然纸上。作品中的其他人物，如珠丽雅的淳朴、匹脱曼的伪善、迈格尔的狡诈、约翰的愚蠢、约瑟夫的话痨，互为关联又互相独立，构成了社会空间的鲜活群像，推进着情节的演绎，使文本的阅读极具魅力。

结　语

　　《错箱记》完美展现了空间叙事在文本中的变通及运用：物理空间让叙事主体有了环环展开的基本依托，而心理空间让文本的从容叙事有了充足的弹性，社会空间则在人文向度上让作品有了历史的厚重感和现实意义。作者巧妙地利用三种空间的合理布局，使演绎有序展开、层层推进，人物形象栩栩如生，内心刻画丝丝入扣。而风趣幽默的语言和出人意料的结局也功不可没，最终造就了这部经典作品。今天，当我们重读《错箱记》，发现虽然时空已变，但是资本主义社会中人们对金钱的追逐和贪婪仍然一以贯之，如同复刻。文学不朽，这就是一部优秀作品的价值所在。

参考文献：

［1］尤迪勇.叙事学研究的空间转向［J］.江西社会科学，2006（10）：61-72.

［2］哈维.后现代的状况：对文化变迁之缘起的探究［M］.阎嘉，译.北京：商务印书馆，2003：251.

［3］克朗.文化地理学［M］.杨树华，宋慧敏，译.南京：南京大学出版社，2005：28.

［4］Gilles Fauconnier. Mental space：aspects of meaning construction in natural language［M］. Cambridge：Cambridge University Press，1994.

［5］列斐伏尔.空间的生产［M］.刘怀玉，译.北京：商务印书馆，2021：409.

关于网络攻击的伦理道德研究

引　言

在当今的信息时代，战争方式和规则都发生了巨大的改变，网络这一新型武器的特殊吸引力令众多国家难以抗拒。世界上许多国家纷纷成立特定的军事组织和机构，专门负责数字领域的冲突。毋庸置疑，网络冲突将在全球安全态势中占据越来越重要的位置。新的冲突形式也给世人带来了一个新的课题：如何解决网络冲突中的伦理道德问题。为此，我们首先必须对什么样的网络攻击构成武力使用做一鉴定。

1. 判别网络攻击构成武力使用的标准

网络冲突的影响有大有小，并非所有网络冲突都能构成武力使用。一般而言，如果预判使用计算机会造成人员伤害或其他损毁，计算机就是一种武器，实施计算机网络攻击就是一种武力的使用。与入侵某个地方政府网站致使其半个小时无法访问相比，破坏整个城市的红绿灯交通体系导致车祸频发显然影响更大一些。因此，仅仅简单地分析某次网络攻击是否涉及使用武力似乎失之主观，需要设计一个框架来衡量某次网络攻击是否构成武力使用。

武力使用有别于经济和外交等柔性手段，有学者提出了一些参考标准来区别这两种手段，以结果谱段为衡量指标，从高级到低级分别代表武力使用到柔性手段的使用。[1] 其中，从后果严重程度来看，造成人员伤亡或财物损失的行动通常可视为使用了武力，因为一般断绝邦交关系或经济制裁都不会引起人员伤亡；从后果产生的时效性来看，武力使用的后果一般会即时呈现，而柔性手段的影响可能有一个较长的间隔期才会有所体现；从行动和结果的关联性而言，武力攻击造成的后果通常可以直接回溯到某次行动，而柔性手段带来的影响可能很难直接将其归于某次特定的攻击，常常会通过其他方式体现出来；从行动的发源地和目标地而言，武力攻击一般会跨越目标国的国界，无论是实质上的还是虚拟的，一般认为，经济制裁等柔性手段不具侵略性，而使用武力通常是侵略性的；从后果的可量化性而言，要统计武装攻击的可能性较大，可以通过伤亡人数和财物损失进行量化统计，而非武力手段常常很难用具体数字来衡量一次特定行动所造成的损失；从行动的合法性来看，《联合国宪章》规定，只有当武力使用是出于自卫时，国际社会才认可其合法性，也就是说，为了防御使用暴力或网络入侵行为时，被攻击方可以使用类似武力的反击行为。而非武力使用一般被视为是合法的，没有什么特别的禁止法规；从行动后果与行为体的责任性而言，武力攻击一般可追溯至某个国家行为体，责任更易归结于国家。

当一种网络攻击看起来符合武力使用标准，对目标国构成了和平威胁或侵略行为时，按照《联合国宪章》的规定，一个国家可以做出物理或网络反击。

2. 网络攻击的特点

不同于传统的武力使用，网络攻击具有以下几个鲜明的特点：

2.1 隐蔽性

由于网络是无国界的，这就使得网络攻击极具隐蔽性。毋庸讳言，黑客之类的网络高手大量存在于民间，他们可能纯粹出于好奇或恶作剧的心态发起网络攻击，于是，网络攻击的前线阵地很有可能会出现在非洲某个城镇的一个公寓楼里。与传统战争很不相同的是，网络冲突中被攻击者在很多时候甚至无法确定入侵者的真实身份和行动目的，也很难采取手段进行报复性回击。很多网络攻击可能来自友邦国家或者中立国的某个服务器，无法追溯攻击源头。有时好不容易查明了攻击发起源，却发现早已人去楼空，只剩下一个空壳。签订于 1868 年 12 月的《圣彼得堡宣言》规定："考虑到文明的进步，应尽可能减轻战争的灾难；各国在战争中应尽力实现的唯一合法目标是削弱敌人的军事力量。"[2] 因此，一旦这种网络攻击殃及普通平民，从伦理道德的角度而言，就会出现相当大的风险。

2.2 便捷性

网络攻击的另一个显著特点就是便捷性，即无须任何实体空间的兵力部署，事先也不会显示任何征兆，可以在瞬间加快攻击节奏，随时提高攻击的幅度与强度，达成攻击的突然性，令人防不胜防。一般而言，网络技术无论怎样发展，防御技术总是无法超越网络攻击技术，这种网络防御技术的滞后性使得网络漏洞无处遁形，网络攻击也就具备了技术上的便捷性和突然性。

另一方面，网络攻击具有极强的机动能力。得益于网络的开放性和无国界性特点，网络信息相较于传统兵力和火力而言机动性更胜一筹，其零距离和光速度的便捷性极具诱惑力。

2.3 不对称性

网络攻击的不对称性显而易见。从技术的角度而言，一个经济落后国家或地区的超级黑客能对传统军事强国的网络系统造成毁灭性的打击，而后者的网络防御系统则完全可能形同虚设。因此可以说，信息化程度越高的国家越有可能在先进的网络进攻技术下表现得不堪一击。从经济投入的角度来看，网络攻击的不对称性更加不言而喻，攻击发动者无须耗费巨资生产航母或隐形战斗机等先进的武器，只要掌握了一定的网络技术，贫困国家或少数几个恐怖分子就能对超级大国发动进攻。一个失业的黑客可以在家一边喝咖啡，一边入侵美国国防部窃取机密，美军的最新战略进攻和防御计划如其囊中之物。而美军想挽回损失则可能需要耗费百万甚至几亿美元。

3. 网络攻击的道德困境

《联合国宪章》及其他的一些国际法在限制国家发动战争和威胁使用武力的同时，也明确了合法使用武力的例外情况。"战争只有作为对不合法行为的反应，也就是说，只有作为国际法所规定的一定的国家行为的反应，才是被允许的。"[3] 从传统意义上来看，一个国家出于自卫进行的战争在道义上是被许可的。当一个国家的领土完整或政治独立遭到威胁时，它能否对其敌国的网络系统实施攻击？对军地两用的通信和电力等重要基础设施进行网络攻击是否合乎道德？当第三国的计算机被敌国远程操控用于攻击某国时，该国家能破坏第三国的网络系统吗？在网络空间中，法律和道德相互交织，正如著名历史学家杰弗里·贝斯特所指出的那样，战争法始于伦理道德并始终与之相伴。

鉴于网络攻击的匿名性和便捷性，网络攻击的伦理问题越来越引起大家的关注。迄今为止，大多数武装冲突法的制定都是针对实质性武器的使用，但是又通常并不局限于某个领域，因此，现有法律是否适用于网络攻击一直备受关注。在这种前提下，假如技术手段能提供充足的信息，证明某次网络攻击造成的具体损害，或者查明某次攻击的实施者，就能有明确的法律依据来界定网络世界里发生的武力使用和武装攻击。而事实上，攻击者信息的缺失成了一种明显的法律和伦理障碍。长期以来，人们对核武器和生化武器的争议主要集中在其破坏性和杀伤力，也即它们与常规武器所带来的后果在程度上的区别。同样，如果网络攻击仅仅也只是其影响程度的区别，那么其伦理道德性完全可以用现有的法律法规来衡量。按照交战正义法，关于网络攻击的合法性和道德性问题并不是指是否看起来像使用了武力，因为武装力量是可以使用的，而是指攻击是否符合一般认可的原则。

4. 网络攻击应遵循的道德标准

那么，网络攻击到底应该遵循怎样的道德标准呢？先来看一下传统战争的伦理标准。一是必须区分战斗人员和非战斗人员，即只有一个国家的常规军队人员可以使用武力，他们必须突出自己的身份，不能拿平民或平民财产当挡箭牌。"杀害无辜非战斗员是非法的，因为进行正义战争的依据是遭到侵害，既然无辜者未做出侵害行为，军事行动就不得以他们为目标。"[4]二是军事必要性，也就是被攻击目标必须直接参与战争或者产生军事利益。三是相称性，即袭击一个合法的军事目标时，对非战斗人员和平民财产的间接损伤应该与可能获得的军事利益相称。四是不能滥用武器，应该避免使用不能准确定位目标的武器。五是不能造成过分伤害，即不应使用会造成灾难性以及无法治疗的伤害的武器。六是不能滥用相互信任的欺诈行为，即不应利用受保护的标志使军事目标免受袭击，也不应诈降或发布伪造的报告停火。七是中立性原则，即中立国家不帮助交战任何一方的国家，否则他们也会成为合法的攻击目标。[5]

前三条原则主要说明战争的实施者应该是军队，攻击的目标必须是军用的而非民用的对象。应用到网络攻击中，则主要指应尽力避免对远程通信、交通运输和金融系统等重要的民用基础设施造成破坏，不能对非战斗人员和平民财产造成间接损害。虽然计算机入侵和拒绝服务攻击能很精确地实施，但鉴于不能滥用武器原则，须禁用大多数病毒和蠕虫等网络武器。因为攻击发起者能把这些病毒和蠕虫传播到任何一台缺乏有力防护的机器上。如要使用病毒和蠕虫，则必须对它们进行编码以限制其传播范围。

就网络空间的欺诈行为而言，这种行为颇为常见，例如，在一个带有红十字标志的伪造网站植入特洛伊木马。按照战争法，这种行为是不允许的。中立原则保护那些中立国免受攻击，假设敌人的网络攻击信息包通过一个中立国的远程通信网传输，只要是不偏不倚地向双方提供这种服务，而且中立国只是传输信息包，并不关注其内容，那就不可以攻击该国的网络来阻止敌人的攻击。

此外，在技术层面也可采取一些措施以适应伦理道德标准。

一是网络攻击实施者进行数字签名。如发起网络攻击时必须有明确的不可否认的签名，以确认谁该承担责任以及打算攻击什么目标。国际社会应达成国际协议和网络协议，使其在技术上具可操作性。一旦攻击发生，就能追踪攻击源，并对攻击实施者进行某些形式的贸易制裁、经济惩罚等。

二是网络攻击确保具有修复力。攻击发起者应备份原始数据，并在网络攻击手段上进行必要的约束。例如，使用一种只有攻击者知道的密码对关键数据或程序进行加密，只要解密就可修复损害。常规战争中，进攻一方有义务在成功打击对手后帮助当地战后重建，维护正常的社会秩序和地区稳定，网络冲突中也应如此。

科技的发展常常催生法律和道德的思考，网络发展也不例外。世界各国应通过相互间的良好互动和合作来推动构建网络空间的行为准则。对那些科技高度发达的传统强国而言，更应该合法合理地利用先进的技术优势，为世界和平发展做出贡献，而非仅仅追求自己的国家利益。未雨绸缪强于亡羊补牢，对网络武器的使用，我们应该从一开始就对其进行规范，只有在设计和使用网络武器时明确道德伦理标准，我们才能让普通民众不会深受其害。

参考文献：

[1] Schmitt MN（1999）. Computer Network Attack and the Use of Force in InternationalLaw: Thoughts on a Normative Framework. Columbia Journal of Transnational Law 37: 885–937.

[2] 王铁崖. 战争法文献集［M］. 北京：解放军出版社，1986: 7.

[3] 阿奎那. 托马斯·阿奎那政治著作选［M］. 北京：商务印书馆，1989: 87.

[4] 朱之江. 现代战争伦理研究［M］. 北京：国防大学出版社，2002: 117.

[5] DoD OGC（1999）. An Assessment of International Legal Issues in InformationOperations. Second edition; November. Arlington: Department of Defense, Office ofGeneral Counsel. Available at: http: //www.cs.georgetown.edu/~denning/infosec/DOD-IO-legal.doc.

Study of the Ethics of Cyber Attack

ZHANG Yan

（Wenhui Publishing House, Shanghai United Media Group, Shanghai 200041）

［Abstract］ Based on the judgment of whether a particular cyber attack resembling force, this paper analyzes the features of cyber attacks as well as their ethical dilemmas. A framework is suggested to inform ethical decision making when it comes to cyber attacks.

［Key words］ cyber attack; force use; ethical criteria

中国墓葬文化浅谈及其他

　　中国社会的墓葬风俗无疑在中华民族的文化发展史上占有极为重要的地位，它反映了中华民族对人的生和死的极大关注，折射出我国人民特有的伦理观、道德观、死亡观及世界观，尤其表现在对亡者的礼敬上，几乎与尊神不相上下。几千年的历史发展，使中国的墓葬文化无论在形式上还是内容上都极其丰富和厚实，但历朝历代的更换互叠，兵燹天灾，亦使墓葬文化受到无可换回的损伤和侵害，有些甚至因之湮灭。抢救这些宝贵的文化遗产，就成了文化界、考古界及出版界不可推卸的责任。

　　1993 年秋天一个很平常的下午，我在办公室与来访的倪腊松先生聊天之时，偶尔谈及中国人对生生死死的独特理解，以及由此派生的一些奇特风俗、礼仪等，忽然有种极强的冲动——编辑一套丛书，科学地、全面地、系统地向世人宣传和介绍中国的墓葬文化。经过几个月的市场调查，并做了大量的资料查阅和梳理，加上请教了一些专家和学者，我的脑海里逐渐形成了"中国墓葬文化丛书"的框架，在组稿和选题申报中，得到了社、室领导的肯定和全力支持。

　　"墓"按辞海解为："坟墓。《礼记·檀弓上》：'古也墓而不坟。'按古时凡葬不堆土植树者谓之墓，今通称坟墓。"（《辞海》P687）今人所名墓者，仍专指"埋死人的穴，也兼指上面的坟头"。(《古今汉语实用词典》P431）而"葬"字，据辞海解为"掩埋死者遗体。《大戴礼记·保傅》：身死不葬。后泛指处理尸体"。在中国考古学上，以上两者常合称为"墓葬"。

自人类历史开蒙以来，人类即把对自身命运的关注，超越对一切身外事物的重视。由于蒙昧时期不可能对自然的奥妙和科学的精深有所了解，人类早期生活难免被打上迷信的烙印，甚而演化成玄学。在诸多的神秘膜拜中，人类最大的恐惧莫过于死亡的威胁，因此，对死亡的逃避和超越，就成为人类最大的愿望和希冀，并通过炼丹、找寻不死药以及描绘美丽的仙境来寻求心灵骚动的平衡，也由于此，才会演绎成人类丰富多彩的文化历史。

"文化"这一概念，根据《辞海》的阐释为："广义指人类社会历史实践过程中所创造的物质财富和精神财富的总和。"基于此，我认为"墓葬文化"之所以能被理直气壮地称为一种确切的文化，正因为墓葬活动的本身，就蕴含了非常确切的文化含义。它不仅包含着民俗学、考古学、古代科学、历史学等诸多学科内容，而且在今人的社会学、民族心理学等各方面具有独特的研究价值。在中国历史上，可以说没有哪一种文化风俗能如"墓葬文化"一样，拥有如此丰富的具象（指围绕丧葬活动举行的具体仪式，和留下的大量墓表、墓碑、墓园、墓志铭及建筑、文物等）和抽象（指墓葬活动随之而产生的独特风俗、禁忌、体制等一系列文化活动）两方面丰富内容，其生命力延续的顽强，又从另一个方面反证了其深厚的社会基础和凝重的社会积淀。

人类历史走过了几千年的漫长旅途，而人的死亡不过是时间长河中微弱火星的熄灭；但对人的个体而言，死亡，却意味着其一生命运的壮丽终结。人死之后，活着的人要为死者举行葬礼，这不仅是对死者的怀念和安慰，某种意义上来说，更是活着的人为比自己活得更长的人的一种示范（当然不排除对死亡这一概念的神秘性的恐惧和战栗）。

于是，葬礼在此不单指用各种方法形式将死者的躯体处理掉，还包括举行各种繁杂的仪式活动，以及遵循这些仪式活动的各种规定和禁忌。甚至墓地的选择、出葬的日期，都有一定程度的限定。正因为此，"墓葬活动"逐渐演化成"墓葬文化"，才有其生存的历史和社会基础，才有其合理的文化解释，才会得以进一步地发展和丰富（如风水易理、五行八卦，实际上就包含了古代早期科学的萌芽）。

在中国古代，朝廷对墓葬的规格及待遇有着严密的制度，到了周朝，更是周全繁冗得无以复加，如"后之丧，共其衣服，凡内具之物"。"夏采掌大丧，以冕服复于太祖，以乘车之建复于四郊。""大丧，则诏大仆鼓。"（《十三经论疏·周礼·卷八》）甚至尸体的装殓，亲属、好友、上下级的表情和位置也有细细的规定，如"士丧礼。死于适室，帏用敛衾，复者一人以爵弁服簪裳于衣，左何之，扱领于带。升自前东荣、中屋，北面招以衣，曰'皋某复'，三，降衣于前……楔齿用角柶，缀足用燕几……有宾，则拜之。入，坐于床东，众主人在其后，西面，妇人侠（挟）床，东面……主人迎于寝门外，见宾不哭，先入，门右北面……主人哭拜……宾出，主人拜送于外门外……竹杠长三尺，置于宇西阶上……明衣裳用布，鬠笄用桑，长四寸……填用白纩……"（《十三经注疏·仪礼·卷三十五·士丧礼上》）。你看，连什么时候哭，怎么哭都安排好了，甚至连抬棺的杠子长短，死者从头到脚的打扮，用什么材料，怎样的尺寸都细微得点滴不漏，不由得令人胆寒。按照周礼，天子死后随葬九鼎八簋，诸侯为七鼎六簋（鼎和簋均为青铜礼器），可见其等级之森严，丝毫不能逾越一步。

关于这套书的编辑思想，我的设想是从以下三个方面着手：

一、内容上，按社会层次划分，定为《帝王卷》《将相卷》和《民间卷》三大册。

1. 帝王卷：从传说中的三皇五帝为始，以孙中山先生为末，尽可能搜集罗列现在已发现和发掘的中国 5000 年历史，各朝各代帝王陵墓加以研究、归纳、整理和介绍，以求较为全面和系统地将中国帝王陵墓的建造背景，当时的社会制度、风俗、礼仪、变迁等进行研究宣示，使世人对中国历史上无数辉煌灿烂之帝王陵墓及葬制有所了解，并择其对中国历史和文化影响至深至巨的朝代和帝王重点研究（如秦皇陵、十三陵、定陵、中山陵等）。特别值得一提的是，1989 年在三门峡地区发现的虢国墓，不仅出土了大量的青铜器、金、玉珠宝，更发现了一把长 37 厘米的铜柄铁剑，经测定年代为西周晚期，从而将我国人工冶铁的历史提前了一个多世纪，另外出土的雨钟（我国西周晚期墓葬出土的唯一最完整的雨钟）及玉制海龟更是无价之宝。更激动人心的是，该墓地还发现了一座长 46 米、宽 5.2 米的车马坑，是迄今为止中国发现的车辆最多、规模最大、年代最早的车马坑群，经专家测定，比秦兵马俑更具历史、文化、科学和观赏价值。可惜却宣传不够，尚未能引起更为广泛的重视（《奥秘》92.12）。

2.《将相卷》：以中国历史上为人景仰的清官忠臣（如包公墓）、义烈将勇（如岳王庙、张飞墓），以及为人所唾骂的汉奸贼臣（如吴三桂墓、魏公祠）等作为主要对象，通过百姓对这些历史人物或爱或憎的心态，揭示当时的社会风气、风俗及变革等。

3.《民间卷》：这一部分内容最为翔实和纷繁，也是本丛书中信息量最大、研究难度最高的一册。重点研究中国历史上民间各民族、各时期、各区域的不同墓葬风俗和文化，如悬棺、石棺，水葬、火葬、天葬、食葬、树葬，义冢、衣冠冢，贞节牌坊、科举牌坊等，结合当时的社会风俗、民族心理，研究古代科学、医学、宗教等在民间的影响，中国民间的道德观、伦理观等。可以说，这将是国内目前为止第一部较为全面系统地研究中国民间墓葬文化的集大成之作。

二、体例上，以图（黑白、彩色照片、图表）文结合方式为主，16 开精装，每册字数为 100 万字。

三、以国家文物局为主，约请全国（以北京地区为主）资深专家学者撰稿，以保证此套书的科学性、实用性和权威性，绝对摒弃封建迷信等糟粕。文字轻松活泼，有一定的观赏性。

以这些编辑思想为前提，1994 年 8 月初，我前往北京等地进行组稿活动，拜访了北京大学考古系、北京考古研究所、国家文物局、中央文物研究所等单位的一些专家和学者，接触和访谈了 30 余人次，得到了他们的热情接待和支持，并提出了许多宝贵的建议。北大考古系主任、我国著名的考古学家李博谦教授对此套书给予了很高的评价，称此书将是我国第一部全面系统地研究和宣传中国墓葬文化方面的好书，是一种非常有意义的文化积累工作，由于工作繁忙，他表示无法参加这套书的写作，但是非常热情地推荐了国家文物局原副局长黄景略和叶学明两位专家。经过电话预约，我前往国家文物局的红楼拜访了黄、叶二老，二老虽说公务繁忙、稿约极多（黄老至今仍负责三峡的文物整理、保护等行政工作），但听了我的设想汇报后，仍欣然承诺出任此套书的主编工作，并由他们出面，在全国范围（以北京为主）约请资深专家学者组织编委会。

经过半年多的工作，本人深信，"中国墓葬文化丛书"的出版，在中国的民族学、民俗学、古代科学、社会学、文物学、古建筑学等诸多领域将产生极其重要的影响。同时，也对中国陵墓、文物的保护、整理和向世界的宣传上，发挥出相当大的作用。

超越局限

—— 评吴炫的《否定本体论》

毫无疑问，今天的现实世界为我们提供了多种生存和发展的可能，在顺从社会法律和公德的前提下，每个人都能按照自己的意愿选择自己的生存方式，这无疑是社会进步的契机。然而，我们也不无遗憾地注意到，这契机的利用，更多的却是沉沦于一种低浅层次的进化，即物欲和情欲的摄取量在社会的每一个个体那儿，似乎远远地大于对精神饥渴的补充，致使社会和时代呈现出一种苍白的病态和繁荣，历史以一种极度的无奈俯视着我们这一群盲目和麻木的生灵，在现代化和工业化的喧嚣声中，消磨和腐蚀我们可贵的信仰及精神追求，先锋们与智者泣血的呐喊和预言在城市上空纷飞的迷狂情绪中，像远山一样遥远和模糊……而吴炫的可贵，正在于他凭借现代知识人的良知和职责，仍举着知识和精神的大旗，面对金钱的诱惑和攻击，英勇地进行着绝不是孤独的奋战。

《否定本体论》沿用的是一个古老的命题，即否定是对旧事物的抛弃，但作者的意义，却在于赋予这个古老的命题以全新的概念和更为宽广的内涵，在中西方既有的文化理论的对比中超越了传统的局限，以一种洋溢的生命热情，在理性和和非理性交错之中，将目光投入对人类灵魂做深沉的注视，从而使"否定及存在"这一古老命题焕发出现代的人文意义上的炫目光彩。

吴炫的"否定观"既深受海德格尔、斯宾诺莎、黑格尔、笛卡儿等西方先哲的影响，也留有老子、庄子等中国儒、道学说的深刻印记。或许正是对中西方传统文化都有着较深的感悟，所以才使他的"试图超越"成为可能。他的理论绝不是先贤的理论延续，也不是从先贤理论中摘取碎片拼凑而成的"杂烩"，而是形成自己的完整体系，试图从新的现代文明角度入手研究"社会·民族·历史·人"的精神和思想构成，这不能不说是一种大胆的"冒犯"。在他的理论中，"否定"既是一种否定，更是一种存在，一种创造——在对旧的承受体否定的结果上使自身成为新的"否定"的承受体。他大胆地将"否定"界定为理性化的"否定冲动与否定能力"的统一，即"否定"不仅包含着"想否定"，而且包含着是否"能否定"。举例而言，"文革"中的"打倒一切""横扫一切"虽说具备了"想否定"的思想，但因其本质上缺乏"能否定"的因素，因而只能算是一种停留在浅层的原欲冲动意义上的"否定"，或者不妨称之为一种"假否定"，这种否定因缺乏健全的精神和人格保障，所以不免带有血腥和暴力，给社会和本民族带来长久的心灵伤害。人的否定之所以和动物的否定有着本质的不同，是因为动物的否定源自对生存的原始冲动和本能，而人的否定都是内在的，对周围环境和事物、对人的思想和精神所采取的一种冷静与主动的姿态。

否定是人类走向自由和个性解放的一种重要途径与手段，是社会发展的原动力，没有否定就没有发展，没有否定就不会有进步。"否定即创造"这是贯穿《否定本体论》一书的红线，也是作者所有理论建构的基础。

批评如何摆脱文学的附庸和影子的地位，如何超越其工具性，这是长久以来一直困扰批评界的难题。在吴炫的理论中，他提出了一个饶有兴味而不失大胆的命题：批评即否定。这个乍看不免令人觉得偏颇的观点，但透过其表象，我们不难看出其对传统批评观在价值取向和方式方法上的撼动。他认为，那种对文学作品做简单的、机械的、亦步亦趋式的阐释和注解，是对批评功用的误解，而所谓曾大肆流行的"批评中介论"更是对批评的讽刺和嘲弄。他认为，在中国应当建立一种正常的科学的否定性批评，在本体的意义上显现批评的否定性价值和功能。批评不是一种"攻击性"的手段，也不是以一种现成的理论来批判或践踏另一种既成的理论；批评者本身应具备健全的精神人格和意志、具备发自内心的生命热忱和真正"能否定"的能力，这样才能在批评界创造一种良好的批评环境，使批评走向成熟和完善，才能开创繁荣和健康的批评气氛。

或许，这就是吴炫和他的著作给新时期文学带来的一大贡献，同时，我们也期望能早日迎接文艺理论又一个昌盛期的到来。

尝试·突破·超越

我们所处的这个时代，严格地说，是一个在精神认同上相当艰难的时代，在拜金的狂潮及压力之下，整个社会的心理因各种物欲的骚动而失衡，闪烁的霓虹、时装的缤纷掩盖了人们精神上的苍白和贫穷及个性的萎缩。残酷的社会竞争，带来的是人际关系的紧张和人性的对立，工业化和现代化，使我们在物质上得到极大的满足和富裕，在文化和人格上，却留下了让人痛心的残缺的烙印。这不仅是我们这个社会、这个时代的悲哀，从更深层次而言，也是民族的悲哀，因为任何贫穷都没有民族精神的贫瘠更为可怕。当许多年后，我们的子孙指着这一页苍白的历史向我们发出无言的责问时，我们能告诉他们些什么呢？难道以先辈的贫穷借以搪塞？或支吾以世纪末情绪的困扰？或干脆将一切推给现代文明大工业后现代化的铺陈？不，沙漠是我们自己造成的，那么在沙漠中堆土植绿的责任就是我们每一个真正具有现代意识的人责无旁贷的。真正的现代化，应是建立在富有的物质基础上达到民族精神的健全和人格的完善。

青年学者吴炫的《否定本体论》（贵州人民出版社出版），以其强烈的先锋意识与忧患意识，基于现代人对"否定"这一概念的模糊、混淆和滥用，从廓清"否定"定义的角度着手，进而从美学、文艺学、哲学多角度进行论证和阐述，以图为现代人精神认同描绘出一条哲学的途径。

"否定"这一概念当然非吴炫所独创，但吴炫的意义在于赋"否定"于生命本源的意义，它不同于十年动乱的"打倒一切""横扫一切"这种庸俗化和机械化、简单化的否定。吴炫认为这只是生命本体的一种原始冲动，其间充溢了血腥和暴力。在他的理论中，"否定"既是一种否定，也是一种批评，是一种选择，更是一种创造——在对旧的承受体否定的结果上使自身成为新的"否定"的承受体，他的"否定观"既有海德格尔、斯宾诺莎、黑格尔的影子，也有老子、庄子哲学的烙印，但更有其独到的见解和批判。

21世纪以来，中国一直处于试图在超越固有的传统文化的基础上进行新的文化建设之中，但这种努力一直是以西方作为楷模，乃至以西方既定的文化模式、思想和价值观念的移植来与中国传统文化构成一种"否定关系"，其突出的表现是：1.或者在深层文化人格自卑的前提下，抬出老祖宗激烈地抨击和否定西方文化，求得一种阿Q式的心理和精神的平衡。2.或者在同样的精神自卑下臣服于西方文化，转而出卖祖宗牌位，肆意贬低和作践本民族的文化精神。无论是前一种清高式的"自尊"，抑或后一种的"奴性"，在吴炫眼中，都是一种对否定缺乏本体性认识体验的表现。

在纯哲学的意义上，无论是在早期的笛卡儿，或后期的黑格尔、萨特和海德格尔那里，"否定"这个概念都是在方法论（如黑格尔的辩证否定）的基础上进行的，现代存在主义哲学如萨特的"虚无""自为",海德格尔的"体验""敞开",虽然涉及类似否定的意思,但这种哲学是建立在非理性的原始情绪的意义上,所以他们不可能原封不动地作为中国哲学现代化的有力参照。也可以说,中国人21世纪以来一直处在存在主义意义上的"敞开性情绪体验"之中,但新的文化形态的诞生为什么仍处在可望而不可即的状态?

针对这一现状,吴炫大胆地将"否定"界定为理性化的"否定冲动与否定能力"的统一。即"否定"不光包含着"想否定",而且包含着是否"能否定"。如果说海德格尔的"存在论"已完成了对西方传统存在论(把"存在"作为一个对象来看待,而没能把"存在"作为人的一种展开来看待)的超越,那么,吴炫的《否定本体论》则试图用"否定"这一概念超越西方传统存在论,超越西方现代哲学存在论,进而在此基础上,寻求中国现代化哲学建设的逻辑起点,从这个意义上来说,吴炫的这一著作对现代批评无疑有着极大的影响和意义。

吴炫的哲学观念是深受海德格尔的影响的,但吴炫却时时处处地客观评价和分析海氏的哲学思想的既有格局,在充分肯定海氏哲学对西方两千年来的认识论和美学体系的颠覆上,有选择地看待、评价和吸收,认为海氏虽已完成了西方美学史的清算,不等于我们完成了对我们本民族自己的美学史的清算,进而响亮地提出——否定,不是用一种现成的理论来批判另一种现成的理论。

中国哲学继孔子、老庄之后形成了儒道两大哲学体系,孔子老庄之后,几千年来,中国一直尚未出现过可以和这几位哲学大师相媲美的哲学家和哲学思想。针对这一历史现实，吴炫认为，中国在近代的落伍诚然与孔子老子的思想有内在的联系——即我们在对孔子、老子思想的世世代代的认同中，丧失了我们自己的"否定性""存在性"，因此，中国现代哲学建设的哲学基础就再也不能以孔子和老子的哲学作为蓝本。但是要建立中国既是自己的又是现代化的哲学体系，首先必须解决实现这一目的的途径，即解决新的文化存在如何才成为"可能"的问题，而坚持这种"可能"则可以佐证我们在诞生了自己的文化思想之后，不再出现认同老子和孔子思想的现状延续，保证否定与创造处在常新的状态，使"现在"不被遗忘。在这种前提下，吴炫先生的《否定本体论》可作为中国哲学现代化的"元理论"工作的一种努力。

吴炫始终认为"否定"是人类走向自由和个性解放的重要手段，是社会前进和历史发展的原动力。人始终处于对旧的形态的否定之中，其中也包括对自身的否定和超越。人之所以与动物不同，是动物的否定源自对生存的原始冲动本能，而人的否定却是内在地对周边环境和事物、对人的思维和精神所采取的一种冷静和主动的姿态。这种否定有时是不由自主的，因此，人的否定具有使生命释放和欢畅的功能。

否定即创造，这才是否定的真正含义，无疑应当是我们这个时代精神认同的核心。

追寻文明的足迹

—— 浅评《世界文化悬案揭秘》

几百万年以前，当人类的祖先以一种颤巍巍的姿态站立起来，从而把惯于爬行的前肢解放为"手"的一刹那，地球文明从此进入了一个新的纪元。几百万年过去了，人类就用不再爬行的手，创造了无数辉煌而灿烂的文明成就。从肥沃丰饶的平原，到崇山峻岭的腹地；从风沙漫天的戈壁，到绿荫绵亘的雨林。到处留下人类创造的印迹。今天，当我们再一次翻开历史尘封的书页，或回首于远古神话与传统的美丽及凄婉之时，我们不无惊讶地发现，文明在发展的某一点神秘地断落，历史会在某一个时期留下一个个无法解释的黑洞，留下一串串扑朔迷离的疑团……

非洲撒哈拉大沙漠，历来被认为是荒无人烟的死寂世界。那一座座杂乱无章耸立的锯齿状小山丘以及巨大的蘑菇状石，似乎无声宣布这是文明的禁地。20世纪初，法国殖民军的一支小分队，却在沙漠腹地一些数万年前被水冲刷成的岩洞里，偶然发现了众多优美的壁画：射箭的赤身猎人，投掷长矛的圆头武士，一些戴着埃及式头巾、手持号角放牛的牧人，还有不可思议的独木舟，各种不可能在当地出现的珍禽异兽……科学家们在兴奋和激动之余，又陷入更深的沉思，这些壁画是哪个民族留下的？撒哈拉大沙漠以前是否曾是一片草茂林森、河网密布的沃土……

在中美洲尤卡坦热带丛林中，曾经诞生过一个伟大的民族，他们创造的玛雅文化，是人类文明的辉煌标志之一。公元866年，在发展的顶峰时期，他们依靠原始的工具，令人难以置信地建起了许多70多米高的金字塔。就在这塔上，神职人员通过观察天体运动，创造了极为精确的历法，其精确度甚至远远地超过了当时玛雅人应有的文明程度。然而，这个强盛而高度发达的民族却神秘地消失了，天灾还是人祸……

1895年，英国工程师约翰和威廉在印度德里西北修建铁路时，发现了一座掩埋在地下的古城。考古学家闻讯赶来发掘，由此，被称为"死人之丘"的印度河流域的一大文明——莫享佐·达罗重见天日。这座面积260万平方米的巨大古城，有着极其先进的城建规划和古代罕见的极为先进的地下排水设施，手工、生产、艺术都非常发达。然而，它究竟是什么人建造的呢？为何存在一段时间又消失了呢？它的主人从何处来，又去了何方？……

还有复活节岛上的巨石阵、热带丛林中的"天书"，巧夺天工的"空中花园"、神奇的特洛伊木马、来历不明的水晶人头、令人费解的古地图、传说中的恐怖的地下迷宫、只能从空中鸟瞰的荒原奇图等，无一不是人类智慧的结晶，文化的瑰宝！

文明的昌盛和湮没究竟是历史的偶然还是必然？社会发展的弯曲轨迹以一个巨大的问号向我们发出了无声的责问：人在自己创造的文明面前，该以一种怎样的姿态确立自己的正确位置？这似乎是一个非常深奥的哲学命题。然而，当我们伫立于一个又一个废墟和遗址面前，捡拾一把把锈蚀的刀剑之时，我们会否为我们现在的文明而在心底流过一丝丝战栗？当吸毒、暴力、艾滋病以一种巨大的摧毁力撼动着我们固有的价值体系时，我们的现代文明将何以对？大自然以自己特有的方式向我们敲响了世纪警钟，人类该如何保持自己美丽的星球和伟大的文明？

《世界文化悬案揭秘》一书，以科学的态度，翔实的史料，辅以优美通俗的文笔，向我们讲述了一个个古代文化诞生、发展、湮灭的故事。对这些失落的文明之所以消亡的缘由进行大胆的剖析，并对将来的科学研究过程中可能出现的突破进行了富有说服力和想象力的预测，使读者增广见闻、开阔视野，在轻松的游历中享受，在沉重的反思中感悟。

普通文字学不普通

　　《普通文字学概论》是研究世界各民族文字共同性质的普遍原理的一门学科：它既是对世界各民族文字的研究总结，又能用以指导世界和中华民族各种文字的研究，并为普通语言学研究提供依据。基于种种原因，至今我国乃至世界上仍无一本较为全面精深的普通文字学理论专著，该书恰恰填补了这一研究的空白。

　　该书作者王元鹿副教授，在他多年研究过程中，尽力收集世界文字的原始材料，并研究世界文字的共同规律，在关于汉字及中国各少数民族文字以及世界文字的研究方面做出了许多新的发现，并提出了许多新的观点，进而在此基础上第一次在我国重点高校开设了普通文字学课程。

　　由于他在文字学研究中的成绩，他的传记被列入《剑桥世界知识分子名人录》和《剑桥世界有成就领先者》（1995）。作者目前正负责国家哲学社会科学研究项目《比较文字学》的工作，并任上海市重点科研项目《古文字诂林》编委。

　　该书讨论了文字的本质、分类、归类、起源、发展和演变，和世界上各类文字的基本性质，以及文字传播等有关文字的重要课题，并在此基础上讨论了普通文字学的基本方法论。

　　该书内容丰富、叙事流畅、条理清晰，既有学术性又富知识性，还附有数十帧插图，对汉字普通语言学、中国少数民族文字学和世界文字学的研究均有极大参考价值，可供大专院校相关专业教师、学生和有关科研人员阅读参考，也适于具有高中以上文化程度的读者阅读。

真情的守望者

有一天，在单位为贫困山区人民献爱心的活动中，我和诗人朱吉成值班。望着全社职工捐献的衣物以及数字不断增长的捐款，点收着一份份沉甸甸的深情和爱意，诗人的眼神忽而湿润起来。他仿佛对我又仿佛自语地说："最难人间风雨情啊！"我蓦然感动：诧异于这么一个外貌粗犷的大男人，竟然有如许纤柔而细腻的感情。于是，我开始熟悉朱吉成的诗，继而了解了他的人，反过来更透彻地理解了他的诗。

高尔基曾经说过："真正的诗——往往是心底诗、心底歌。"读朱吉成的诗，你不但能享受到那珠玉般玲珑奇巧的诗行所带来的美感，陶醉于那种清风迎面、峻峰远望的独特意境，更能体会到诗人倾注于每首诗中的真情，诉你所思，倾你所想、愤你所怒。诗人将手中的笔，伸入社会的各个层面，独到而深刻地抒发自己对人生对历史的真切感受。他的诗以简洁、灵秀、质朴和富于哲理、富于韵律美而别具一格，既承继了中国古典诗歌深情远韵、一唱三叹的精髓，又兼采现代自由诗体纵情恣肆、奔放不羁的手法，令人耳目为之一新。如"我很柔弱／但我在流动／我很透明／倒映着美丽的天空／别以为我只会静静地迂回／发怒时也会骇浪狂奔／我有时被压于地下／最终又向地面汹涌／……啊，我的柔弱蕴藏着刚强 / 我的伟力在永恒的运动之中。"(《天星桥下的水》）在这里，诗人以拟人的手法，生动地描绘了大自然一景，借河水之口，揭示了深刻的哲理。诗中柔弱、透明、刚强等，显然已不是纯客观的词句修饰，而成为传情达意的媒介。作者把自己深沉、昂扬和遇挫折坎坷而不馁的感情，巧妙地移植于河水的行止之中，赋予它以强烈的生命色彩和感情色彩，从而构成了一个完美的意境，感染和震撼着读者的情绪。全诗平仄有序，朗朗上口，极具音乐感，不愧为诗中上品。

艺术大师罗丹在一次讲学论及艺术家时，做了如下著名的概括："所谓大师，就是这样的人：他们用自己的眼睛去看别人见过的东西，在别人见惯的东西上能够发现出美来。"朱吉成可谓深得其中三昧。在诗人的眼里，这个喧哗和骚动的世界到处都充满了美的韵律，无论是少女灿烂的笑靥，还是老人如川的皱纹，甚至于一块顽石、一帘垂瀑、一处颓败的残址，都能引发出涛涛诗情，正所谓无物不入诗，无诗不具情。"侗家的扁担 / 两头像鱼尾一般 / 挑禾谷 / 挑米酒 / 常挑着晓月一弯……山路上 / 它列成一行雁阵 / 集市上 / 它汇成波浪翻滚……"(《鱼尾扁担》）。一根普通的扁担，在诗人的笔下，仿佛具有了生命力。透过这淡淡的几笔，一幅侗家农乐图跃然纸上，使人似乎能感到扑面而来的热气腾腾的侗家生活。

在朱吉成的诗集中，爱情也是他常为之吟咏的一个主题，在他的笔下，既有爱的甜美，"在水中 / 我的影子化成了你 / 在山中 / 树的形象就是你"，又有爱的羞涩，"两颗爱心之间 / 仿佛隔着一道篱笆 / 让我们鼓起勇气 / 拆除它，拆除它 / 只有心与心的碰撞／那句话才能说于柳荫下"，更有爱的反叛，"什么门当户对／什么地位悬殊，他们好似两个血腥的刽子手／把古来多少爱侣的命运乱诛……"。与众多爱情诗的缠绵悱恻不同，诗人还成功地描绘了一个新时代失恋男儿的形象："……我纵有江河般的泪水／绝不让它流出眼睑／如果我在失恋中哭泣／怎算得七尺儿男／去吧，去寻找你的春天／既然留给我的是严冬／我就走进那冰雪的世界／和暴风雨一起呐喊在人间！"（《男子汉的爱》）难怪有人说，读朱吉成的爱情诗，如啖荔枝，一颗入口，则芳香盈颊。而有人则认为，读他的诗，如食橄榄，初觉生涩，回味隽永。愚以为，朱吉成的诗，正是成功地将爱情的酸甜咸涩一一呈现于读者面前，从而为广大诗歌爱好者所喜爱。

很偶然的一次，我和诗人谈及对当代诗坛的看法。诗人毫不隐藏对那些刻意追求形式而忽略诗歌内涵的现象的反感。他认为，那些缺乏感情的形象，如同泥塑美人，纸扎鲜花，尽管色彩鲜艳，终究没有长久的生命力。在他看来，诗贵朴质、贵深蕴、贵挚情，人们喜欢读诗，最重要的是想从诗中获得感情上的沟通和共鸣。当一首诗缺乏真情的时候，人们也就对诗失去了信任。虽然诗人不反对技巧上的翻新和雕琢，但对诗坛上那些无病呻吟和读之令人不知所云的"作品"却深为厌恶，认为这是对诗歌爱好者的误导和不负责任。他在诗中就始终将贴近生活、反映生活作为首要，坚信"感人心者，莫先乎情""未成曲调先有情"（白居易），将自己实实在在地融入人民之间，写出他们的爱、乐、忧、怒，无论是残疾人、失足者，都能在他的诗中感受到一份关怀，一份暖意，一份语重心长的嘱托。

"艺术是一门学会真诚的功课。"(《罗丹艺术论》)诗人朱吉成正是将真诚看作为文的灵魂,无论作诗、编书、为人,都自觉地要求自己成为一个——真情的守望者。

泪浸的诗行

—— 论诗歌《妈妈，别忘记我》的社会意义

　　门咣的一声在少年的身后重重地关上，少年茫然地面对这陌生的一切，才突然意识到自己被赋予了新的角色。他再也不能回到熟悉的教室读书，也不能去公园与伙伴尽情地嬉戏，更不能每天看到亲人们的微笑……一道铁栅、一堵高墙从此隔开了两个世界，此时，他才体会到自由的可贵，不禁从小小的铁窗后，伸出稚嫩的双手，向天空、向家庭、向社会发出了嘶哑的呼唤："妈妈，别忘记我……"

　　这是老诗人朱吉成以他那忧郁而伤感的笔触，向我们讲述的一个真实而沉重的故事，在这首《妈妈，别忘记我》的短诗中，诗人饱含着爱恨交织的感情，为我们揭开了陌生世界的一角，让我们看到了一颗曾经扭曲现今痛苦痛悔的灵魂。读之不由人不一掬同情之泪，并由之产生深深的思考。这是一首给人带来沉重感的作品，是对社会义务和责任感的导引，是少年犯不甘堕落和公众歧视的呼唤："妈妈／我毕竟是你的儿子啊／有多少心底的话／怎能不对你说？"在诗中，诗人并没有用过多的笔墨去铺陈少年犯罪的历史，而是通过少年犯之口，以第一人称"我"的身份，表达了少年犯悔恨的感情："恨我少年时

就把路走错 / 如今银铛入狱 / 明朗的天空再不属于我……"寥寥数笔，将一个铁窗后以泪洗面的幼稚痛苦的形象展现在我们的面前。接着诗人笔锋一转，深刻地刻画了少年犯的心理活动及疑惑："明朗的天空再不属于我 / 人生一步走错 / 就不会有好结果 / ……小鸟迷失了方向，还有大鸟来引路……妈妈呀妈妈 / 难道我愿意改过 / 也不给机会吗？"悔意切切，跃然纸上。

根据现代科学揭示：17 岁以下少年心理素质较差，世界观、人生观尚未定型，面对色彩缤纷的大千世界，不能正确处理情感和物欲上的渴求，因此，极易受到各种诱惑。故社会学家将这一年龄层次称为人生的"危险阶段"。面对少年的失足，社会上较多的是以轻蔑和冷漠的眼光待之，而不是依据少年犯可塑性强的特点加以关心和扶助。诗人正是借少年犯之口，含蓄地批评了这一不正常现象："别忘记我年纪尚小 / 像一棵细树可弯可直 / 请帮助幼树消灭染上的病虫害吧 / 在世界上，我希望也能开花结果！"最后，诗人以动情的笔调，抒发了少年犯对新生活的憧憬和向往："当我开花结果的时候 / 明朗的天空将再次属于我 / 妈妈呀妈妈 / 你说对吗？请别忘记我！"

全诗形象精练，跌宕有致，富于感情、节奏和意蕴，以熟练的诗歌技巧，朴实的语言文字，再现了一个少年犯复杂微妙的内心世界。在一次演讲会上，这首诗的朗诵，竟然被四次热烈的掌声所打断，由此可见此诗的感染力和生命力。

袁枚在《随园诗话》中写道："一切诗文，总须立纸上，不可卧纸上。"而要将作品立于纸上。没有细致的社会生活提炼，没有深厚的思想感情，没有坚实的文学功底，那是无法想象的。朱吉成描写劳改工作这一特殊领域的诗文作品，在省内是别具特色的，这得益于他24年的劳改工作经验，得益于他对劳改事业的热爱和敬业精神，正如他在诗集《春风颂》后记中所说："劳改事业是个化消极因素为积极因素的工作，我赞美劳改工作事业，是因为我了解它，热爱它……是它培育了我的工作能力，使我的作品具有了灵魂。"

调到省人民出版社担任文艺编辑后，他尽全力呼吁社会对劳改事业的支持和关心。在这首诗中，"妈妈"已不仅是血亲关系的代名词，而是社会、家庭、学校的三重组合，当我们倾听少年犯泣血的呼唤，读着这泪水浸透的诗行，难道我们不该想想我们应做些什么吗？

让社会少一点病树，多一点鲜花吧！

"虚假"与"艺术假定"

　　宋崇同志《不要苛求惊险片》一文指出了一个现象：我国当代观众，对艺术假定性的观念还比较薄弱。但他同时也过分夸大了艺术假定性的"假定"成分。

　　什么叫"假定性"呢？我认为是在现实生活的基础上，对作品进行的最大限度的合情合理的艺术虚构，但绝不能超越当代观众审美观念所能接受的范围。艺术不等于生活，但艺术是对现实生活的模仿、提炼、集中和再创造。所以它仍然必须以生活真实为准绳。很难设想，一部在细节方面虚假的影片，能在艺术整体上处理好假定性；相反，细节方面的虚假，往往会阻碍观众欣赏兴致的继续，转移人们的视线，从而影响对影片整体的欣赏效果。如果一部影片从细节乃至整体都是"假定的"，那么该片大概只能归列于幻想片的范畴了吧。

　　必须注意，"虚假"和"艺术假定"是两个不同质的概念。"艺术假定"是影片与观众之间所达成的一种默契，而故弄玄虚的"虚假"则是对观众审美感情的一种欺骗。

　　细节的逼真和整体的假定，这是国际影片发展的一种趋势。影片所发生的事件可以是虚构的，但对发生事件的环境布置、事件发生过程的描写和人物形象的刻画等，都要尽可能地逼真，使人感到这么一件惊心动魄的故事确实与现实生活相通，从而在人们的心灵上造成巨大的震荡。

相反，有一些惊险片在整体假定性的处理上往往采用几乎写实的手法来表现，不敢一开始就承认本片的故事是虚构的，结果欲盖弥彰，在题材与类型的选择上又流于单一化，再加上细节的虚假，于是自然而然成了人们嘲弄的对象。

我本无心说笑话，谁知笑话逼人来

　　喜剧片的成功与否，在很大程度上取决于"笑料"制作水平的高低，取决于能否让人会意地笑，笑得舒畅。真实而不失自然，幽默而脱于庸俗，向来是喜剧创作应遵循的原则。

　　广西电影制片厂摄制的轻喜剧片《飞人浪漫曲》以其轻松、活泼、幽默、诙谐的风格，出人意料的构思博得了广大观众的欣赏。特别是其中的一段喜剧场面，妙趣天成。令人捧腹——喜乐、春生等四个杂技演员，为了解决"飞人"的技术难题，决定向某研究所求教，于是四人同骑一辆自行车吹着口哨赶路。不料遇上交通警，四人慌忙把车推到了路边。民警赶到时，自行车却不见了，只见四个人紧紧地靠在一起尴尬地笑着。等满腹疑团的民警一离开，四人背朝观众，人们才发现自行车被拆成了零件一件件拿在他们手上，原来那是杂技团的演出用车。他们重新装好车继续赶路。不久又发现路边绿化矮树梢上出现了一项民警帽子，四人躲避不及连人带车摔在地上。这时画面中出现的却是一个矮胖的儿童戴着警式童帽若无其事地走过四人身边。替他们担心的观众不禁为导演的匠心、自己的多情爆发出一阵会心的笑。

　　这段喜剧场面的处理，自然贴切，曲折有致，出乎意料，又在情理之中，影片的创作者没有挖空心思地去拼凑生硬的"笑

料"，而是挖掘了生活中本身就蕴藏着的可笑的东西，体现了我
国传统喜剧的"妙在水到渠成，天机自露。我本无心说笑话，谁
知笑话逼人来"的真谛。

《王子复仇记》中的镜头运动

正像文学用笔杆、绘画用色彩、音乐用声响、舞蹈用形体来表现作品一样，电影则是利用摄影机镜头的运动，来作为自己的叙述语言的。

英国早期故事影片《王子复仇记》在电影语言的运用上堪称范例。它以镜头的推拉摇移等多变的技巧，使莎翁这部令人叹为观止的古老悲剧焕发出动人的光彩。

影片一开始，就把镜头从城堡的底层缓缓地沿着石级往上摇，那厚实沉重而又密闭的石砌城墙，一下子使人产生"丹麦这个古老阴森的皇宫是一座死气沉沉的坟墓"的感觉。影片的结尾也同样地让摄影机扫过阴郁的宫殿、冰凉的庭柱和荒寂的房间，跟随抬着王子尸体的士兵行列移上雾气迷蒙的平台，突出地渲染和加重了影片的悲剧气氛。这种前后呼应、封闭式的环形结构，以镜头运动为贯穿的脉络，在观众的审美心理上造成了震动。

电影的镜头，不仅能单纯地反映事件的外部，而且还能透视到人物内心活动的世界。

少女奥菲莉娅，在国王和父亲的威逼下，违心地退还了王子昔日的赠物，王子哈姆雷特愤而把她摔倒在石阶上，然后大声地斥骂了躲在帷幔后的国王，奔上了楼顶。

对于这一情节，影片是这样来表现的：镜头先对着哽咽的奥菲莉娅，然后慢慢地向后拉开，顺着石阶往上摇移，越摇越快，在一个很高的空间俯摄奥菲莉娅伸手绝望痛哭的身影，厚实沉重的石阶，仿佛一堆堆巨石压向弱小的奥菲莉娅。

镜头最后又骤然停留在呆坐墙头的哈姆雷特身上，以奔腾的海水和王子头部特写的反复叠化，寓意出哈姆雷特内心愤怒而又痛苦的冲动。

影片就是这样把两个青年男女的不幸遭遇，客观地展现在观众面前。

读书是一种享受

今天早晨，当我出门上班时，跟夫人说下午要参加长宁区的读书节，夫人说："那你应该带本书在地铁上看吧，也算是应个景。"走进地铁车厢，满眼都是手不离机、眼不离屏的低头族，大家似乎都已生在网络，活在线上。那一刻我突然想到一个问题，是问我自己，也是问在座的各位朋友："我们有多久没有完整地读过一本书了？"

今天我带来的第一本书，是我们出版社出版的33卷本的大型丛书——海派文化丛书中的一本《海上奇葩——上海工人文学创作》，为什么要提这本书呢？因为上海一直是全国工人文学创作的重镇，曾经创造过举世瞩目的文坛奇迹。据统计，"文革"前的"十七年"时期，在上海的文艺报刊上发表作品的作者当中，工人作者几乎占据了半壁江山。读书、写作几乎深入每一个职工的心中，爱读书、勤读书蔚然成风。那个时期，上海工人作家发表作品之多，精品之多，获奖之多，都是中国文学史上绝无仅有的，而且很多作家的作品被翻译到世界各国，如胡万春的《骨肉》在世界青年联欢节的国际文艺竞赛中获得了世界优秀短篇小说奖，费利文和唐克新的短篇小说被翻译成英、日、俄和世界语，并被介绍到很多国家。粉碎"四人帮"后的1978年，工人作者宗福先的一出话剧《于无声处》把中国人民久已压抑的情感释放了出来，从这年开始到整个八九十年代，上海的工人创作又步入了一个新的高峰，一大批优秀作品如雨后春笋般冒了出来。工人作家们直面生活，大胆切入百姓生活，抒工人群众所思、所忧、所感，成为职工精神风貌的代言人。

上海工人文学创作之所以能取得如此大的成就，与工人阶级的娘家——工会密不可分。上海的工人文化宫是职工群众真正的精神港湾，图书馆、读书会、辩论会等，各种读书活动层出不穷，职工下班不会去搓麻将、斗地主、逛歌厅，而是到文化宫参加各种主题活动，正是这样的氛围和环境才可能造就一批优秀的工人作家。

今天，作为公益活动，长宁区职工读书节及读书项目推介会虽然短期内可能较难见到经济效益，但是我相信，这种公益活动培养的是我们长宁区的文化气质，打造的是我们长宁人的文化底蕴，收获的是长宁区文化的未来。

我今天带来的第二本书是《毛姆读书随笔》。作为19世纪英国伟大的现实主义作家，毛姆一生读书颇丰，著述也多，他的这本读书笔记，畅销不衰，他的读书心得，对世界各国的读者有着良好的启迪。毛姆说读书应该是一种享受，我认为他的意思更直白地说就是"读书是一种快乐"，享受的快乐。

可是，我们现在还读书吗？据有关资料统计，目前，中国人年均读书0.7本，韩国人均7本，日本40本，俄罗斯55本，不管这个数据是否权威，但我国人均阅读量低下是显而易见的，而且，这0.7本的数字中还包含着教材教辅及各类职称考试等图书。

日本管理大师大前研一写了一本书叫《低智商的社会》，书中说，他在中国旅行时发现，按摩店遍布城市，而书店却寥寥无几，中国人均每天读书不足 15 分钟，人均阅读量只有日本的几十分之一，中国是典型的"低智商国家"，未来毫无希望成为发达国家。这几句话深深地刺痛了中国人的神经，网上骂声一片，但是，冷静下来认真反思，联想一下我们每天上下班时在地铁上、公交车上的场景，我们不得不承认，读书，这件世界上最美好的事正在我们的生活中渐行渐远。

在这个世界上，以色列也许可称得上是最爱读书的国家。在犹太人的家中，书橱一定要放在床头，要是放在床尾，会被认为是对书的不敬，会遭到人们的鄙视。为了培养孩子读书的习惯，当孩子开始懂事时，母亲就会翻开《圣经》，在上面滴一点蜂蜜，然后让孩子去亲吻蜂蜜，其用意不言而喻——让孩子从小就知道书本是甜的，读书是快乐的。犹太人家庭的孩子，几乎都要回答这样一个问题："假如有一天你的房子被烧毁，你的财产被抢光，你将带着什么东西逃命？"如果孩子回答是金钱或钻石，母亲会接着问："有一种没有形态、没有颜色、没有气味的宝贝，你知道是什么吗？"要是孩子回答不出来，母亲就会说："孩子，你要带走的不是金钱，也不是钻石，而是智慧。因为智慧是任何人都抢不走的，你只要活着，智慧就永远跟着你。"

知识就是力量，知识就是财富，每年人均读书 64 本的以色列就是最好的例证。这个国家面积狭小、强敌环伺，却靠着知识的力量，成了名副其实的强国、创新之国。我们有理由相信，正是热爱阅读的传统赋予了他们源源不断的力量。

反观我们周围的国人，一谈起读书，我们总是抱怨太忙没时间，可是，君不见没空读书的人又偏偏能挤出时间刷微博，刷朋友圈。读网是轻松的，好玩的；读书是深沉的，要用心用脑去感悟、理解、体会。所以，不是时间不够用，而是我们不愿意把时间用在"费脑子"的事情上。

有人总结了中国人不爱读书的四个原因：一是国民文化素质偏低，二是从小没有养成阅读的好习惯，三是"应试教育"让孩子们没有时间和精力去读课外书，四是好书越来越少。生活在快节奏、高压力的当下，我们每个人每天都要面对无数的麻烦事、苦恼事，面对数不清的问题，根本静不下心来好好读书。即使捧起书本，也不外乎是各种教辅书、参考书、考试攻略、技能培训等功利性十足的读物（不瞒大家，目前我国的图书市场，此类图书占据了 80% 以上的份额），我们读书的目的性和功利性太过明确，也就是说，今天的阅读是为了我明天的实际利益服务，这是我们大部分人的读书价值取向。请大家想想，这样的阅读能快乐起来吗？因为读书就像爬山，当你背负着巨大的压力，哪怕是身处人间仙境，恐怕也不会有信马由缰慢慢欣赏的雅兴。当然，我并不是反对读教辅书考试书，只是说这些读物也许只能算是我们获得学位或技能的辅助工具。

请大家回想一下，在我们的读书生涯中，真正的快乐是怎么样的呢？我们大多数人可能有过这样的体会：《红楼梦》的温婉哀愁、《西游记》的天马行空、《水浒传》的快意恩仇、《三国演义》的气壮山河令人魂牵梦绕，《静静的顿河》的凝重大气、《约翰·克里斯朵夫》的坚强温暖、《巴黎圣母院》的怪诞悲悯令人百转千回。闻着或浓或淡的墨香，翻着或白或黄的纸张，那份一书在握的沉甸甸的质感正是快乐读书的源泉。

在历史上，每一次科技的变革都会带来人们接受信息和习惯的改变，在电视电影、互联网盛行的时代，都曾经有过还需不需要阅读的疑问，但时间证明，阅读是人类最长久和最亲密的习惯之一，也是历久弥新的习惯之一。在人类文明的进化史上，文字的传播可以说是人类进化和文化发展的基础。远古人类最早在沙滩上和岩石上的涂鸦，其实也形成了最早的阅读，想象一下，当那些辛苦狩猎劳作了一天的远古人类，其中有人在洞穴的石头上画上一头牛的时候，带给整个群体的审美快乐是多么具有冲击力。从泥土文字到岩画，从甲骨文到竹简，从帛书到纸张印刷，载体和介质虽然不停地改变，但文字的魅力永远照耀着人类文明前行的路。

在作家中的作家博尔赫斯看来："人类发明的种种工具中，唯书本为大。除书而外，其他工具都只是人类躯体的延伸。显微镜和望远镜是眼睛的延伸，电话是嗓门的延伸，而犁和剑是手臂的延伸。书本就大不相同了，书是记忆和想象的延伸。"

胡适对读书也有精辟的见解，他认为，读书是快乐的，因为"书中自有千钟粟""书中自有黄金屋""书中自有颜如玉""书中车马多簇簇"。他认为读书有三重功效：第一，书本是学问知识经验之记录，人类之遗产，读书就是汲取这些智慧，来做基础，再去发挥而光大之。第二，读书能集思广益，让我们博学而多才。他举例说："有许多书，我们读起来是不懂的。一定要读了许多别种书，才能读得懂这本书。"如此一来，书越读越多，思想和见解必然会越来越深刻，人们的才学也就日益广博了。第三，读书可以解决现实困难。他风趣地指出，我们怎样生活？怎样对付社会环境？这些都是人生极困难的问题。如果不读书，就不会有主意。多读书，主意自然会多，解决困难也就比较容易。

有人说，这世上有三样东西是别人抢不走的：一是吃进胃里的食物，二是藏在心中的梦想，三是读进大脑里的书。当我们享受着美食，为梦想努力的时候，依然得记得，我们的脚步无法到达的地方，目光无法触及的地方，读书可以。

也许你曾经是爱读书的人，也许你现在就是爱读书的人，在此，我想与朋友们共勉，让我们从现在起，一直到未来，都做一个爱读书的人，做一个快乐的人。

第二辑

与毒蛇对话

　　偶然的一次机会，听说上海奉贤区有位专门与毒蛇打交道的女人，这引起了我强烈的好奇心。于是，我来到瞿莲珍开办的华乐养蛇场，走进蛇群，开始了一场与毒蛇的"对话"。

　　人届中年的瞿莲珍热情而纯朴，爱笑却不善言辞。在她家的堂屋稍事休息后，拗不过我的急切催促，她带我来到了村边小河旁的养蛇场。从外观来看，占地一亩的养蛇场跟农家养猪、养鸭的养殖场无甚两样，可推门进去的感觉截然不同，许是心理因素作怪，我全身的神经马上不由自主地抽紧了。

　　蛇场中间是一条狭窄的人行走道，两边用 0.6 米高的砖墙均衡隔开 8 个约 80 平方米的小间。每个间格里最醒目的是中央的凉棚，上覆草席和油布，棚下是两排倾斜成 30 度的草排，对称搭成一个三角形。一条水泥砌成的小水沟横亘场内，零零落落地还种了几棵矮小的柑橘树。

　　我换上高帮雨鞋，随着瞿莲珍的丈夫徐金龙一起翻墙进入蛇场。当老徐告诉我，每一隔间养有 500 多条毒蛇时，我怎么也不相信。老徐笑了笑，一伸手掀开了一个草排，"哇"，那才叫触目惊心呢：横躺的几个瓮口密密匝匝的蛇群看得人头皮发麻！老徐说，每只凉棚里各有 40 只瓮，每 20 只一排横放，口朝外底对

底，这就是毒蛇们的"家"了。毒蛇一般昼伏夜出。早上 9—10
点必定会爬到空旷处晒太阳，因为是冷血动物，所以日温一旦超
过 20 摄氏度，马上就会爬到阴凉处躲起来。有趣的是毒蛇还挺
讲究卫生呢，任何食物只要一沾上污泥，它瞅也不会瞅上一眼。
蛇喜群居，你缠我抱，相拥在一起，但如果窝里有同伴不幸"逝
世"，所有的"好朋友"就会一哄而散。

在蛇棚中时间待得一长，我的胆子也慢慢地大了起来。经过
瞿莲珍和徐金龙的指导，我小心翼翼地走近一条在泥地上蠕动的
大蝮蛇，看准蛇头下的 7 寸部位，迅速伸手紧紧地提捏起来。原
本以为会是那种阴冷滑腻的感觉，其实不然，触感极其粗糙，捏
头掐尾地将蛇身拉直凑近一闻，腥臭扑鼻。再细细一看，蛇背
是一种漂亮的回字形金黄色图案，黑纹衬底，非常精致；腹部泛
白，像表链一样一环扣一环，这就是"蛇足"了；转过蛇头端
详，明显的扁平三角状，这是蛇有毒无毒的基本判别标准。过完
捕蛇瘾后，我正想将蛇轻轻放下，不料老徐一声断喝："且慢！"
见我不解，他边比画边说："蛇的骨节环环相连，因此蛇身极其
柔软，别看它现在这么温驯，一有机会它就会给你颜色看。"一
听这话，我刚刚有点"麻痹"的警惕性又提高起来，很做作地将
蛇用力一扔，甩得远远的。老实巴交的老徐居然也开了句玩笑：
"不过，也别这么夸张嘛。"问起当初怎么会起了养蛇的念头，瞿
莲珍不好意思地笑了笑，原来这里面还有个有趣的故事呢。1986
年，瞿莲珍从女儿订阅的《少年报》上看到一篇小学生作文，讲
他爸爸怎样与毒蛇打交道、毒蛇全身都是宝等，心中不由一动，
连忙唤来丈夫一同商量。虽然夫妇俩对如何养蛇一窍不通，但凭

直觉，他们感到这是一条致富的光明大道。第二天两人就冒冒失失地前去拜师学艺了。在屡遭拒绝之后，夫妇俩的诚心和执着终于感动了师父。1987年，夫妻俩毅然辞去了镇办企业的工作，四处借贷办起了一个简陋的养蛇场，开始了自己的事业。创业的艰难和辛苦自不待言，但即使是最艰难的时候，夫妻俩也从未想过拆棚还耕。瞿莲珍说："既然做了，好歹也要做好。再说毒蛇全身是宝，我就不信这条路会走不下去。"正是凭着这种朴素的直觉和坚定的信念，才使他们最终走向了成功。

刚从蛇场回来，就有村民拿来蛇出售。被单独关在一只绿色网兜里的是一条金黄色眼镜蛇。瞿莲珍说，一般的眼镜蛇都是黑色的，这种变体她也是养蛇10多年来第一次见到。见它圆圆的身子盘成一团好梦正酣，我恶作剧地用脚在它背上轻轻地踩了一下，那蛇身蓦然甩开，蛇头高昂，咝咝地吐着红信，三角形头部两边的气囊迅速变扁扩展，犹如一下子多了两个硕大的耳朵，头部背后的"眼镜"清晰可见，蛇身同时也变扁变粗。这狰狞之态，令毫无心理准备的我慌不迭地抽脚跳开。为了让我看得更仔细点，瞿莲珍吩咐徐金龙将蛇提到门前的打谷场上，把蛇放了出来。一到空地上，眼镜蛇马上半蜷起身子，头高高地竖着，一动不动地正视前方，双眼血红。蛇的视力极差，但其他感觉系统能指挥它向对手采取最佳的攻击姿态。老徐用竹竿在它尾部一扫，蛇以一种超常的快捷，迅速回过头去，准确地一口咬住竹竿。

面对如此充满杀气的对手，我油然产生了一股强烈的征服欲望。看着我跃跃欲试的兴奋表情，瞿莲珍笑着用弯头钳夹住蛇头，然后千叮咛万嘱咐，才让我尝试捕捉剧毒蛇的乐趣。或许是过于紧张，我抓蛇时手的位置略靠下了一点，眼镜蛇的头居然转过了一半，骇得我双手死死攥住它的头部。惊魂甫定后，抓过蛇身一嗅，腥味虽重却不臭，手感粗粝，类似麻布的感觉。翻过来看看蛇腹，一条条链甲状组织宽近半厘米，这么大的蛇"足"想必窜跑也快。

午后，我穿上白大褂，跟随瞿莲珍夫妇进入他们的那间小工作室，准备提取蛇毒。室内陈设很简单，比较显眼的是工作台上的两个形状古怪的瓶子，里面盛放着一块块黄色的晶体状东西。瞿莲珍说，这是干燥瓶和培养器，那些晶体就是制成的蛇毒，别小看这玩意儿，一克的价钱远远超过黄金呢。

看着瞿莲珍抓蛇取毒，我的手又痒了起来，于是角色再一次转换。等我坐定，徐金龙从网兜夹出一条蝮蛇，我小心地用右手拇指和食指捏住蛇头两边的毒囊，左手攥住蛇尾，将蛇头对准烧杯口，可那蛇成心跟我作对似的，居然不张嘴。瞿莲珍笑着说"你捏啊"，我才恍然，稍一用力，蛇口就张开约 70 度。我慢慢地将内弯的毒牙轻轻挂住杯口，两丝淡黄的涎液从毒牙里缓缓流出。成功了！瞿莲珍告诉我说，蝮蛇和眼镜蛇之所以危险性大，是因为它们的毒牙较长，而且靠近口腔前端，咬人后可以将毒液注得很深；火赤链蛇毒牙在口腔深处，因此咬了人也不易将毒素及时排出。一条蛇一年可取毒 8 次，时间为每年的 5 月 20 日始至 11 月初，其他时间基本上处于冬眠状态。

蛇毒一般经过 10 小时左右即可成晶体（有趣的是蝮蛇毒呈橘黄色，眼镜蛇毒却是纯净的乳白色），然后用玻璃瓶密封盛装，送到指定检验所检验纯度、含水量、生物毒性等，各项指标合格后才可送到用户单位。

蛇毒血清对胃癌、脑血栓、风湿性关节炎有很好的疗效。利用瞿莲珍的养蛇场提供的蛇毒，有关医院和科研单位已成功地研制出了"康健Ⅰ、Ⅱ号""蝮蛇876胶囊"等医用产品，造福了人类。

相伴死亡——殡仪馆里的 10 小时

我们所爱

所珍视的一切

都必定凋零毁灭

像我们自己一样

这就是我们有生者的无情命运——

如果这些不死

爱的本身也将死亡

—— 雪莱

有位哲人说过，偏见比无知更愚蠢。无论我们生前有过怎样的辉煌，当死亡降临的时候，无论你愿意还是不愿意，都将遵从摆布，然后从这里出发，走向通往天国的旅程。

其实人类对于死亡的恐惧是与生俱来的。这种内心深处的战栗，贯穿整个进化的每一个嬗变过程，死亡是什么？贤哲伧夫各种形而上或形而下未竟的探寻，反过来更为死亡覆上了一层神秘的阴影。其实生和死不过是生命存在的两种极端形态，很多时候，我们是在内心自觉和不自觉地放大我们的恐惧。

1999 年 4 月 15 日早晨 7 时 56 分，上海龙华殡仪馆副主任吴子殿，拿起一件深蓝色并佩有红色标志牌的半旧工作服，抖了抖披在我的身上，若无其事地说："具体的活你就别干了，到处看看吧。真的，没什么可怕的。"8点整，我站在一长排白色的灵车间，开始了一天的体验性采访。

1. 接尸工——灵魂的庄严收容

我坐上了 13 班金秋荣和周荣勇驾驶的面包车，这是一辆国产尼桑车。原来，和其他服务业一样，殡葬服务也有个面向市场的问题，也有不同"消费层"的要求。龙华殡仪馆近年来购置了国产尼桑、日本尼桑佳奔和美国凯迪拉克等多款车型，170 元～1000 元的出车费满足了不同消费层次的需要。在调度室领了单子后，我们驱车前往某区中心医院，接取一具 80 多岁的癌症患者的遗体。37 岁的金师傅已做了 15 年的接尸工，是第一批通过社会公开招聘进馆的"老"职工，52 岁的周师傅几乎做遍了殡仪馆内的所有工种：大厅服务员、化妆工、焚尸工、接尸员。两人对自己的工作都挺满意。9 时 19 分，车到达目的地，倒车进入医院太平间门口，两人跳下车，拿上一条崭新的装尸袋，在医院护工的带领下，先核对好冰柜上的死者姓名、性别和住址，再拉开冰格，仔细对照尸体手臂上和大腿上捆扎的识别条，准确无误后，方将白布缠裹的尸体装入袋内，从脚到头拉上拉链，最后抬上担架送回殡仪车上。

回程路上，两位师傅告诉我，到医院接尸相对还算简单，比较麻烦的是去居民家。有些居民一见殡仪车，往往会做出掩鼻、吐口水等举动，甚至故意堵在弄堂口不让车进。不同的丧家有不同的风俗，比如，进屋不准接尸工触碰门窗和家具，抬尸出门一定要头先脚后等。有一次大热天，丧家停尸三天后才通知去抬，尸体早已发臭，内脏腐烂，体液溢漏，又是6楼，两人只有靠肩扛手抬把尸体弄上车。最头痛的是碰到那些"坏死人"（殡葬业的俗语），如惨遭车祸的、跳楼的、高度腐烂的等，但不论多么脏污可怕，接尸工都要把现场清理干净：脑浆、肠子、残肢碎骨一件件捡拾到尸袋里……

　　说话间，车子已驶回殡仪馆，在调度室交清单子后，又去化妆间的停尸房交接尸体，9点40分两位师傅笑着向我挥挥手，又驶向下一个目的地。

2. 调度室——天使大本营

　　9时50分，在殡仪馆的指挥中心——调度室内，值班经理沈兴定接待了我。他说，调度室对工作人员有明确和强硬的规定，要求标志明显，服装整洁，尊重风俗；尸体轻抬轻放，必须一车一尸，绝不许混装或男女叠放；不收小费，违者处以10~15倍罚款。正说着，接尸组交上了4张小费单，金额从10~100元不等。沈经理说，单位职工99.9%的人都遵守着这一规定。

　　1998年，龙华殡仪馆通过媒体向社会公开招聘，11个岗位居然吸引了四五百人报名，沈兴定感慨地说："那场面真是蔚为壮观。"经过严格的文化考试，最后录取了8个高中生和3个大专生。今年，龙殡计划在同济和交大等高校再招收一批高素质的人才，为殡仪事业的进一步发展打好基础，反馈回来的信息令人振奋。

1978年，沈兴定决定到殡仪馆工作时，兄嫂曾极力反对，甚至在侄女的婚礼上逼他答应不表露身份。沈兴定说，做这一行难啊。1997年市区某居民楼失火，瓦砾中留下16具尸体，每一具都烧得面目全非，根本无法分清谁是谁。市政府、市公安局和民政局给龙华殡仪馆下了死命令，一定要逐具清理清楚。面对压力，龙殡馆上下全体动员，在无名姓、无照片等背景资料的前提下，根据余渣、遗物（如局部特征、首饰、内衣裤、鞋的残片等）慢慢整理，及时报告公安局，公安局再根据这些资料通知家属认领，每具尸体至少都要翻箱10次以上。有一天，一位家属左看不像，右看不是，遂与公安人员发生争执，沈兴定好心上前相劝，不料却被一拳击倒在地。沈兴定说，当时挺火，后来一想丧家的心情，也就算了。在龙殡馆，这种委屈几乎每一个职工都或多或少地遇到过。

去年的七八月间，上海遭遇罕见的持续高温天气，调度室——应该说是整个龙华殡仪馆经受了建馆以来的最大一次考验。连续20多天，日接尸都在200具左右，最多的一天高达220具，远远超过日接尸100具的承受能力；正常情况下接尸车一天最多出车8趟，而那些天所有的车辆几乎都跑满15趟；化妆间冰柜的最大容量是137具，超量的尸体只能放在过道上、走廊上，靠打针防腐。全馆几乎所有人都调动了起来，停尸间的尸体一具接一具，连转个身都困难，许多职工吃喝全在里面，实在挺不住了就在停尸房内找个地方打个盹儿。

叔本华说："出生和死亡只是一种不间断的摆动。"除却其中的哲学意味，我以为，殡仪工人无疑是生和死之间那一个不停摇动的摆。能够面对死亡当然不失为一种勇，但能淡漠生和死的界定，并坦然地生活于生者和死者之间，则更是一种超常的境界。在无数个哀乐低回，悲语呼号的日子里，那些肃穆而亲切的表情，才是悲伤的心灵最贴切的慰藉。

3. 化妆间——留给怀念的美容

　　11 时 8 分，我的双脚踏入了殡仪馆的工作重地——停尸房。穿过一条长长的走廊，一股浓烈的恶臭扑鼻而来，呼吸为之窒息，面对 10 多个迎上来的工友的笑脸，我知道我必须尽快地习惯和适应。稍事寒暄后，我怀着极度的忐忑走了进去，即使早有心理准备，可甫一看见宽宽的大厅几十具挤挤挨挨的尸体，仍有一种触目惊心的感觉，胃翻腾得难受，我知道这一刻我无法开口，于是赶忙不停地按动快门来掩饰自己内心的恐惧。最初的惊骇过去之后，站在尸堆中四望，恍悟其实死亡不过是生命的另一种表现形态，就像落叶，无论以一种怎样的姿态飘坠，其实仍是本相。

　　37 岁的小组长张宏伟虽不善言谈，但丝毫不影响他在化妆间中的"龙头老大"地位，这些年来，国家的、市里的、局里的、馆里的荣誉证书拿了一大摞，凡是技术难度大的、复杂的、要求高的几乎都压在他的头上。我特别留意过他那一双粗大的手，带有一种突兀的红，他说这是长期接触药水的缘故。伸出右手食指，拿左手指甲用力抠了几下，张宏伟笑笑说，指肚子的肉全死了。有次给一具尸体整容，缝合伤口时不小心扎了一下，当时不出血就没留意，不承想就被细菌感染了。

　　几年前，火车出轨造成许多日本少年罹难的不幸事故人们至今记忆犹新。那一天，龙殡的职工是在近下班时才接到的待命通知，晚上 8 点多钟，尸体陆续运到，立即被送往房间进行化妆和整容。由于大部分遗体将被要求运回日本，因此，时间紧，任务重，难度是可想而知的。张宏伟领命对三具在中国火化的少年尸体进行整容，整整一个星期，他都全部身心地扑在工作上，细心地为少年修正严重变形的五官，全然不顾刺鼻呛人的血腥气。望着这些充满稚气的年轻面孔，张宏伟好几次忍不住掉下了眼泪。

他们的工作得到了死者家属的肯定，此后不久，日方即发函邀请馆领导赴日考察，第二年，三位在中国火化的少年亲属来沪祭奠时，还特地向龙殡的工作人员表示感谢。

27 岁的吴天恩倒是快人快语：这些活苦点累点脏点倒没什么，关键的是许多人对我们不理解。比如说给尸体穿衣吧，其实我们馆里有很明确的规定和一套程序：先给死者脱下装，然后穿袜子和裤子，再穿上鞋子，接着才能脱上衣，从里到外一件件地穿，碰到肢体弯曲变形的尸体，一般都小心地顺着方向来。外边的猜测多了，有说我们把骨头卸脱臼穿衣的，把套衫剪开弄上去的，甚至说我们把尸体像吊死猪一样吊起来洗澡的。常常在死者的衣服里或身上会收到丧家夹进来的条子，打招呼说不要再给死者洗澡了，弄得我们啼笑皆非。

曾做过宾馆、酒店服务员和 DJ 师的吴天恩摊了摊手：说实话，人，做是做不死的；气，肯定会气死，不如多想想开心事。

化妆间是全馆工作条件最差、任务却最重的一个部门。去年发生的轰动全国的沪上某知名女作家被杀案，当时还是化妆间组长的沈兴定接到整形任务后一看，吓了一跳。他说这是他经手以来最严重的一次刀伤案，脸部、后脑、脖颈处数十道伤口纵横，真不知凶手如何下得了手。那时天气很热，沈兴定用针一处处地缝合，身上的汗一串串往下掉，由于整容一般都是在鲜尸状态下进行，绽裂外翻的皮肉遇冷遇风极易硬化，因此，化妆间都不设风扇或空调。天冷时还相对好受些，可一到夏天，工作起来简直就像打仗，只好几个小组轮流着替换上场。但遇到这种高难度的"手术"，其他人就插不上手了，沈兴定经过一整天的忙碌，才算完成任务。死者亲属和单位同事瞻仰遗容后无不感到满意。

虽说是死人，但化妆间也遵从活人世界的基本规则，比如冰箱就分男女，南边小一点的为女尸部，北边大一点的为男尸部，男女绝不能混放和叠放。化妆师的工具是戏剧颜料，有多种颜色，无论怎样的肤色，肝癌患者的蜡黄也好，长久停放发黑、发青的也好，都要求做到栩栩如生。

今年刚满 20 岁的欧庆，是个长相清秀、性格开朗活泼的女孩，她和男朋友李忠玉以及 19 岁的王红梅同是民政部长沙民政学校殡仪服务专业的首批毕业生，业余爱吹黑管，虽是初学，可兴致极高。第一次到上海来实习时，看到那么多尸体的时候，欧庆忍不住憋着一口气赶快逃了出来，整天都感到恶心，胸口堵得慌。有时看到丧家哭得厉害，她也会躲在一边陪着流泪。可没多久工作就很快上了手，由于表现出色毕业后被馆里留了下来。我问她女孩子做这行怕不怕，她眼珠子转了转说，怕，有一次还闹"鬼"呢！去年七八月间，工作最高峰的时候，我和红梅中午吃过饭后回化妆间，几个老大哥指着一具用装尸袋盖着的尸体让我们搬出去，没想到才搬了几步尸体就动了起来，吓得我俩大叫一声撒手就逃。原来，有个师傅睡午觉，同事们故意跟我们开玩笑。

被吓过的还不只是她，吴天恩告诉我说，有一次他给一具尸体穿衣，不料才扶起来，那死者就头一扭，一口气吹在了他的脸上，吓得他忙不迭地松手，原来是死者肚内的积气，一摆动便冲了出来，让他虚惊了一场。

化妆工们还有许多不成文的默契，比如平时开玩笑推来搡去不分你我，但工作时互不碰触，互不递烟。

殡仪馆内很多小青年都是在业内找的对象，倒不是他们的社交圈狭小，而是社会上对他们的工作有很多偏见和歧视。职工张向东以前曾谈过几个女朋友，都是城市姑娘，有银行职员、有商场服务员、有工厂的工人，可一旦知道他的工作，无不落荒而逃，最后有个女孩倒是同意了，可家长却死活不干。现在的妻子虽是附近农村的，但贤惠、善良，张向东感到挺合适的。

当我走出化妆间，挥手作别那一群身着白色大褂的青年人时，我知道，这一个群体其实已在我的心中留下沉甸甸的分量。短短的几个小时，我已见得太多，听得太多，我游走的笔没有过多触及他们从事工作的具体细节，不仅是对亡灵的不忍和回避，也是试图从一个侧面写出他们的真实。那种在我心里流动的感觉，可以称之为尊敬。

4. 焚尸工——十字架下的舞者

16 时 12 分，最后一个追悼会终于结束了，开往火葬场的殡仪车已是"棺无虚位"。经过 20 多分钟的行程，我来到了这次采访的最后一站——益善殡仪馆。

随着上海城区的进一步扩展，城市环保日受重视，被居民区、商业区包围的龙华殡仪馆和宝兴殡仪馆的焚尸炉先后被封停工。国家拨专款在较为偏远的梅陇和曹行交界的农村建立了一个新的专业火葬场——益善殡仪馆，内设两个先进的焚化车间，共有 14 个焚尸炉，龙华和宝兴两个殡仪馆承接的所有尸体都被运往此地火化。卸下尸体后，驾驶员开车离开了。穿着龙殡工作服的我抓紧时间忙着对火化炉和操作台摄影，看到边上站着一位戴眼镜的年轻职工，没多想，我就向他提出了采访要求。他不动声色地听完了我的介绍，把我领到了休息室，打电话向经理汇报，在得到指示后竟将我"押"到了馆部办公室。郑佩玲经理在查验了我的记者证，又与龙殡馆的吴子殿副主任通话后才确定了我的身份的真实性，然后一边致歉一边告诉我说，前段时间就有两个号称某中央大报记者身份的女青年，来这儿转了一圈后，又到宝兴殡仪馆谎称益善已赞助了 1 万元，要求宝兴也出同样的一笔钱。当然她们没有得逞，但由此两家殡仪馆却提高了警惕。我自然表示理解。

郑经理其实是个极热心的人，特别吩咐一位姓金的老师傅陪我采访，这样我们又来到了焚化车间。

高大的焚尸炉 8 台相连，顶天立地居于车间最中央。"押送"我的焚尸工周险峰告诉我说，每天一早上班首先要把电源打开、点火，死尸进来后，一定要核对无误，才放上行架尸车，然后上操作台指挥行车进入规定的炉门。火化后出炉也是有标准的：尸灰净、酥、白。对时间则没有要求，因为肝炎、癌症病人的遗体较难烧透，所以焚化时间就可能有长有短。一般尸体的火化约费时 1 小时，出炉时打开前面相应的约 2 尺见方的炉门，将骨灰装入专用铁箱内，再送入后厅捡骨。

43 岁的张美凤一边用两根长长的筷子认真地捡着骸骨，一边详细地向丧家介绍部位。她说别看捡骨是个轻松活，可你必须对人体的骨骼结构也有所了解，丧家并不要求每块骨头都有，但必须每个部位的骸骨都齐全，比如牙齿，火化后就只有一点点大，而且极易跟其他碎骨混淆。"这么多年下来，有了经验，再耐心点，倒也不难了。"张美凤说。

18 点 20 分，当我走出龙华殡仪馆的大门，回望那一条白天喧闹而此时寂静的甬道，我知道我将永远记住这里和在这里忙碌着的普通而平凡的一群人。

谜一样的吃玻璃奇人

早就知道近几年出了一个能啃吃玻璃杯的奇男子，但从未有缘识荆。

2000年2月8日晚，在上海国际艺术体操中心，上海大世界吉尼斯总部举办了一场别开生面的表演会，我作为一名普通观众，怀着信疑参半的心情购票入场观看演出。耳朵拉车、手掌煎鱼……一个个超越人体极限令人匪夷所思的表演精彩纷呈。20时左右，啃吃玻璃杯的奇人林银才先生出场，在现场一位医生的检查和监督之下，拿起一只玻璃杯张嘴啃吃起来。一时间，全场鸦雀无声，唯有那刺耳的嘎吱嘎吱声回荡在空中，观众席中不时传出一阵阵被压抑的惊呼。

表演一结束，我赶忙越过观众席，向工作人员出示记者证后，追上了正走往后台的林银才。林先生笑着连连答应面谈，不过让我稍等一会儿，然后转身匆匆离去。

我注意到林银才满嘴的鲜血。

此时，一位工作人员拿了几块表演吃剩下的碎玻璃从我身旁经过，我顺便截留了下来。正好，现场监督、曙光医院的内科医生郑舜华也站在一旁，我们一起仔细观察和敲击了碎玻璃，确认货真价实。郑医生说，从理论上讲，玻璃人人都能吃，不同的是吃下去后造成的危害性后果有大有小，普通人吃下去很可能会有生命危险。至于说玻璃能被人体吸收或消化，那是绝对不可能的。

那么，林先生吃下玻璃后为什么能安然无恙呢？是特异功能，是魔术，还是医界悬疑，人体奇迹？抑或……

10多分钟后，带着满脑子疑问，我在后台休息室里向林银才先生提出了采访的要求：为了真实、准确和客观，希望能与他当天在宾馆内同住一晚上。林先生为难地表示，今晚已另外安排了应酬。"不过，"他热情地说，"欢迎你到宁波来采访。"我笑着说："去宁波采访没问题，不过你得答应我，当我的面吃一只玻璃杯，并让我陪你一晚上。"林先生痛快地答应："没问题。"此后，经过多次电话联系和确认，林先生每次都明确表示接受我的两点采访要求，并且采访时间由我确定，有了这些前提保证，2000年2月24日下午2时30分，我踏上了前往宁波的旅程，试图以尽可能的真实，向世人介绍这位谜一样的传奇人物，在科学的边缘，叩响一个清脆的问号。

然而，接下来的采访却让记者如入八卦阵中——

18:20，经过近4个小时的奔波，我终于到达了目的地。通过手机与林银才联系后，我遵嘱叫了辆出租车赶往五月大酒店。林银才先生和其堂兄接待了我，席间，宾主交流非常融洽。林银才告诉记者：我除了钢化玻璃杯不吃外，几乎所有的玻璃杯都能吃。最厚的有5毫米，最长的一片30毫米，最多的一次一口气吃下6个玻璃杯和2个瓷调羹，最快的一次只用了30秒。听得记者咋舌不已。

　　当问及那次表演口腔出血时，林银才笑笑说：这是很正常的，从杯口咬下来的玻璃一般边缘很锋利，一不留神就会划破嘴唇；而且咬到嘴里的碎玻璃也呈不规则状，有些很长很尖的会立起来，一咀嚼，就会在口腔内壁造成伤口；另外，因为啃咬玻璃时是头部向下、双手拿着杯身向外用力，因此，脸颊也易被进出的碎玻璃击伤。一番解释说得记者牙根直抽冷气，但也由衷地对奇人异士萌发一股敬佩之情。

　　林银才先生最让人感到不可思议的当然不只他的"铁嘴""钢牙"，还有他的"铜肚腑"。他告诉记者说：我吃东西基本不忌口，甜酸辣咸样样爱吃，特别是辣，连在四川住了十几年的人都比不过我。吃了这些年的玻璃杯后，从未有过胃出血、肛门出血等情况，身体反而越吃越好，现在每月都要吃几个，像练功一样。而且从未生过病，从25岁到现在，体重一直保持在135斤到138斤之间。最奇的是排泄也正常，我自己多次留意过，从未在排泄物中发现过玻璃碴。有一年，我自费8000元在大医院做了全身检查（胃镜除外），结果血压、血糖、大脑、磁共振都正常，连医生都觉得不可思议。

　　说到这儿，林银才认真地说，当我不能再吃玻璃的时候，我要趁活着时将自己的胃拿出一部分来献给医学界，我也很想看看有什么特别。

　　最后，林银才豪迈地说，我可以接受任何人任何形式的挑战，我最希望能和世界上所有的能人进行比赛，为此，我还专门设立了自己的个人网页。

　　采访至此尚算顺利，林银才的经历、豪迈和充满男子气概的形象一下子在我心目中高大起来，我为自己能作为一项未知的生命科学的奇迹最直接的见证人而暗自激动。

不料一提及吃玻璃杯的事，此后的谈话却急转而下，林银才渐渐沉默，而林银才的堂兄却逐渐成了谈话的主角，他多次提出今次林银才是不是可以不吃玻璃杯了？因为今天只有3个人，吃起来不热闹。在我的解释和坚持下，林银才最终答应饭后多邀些朋友助兴时再吃（玻璃杯）。

20:35，我跟随林银才兄弟来到了他参股的"金色年华"娱乐城，大堂的墙上挂满了一些演员和名人与林银才的合影。在办公室里，林银才给我翻看了厚厚的两本影集，里面插着许多他啃吃玻璃杯的照片和众多报纸关于他的报道，还有两本每吃一只玻璃杯时在场的见证人留下的见证书……

21:15，热情的林银才坚邀我在歌厅中娱乐一下，并答应在那里让我见证吃玻璃杯的绝活。与林氏兄弟及他们邀来的两位朋友坐定后，林银才的堂兄拿起我带去的傻瓜相机，关心地问包房内灯光这么暗，拍出来的效果是否会好？我笑笑让他放心。此时，林银才大声地打断我们的话头，说现在不许谈工作。音乐响起来之后，林银才不一会儿失去了踪影，其堂兄歉意地解释说林先生是大忙人，朋友多，应酬也多，我表示理解。他接着又说，林银才今天情绪似乎不好，很消沉，吃玻璃杯一事是否就算了？我再一次向他解释了关于新闻报道的真实性问题。其堂兄点点头，一会儿说去找找林银才，就出去了。22:35左右，林银才的朋友提议我给林银才打个电话，他很快赶了过来……

23:10，朋友告辞后，林银才忙问我其堂兄去了何处，我说去找你了，他脱口而出没有啊，然后，拨通了其堂兄的手机。从包厢出来后，我们正准备下楼，在走廊上林银才又遇到了几位朋友，一转身又不见了人影。我无奈只得坐在过道的沙发上，观看一部打斗激烈的美国片。23:35左右，一位青年男子说奉林总之命先带我去酒店住下，林总应酬完后就赶来……

00:36，我再次拨通了林银才的手机，问他何时能来，林先生在电话那头说，我老酒喝多了，不过来了，明天再跟你联系……

2月25日7:11，我到酒店二楼吃过了早饭，7:50分拨了拨林银才的手机，对方已关机。8:00刚回到客房，林银才的堂兄就从大堂打来电话，我犹豫了一下，还是收拾好行李，退了房，与他一起赶到办公室。9:11，我又拨响了林银才的手机，对方"喂"了一声就挂线了，我耐心地隔几分钟拨一次号，每次都是"用户正忙"，堂兄告诉我说林银才今天与人谈一笔重要的业务，什么时候能回来就不好说了，在这种情况下他也找不到林银才。

接着，林银才的堂兄和我坐在沙发上进行了一番推心置腹的谈话，他告诉我这次林银才不能吃玻璃杯的原因有三：其一，林银才面对一个人吃玻璃杯兴趣不大，吃起来没味道。（我说为什么我来之前不在电话中跟我说清楚呢？他语重心长地说，年轻人，情况是会变的嘛。）其二，长久以来，家人和亲戚都反对他再吃玻璃杯，会伤身子（所有的价值基础全部崩溃），当然这次坚决不让他吃玻璃杯责任在我。其三，也不能来一个记者就吃一个玻璃杯啊！当然你是预先讲定的除外。现在都是经济社会嘛（我说，如果要付费，采访前你也说清楚啊！他忙摇手，不谈这个，不谈这个。）何况林银才觉得吃玻璃杯拍照没意思，这方面的照片已很多，如果录像又另当别论了。再说林银才最希望的是能到世界上去打影响，对国内报不报道兴趣不大，你是不是先回上海？以后——3月底、4月初，我和他到上海办事，顺道接受你们的采访。到时一切按你们的要求办！这次是不是就算了？！我还能再说什么呢？10:51，开往上海的客车缓缓启动了，我想总该跟主人告个别吧？我最后一次拨通了林银才的手机，听筒里依然传来的是没有任何感情色彩的话语："……正忙……正忙……正忙……"

以下是从林银才提供给记者的一份折叠式宣传品上摘录下来的一段文字，现转登出来，以便读者对"啃吃玻璃杯的奇人"有一个大概的了解。

林银才，1948年出生于宁波市郊区的一个农民家庭，自幼消化功能就很强，从七八岁开始吃螃蟹、鱼等有壳、有骨刺的东西，从来不吐壳、骨刺，都是整个吃进去，却从没有产生不适。他记得第一次当毛脚女婿上门去，曾反复告诫自己，鱼刺之类吐出来，否则对方见了还以为自己贪吃，连骨头都不剩，这将危及这门亲事。所以，若要说他与一般人有哪些不一样，这就是他自小练就的特异功能。

林银才当过8年兵，又在宁波当过8年派出所所长和5年公安特警的支队长，至于开始吃玻璃杯是在1991年8月2日，在一场球赛后的会餐中，林银才谈起特警队开创之初，设施、装备较简陋，资金严重不足，工作难以开展，甚为苦恼。席间有人开玩笑说，如果你能把调羹吃下去，就愿意捐助一笔钱。没想到他真的把手中的瓷调羹一口咬断嚼了下去，竟安然无恙。这一吃吃出瘾来了，他索性吃起了玻璃杯。作为筹款表演，先后吃了98只，共获得捐助款物计457万元。此后，吃玻璃杯表演成了林银才的一种兴趣，常在朋友聚会时露一手。

　　凡亲眼见过林银才吃玻璃表演的人，无不感到十分惊奇。只见他把一只普通玻璃杯放在嘴里，犹如啃吃一只香甜的苹果，在嘴里咬碎玻璃杯发出的咔嚓咔嚓声音，就像咀嚼着一口脆香的炒豆。那些都市酒楼的服务员见到自己酒店的玻璃杯被一口一口地啃吃下去，都惊讶不已！有的女服务员转过脸去不敢看。林银才把满口锋利的尖碎玻璃吞下去后，笑道："不要怕，玻璃杯在我的嘴里，就像吃零食一样。"有一次，他在一家宾馆表演吃玻璃杯，有位服务员误会了，急忙上楼去报告总经理，说餐厅里有个精神病人在吃玻璃杯，要出人命了，结果涌来了一大群围观的人，他不但吞下了口中玻璃，还像贪馋的小孩把掉在桌上及地下的几块碎玻璃捡起来，放进嘴里，嚼食下去。现在，林银才每月要吃几只玻璃杯，就像练功一样，越吃越快，而且身体也越吃越好，冬天，他连毛线衣都不穿，每天睡眠只需四五小时。他曾到北京、成都、宁波的一些医院去化验检查，他吃下去的玻璃杯竟被消化掉了，大便中已不见玻璃碎片。

石市暗访众"半仙"

记者离开上海，北上组稿，经郑州抵达石家庄市，在与当地迎候的朋友交流时，偶尔得知石家庄市"算命"生意非常兴隆，临街卜卦可称一"景"。

这引起了记者的好奇心，我们隐藏好采访器材，踏上了陌生的街头——

两个"铁嘴"

16 日　上午 9:30　科技馆东大街

据说这里是石市有名的"算命一条街"，已有好几年历史，常年蹲踞着 10 多个或盲或明的"半仙"和"铁嘴"。

人行道边的雕花铁栏杆前的石台上，三三两两地坐了不少闲人，而最显眼的莫过于两个盲人，正襟危坐在自己带来的可折叠帆布小凳上，面前地上铺着一块大纸，上书"算命、看相、批八字"几个大字、一根探路棒横放脚边，神态从容而莫测高深。

记者走上前去，双方开始一场有趣的对白：

记者问："算一次多少钱？"

答："10 元。"

"能不能少点？""都这价。""怎么算法？""都算。生辰八字、摸手相、抽签。""准不准?""你要说百分之百地准，谁也做不到，就是诸葛亮也不可能。""那你能达到什么程度?""百分之七十到八十吧。""你做这一行多久了?""好几十年了。""跟谁学的呢?""当然是祖传的!"

记者请他算算财运、婚姻和仕途，"师父"张开"铁嘴"，以一种抑扬顿挫的声调开始"揭秘"，无非是你这人心地善良，朋友多，财旺留不住，宜在北方工作，南方发展会不顺利，不吃苦，不卖力，一生注定费脑力，命中能坐"办公厅"等。正听得云里雾里，他忽然打住话头，说："你看对不对，对了给钱再往下算。"记者诧异地回答："你算完了我一并给你钱啊。""师父"坚定地说："都是交了钱往下算。"见记者奇怪，他终于摊了底牌："跟你说吧，有些人算了一半走人了，我也看不见，不是白忙活吗?"围观人群中一个好事者自告奋勇出来担保，"师父"才继续了下去："婚姻稍有磨难，最后必得良缘，卦象也合命也合；明年清明前3天5点到7点交好运，可保20年旺财；至于仕途……""师父"沉吟了片刻，蹦出石破天惊的一句："你这个人有赵匡胤的命!"

这下马屁可拍得太过了，在众人的哄笑声中，"师父"不苟言笑的脸上居然也微微有点泛红。

走过去10步左右，第二个"铁嘴"师父简直就是第一个的翻版。记者在他的身边蹲了下来，一言不发。"师父"感觉到身边有人，问："算命?"记者答："是。"

"算什么?"

"你既然会算就应该知道我要算什么!"

"师父"哑口无言，可能从未碰到过这样的难题，有点手足无措。

记者又问："你这个本事从哪儿学来的？""祖传的（底气已有点不足）。""你跟前面的那个'师父'是不是一起的？""都认识（有点戒备）。""是不是一村的？""不是。""除了在这条街你们还常去哪儿？""很少（纯粹应付了）。""我刚才已算了一卦，再算一卦准不准？""你真算（有点怀疑）？""真的！""（如释重负）你算3个、8个都没事。""说法不一样怎么办？""你自己判断啦，有些人光说好不说坏。""你呢？""我都算（巧妙应对）。"

不咸不甜、不好不坏的几句话后，他拿出一个签筒，让记者抽，结果抽了两支坏签、一支"喜神签"，三签解说完毕，"师父"推出"喜神签"说："这是好卦，你要付36元喜神钱。"记者听罢真是哭笑不得。

付完钱刚转身，一个神秘的瘦女人追了上来，向记者直夸那人怎么怎么神，劝我们回头再好好算算别的，问她是不是那瞎子的老婆，女人边笑边躲边说自己是收荒的。记者再走出10多步，一回头，女人正与"师父"头靠头说着什么，极亲热。

此时已是午后近1时，街上闲人开始散去，到吃午饭的时候了，"师父们"也不例外。

一个"半仙"

下午 4:30　科技馆东大街

之所以选择这个时段，据说此时是"神算"出没的黄金时间。

一踏上东大街，让记者微感诧异的是"盲师父"全无了踪影，而代之的是一些50多岁的健全人，衣裤洁净，仪容整洁，正因为此，面前地上那标明他们身份的白纸才尤显刺目。

记者与靠近路口的一个"半仙"老朋友似的聊了起来："算命？""是呀。""今天已算过两次了。""你找的都是高人。""为什么他们都是高人？""要不然你为什么找他们算？""那也不一定由此可以判断他们是高人，好比拜师，也有拜错的时候。""算得都差不多？""不知准不准，你是高人，再看看？"

正聊得热乎，一边有人大声地问靳伟："为什么拍照？"靳伟收起相机，说："出来玩，留个纪念。""师父"警觉地瞪视我："你们是记者？"我坦然地笑着问他："你算出我是记者？"他满脸狐疑地看看我，然后扭头对着靳伟直打量。

我连忙转移他的视线："算一下多少钱？"他心不在焉地说："随意。"我说："你这一随意我可麻烦了，还是给个价吧。"他依然把注意力集中在靳伟身上，靳伟连忙知趣地凑了过来，他似乎放了点心，"这地方一般整个卦算下来也就10块钱，你看咱也是上班的，不计较。"

"你也上班？"这倒让我们真的吃了一惊。

他叹了口气："我们单位不行了，工资只开50%，内退了，有活打个电话来，去上班，没事自己挣饭吃。"

"你会这个，日子应该过得不错吧？"

"主要是爱好。"

"贵姓？"

"姓王。"

"你没拜过师父？"

"哪有什么师父，拿着书自己学呗。我买的这个书啊，是安阳周易协会那个教授编的，殷墟，知道吧，安阳对这个（周易）研究比较深。"

"你在什么单位工作？"

"我们单位还挺不错，叫水文研究所，事业单位企业管理。"

"你搞地质怎么搞到这上面去了？"

"我原来下乡了，后来又回城，我刚开始学的文科。"

"那你的文化水平挺高吧，读过大学？"

"代培生。"

"学的地质专业？"

"我高中时报的政法系，那时候就特钻（钻什么？）。"

"河北的哪个大学？"

"我报的是这个玩意儿（哪个玩意儿？），后来开始了，我就钻这个了，我原来就喜欢，我买书的时候，还是（书上）没有标点的那个时候。我都能看下来，有些人看不下来。咱喜欢这个。来吧来吧，你是哪一年的？"

这时，靳伟趁他不注意，又溜到他背后去拍照，"半仙"又一次绷紧了神经："你们是记者吧？"我连忙说："真是来旅游的。""那照这个干吗？""留个纪念。""你骗人吧？这玩意儿没意思。"

"半仙"看来真生气了，怎么跟他搭讪都没用，我俩好说歹说，才慢慢打消了他的顾虑。

"王半仙"真不愧是"学院派"的，在给记者算命时，阴阳、

八卦、逻辑、理论，各种术语运用得滚瓜烂熟，条分缕析，头头
是道。然而一让他预测实际，却几乎让记者笑破肚子，以记者
自由之身，他都肯定记者已有 10 年以上的婚史，还翻着书本言
之凿凿地给记者凭空"生出"了一个儿子，其他种种更是不值
一提。

寻找"胡大仙"

17 日　上午 8:30　出租车上

坐上出租车，让司机带着我们往天桥、水源路、火车站这些
据说"算命师父"常出没的地方转了圈，结果一无所获，无奈之
下试着询问司机哪儿有出名的"高手"，司机想都没想就告诉我
们西边有位很出名的"大师"，他一年前送嫂子去过，据说极准，
石家庄很少有不知道她的。见我们兴致很高，他狐疑地问我们：
"算那干吗？"当我们提出租车前往时，他爽性把车停在路边，
直问我们是不是记者。

我们最终还是打消了他的顾虑。

车驶出石家庄一路而行。司机已记不清确切的路线了，可几
次停车一问村民，都几乎一问一个准，谁都知道刘乡有个叫"凤
菊"（音）的算命女人。

上午 10:25　刘乡"胡大仙"家客厅

走进显然是新落成的农家小院，"胡大仙"家的富裕相对邻
家是不言自明的。一跨入权充"法堂"的客厅，神秘之感扑面
而来。

正面的墙上，贴着（不如说供奉）三组人物画像，最上面的

是菩萨神，有王母娘娘、哪吒、孙悟空等人物；下边是家神；左下一组则是师父神。神像下边摆着一个长条几案，上边堆着一些看不懂的"法器"，紧挨几案的是一张八仙桌，摆着一个大香炉，两边各有一个稍小的烛台，香炉前躺着几捆红色的线香。一个肥胖宽脸的中年妇女斜坐在桌边长凳上冷冷地看着我们。屋内香烟缭绕。

我们一时有点手足无措。

还是记者先打破沉默，小心翼翼地说："怎么做我们不太懂。请'大仙'指点。"

"大仙"转过头去，从右手边堆成"品"字的三盒烟上抽出一根，慢条斯理地点上，仰天缓缓吐出几口烟圈。

我们当然只有战战兢兢、垂手而立的份儿。

"看什么？"随着"大仙"的开口，我们终于松了口气。记者大声答道："求财、看前程、问婚姻。"

"什么地方来的？""大仙"依然仰着头，仿佛我们几人正站在天花板上似的。

"上海。"记者盯着"胡大仙"回答。

"上签。"说完，她拿起一捆香，在烛火上点燃，插在香炉上。

"'大仙'尊姓？"记者陪着小心问。

"胡。"

"古月胡？"

"对。你姓什么？"

"张。"

"你叩个头坐这儿。"

"大仙"终于"眼落凡尘",示意我先跪在桌前的蒲垫上叩个头,然后坐她对面去。

"属什么?""大仙"皱眉盯着燃香的香头。

"龙。"

"属龙的跟属兔的不相配,龙兔不见面,龙……""大仙"用当地土话极快地说了起来,包括司机,我们谁都听不懂。此后的问答简直成了一场闹剧,双方常常为了一句话、一个词甚至一个字反复问询、解释半天,明白是误解后又笑得前俯后仰,而"大仙"的笑声尤为响亮,完全没了刚开始的那番做作,还原成普通农妇的那种朴素。

很自然,她所说的那些菩萨通过香头显灵,她能看着香预知祸福、解疾去病在我们耳中也成了荒唐的闹剧。

回城路上,司机还在鼓吹"胡大仙"声震方圆600里的辉煌,可记者早已不复听闻的兴致。

终于惹怒"众仙"

下午4:00　科技馆东大街

我们又回到了老地方,雕花铁栏杆前依然东一簇、西一簇围聚着一些闲人,可所有标志"半仙"身份的纸片却一张都不见了。更奇怪的是,当我们经过的时候,或站或坐的人们无不向我们投来敌视的目光。王半仙依然在老地方,面对记者的热情招呼,显得很尴尬。我们一屁股在他边上坐下,故意好奇地问怎么不把纸片摆出来了,他吭哧了半天才说:"这两天风声紧。白天有时还有警察在这儿转悠，不让公开的。这儿是主要街道，小胡同还可以。这没法说，只能是悄悄的，像我吧，下了班刨几个小钱……"

正说着，一个矮胖的年约六旬的老太踱到记者面前，一上来就咋呼说："大记者，我一看你们就是从北京来的。查腐败啊？"她眼中颇有点大家心知肚明的意味。见记者不承认，她又嚷开了："蒙谁呀，告诉你，我以前可是中央人民广播电台的，你们瞒不过我的。这次是不是有任务啊？"

正胡搅蛮缠着，马路牙子上走来两个肩披黑纱摩衫、脚蹬松糕鞋的时髦女郎，寻寻觅觅地从我们面前走了过去。记者猜测说："她们是不是要算命？"老太一听来劲了："我去问问。"她撵上两位小姐，边谈边将她们引到 10 米远的另一堆人群。"王半仙"一看生意要跑，也顾不得许多，三步并作两步跨到 4 米开外的一棵树下，从靠在树身上的挎包里拿出全套工具，摆在了地上。而那一边，交谈的双方一面嘀咕着，一面用戒备的眼神不住往我们这儿扫描。少顷，两位小姐转身离开了。

矮胖老太回来时，面对"王半仙"的责问，辩解说："你东西又不摆出来，我咋知道你要做生意，再说，他们都怀疑这两位是记者，让人家小姐过一会儿再来呢！"看形势无法再暗访下去了。当我们拦下出租车时，蓦见两小姐人影又从商店内闪了出来，原来是跟我们捉迷藏呢。这无疑又激起了我们的斗志。回到东大街时，只见两位小姐分别蹲在两个"半仙"身边认真聆听。见我们走近，小姐和"半仙"们都停止了交谈，如临大敌地盯视着我们。

　　我们走到矮胖老太和呆呆出神的"王半仙"身边，笑笑算打了个招呼。老太似乎对我们已有了信任，她看着拿着相机的靳伟，忽然说："那儿有几个是医学院的，还有几个是老师，你去给他们拍张照吧。没事的！"靳伟犹豫了片刻，终于举着相机走了过去，刚拍了一张，人群就散开去，然后又迅速围了上来，几个火气特大的"半仙"指着靳伟大声地嚷嚷："你侵犯肖像权！你侵犯人权！"

　　气氛一下子紧张起来。为了避免激化矛盾，记者们只有落荒而退。

　　回过头一看，"王半仙"和矮胖老太却陷入了"众仙"的愤怒包围中……

"梦析门诊"访解梦人

2000年底，杭州出现了我国第一家"梦析门诊"。一时，关于"梦"和"梦析门诊"的话题成了热点，社会各方众口评说、褒贬不一……

"梦析门诊"到底有多神秘？其间，究竟发生了一些什么故事？记者为此专程前往杭州做了一番明察暗访……

日常生活中，每个人都有过做梦的经历和体验。在梦里，我们享受过快乐、面临过危境、经历过一次又一次的冒险……梦醒时我们也曾一遍遍问自己：梦是什么？为什么会做这样的梦？梦境里的一切到底是幻还是真？……

梦，实在有着太多的神秘。

古时，由于人类对自然的认识能力有限，所以常把梦作为"魂灵附体"的一种象征，由此衍生出形形色色的迷信。随着科学研究的深入，梦的奥秘渐渐被揭开，而析梦，也成了心理治疗的一种重要手段。我们早已熟悉了弗洛伊德、荣格等大师的名字，但问题是：在我国，梦的分析离我们到底有多远？

早春三月，记者怀着极大的兴趣，揣着一大堆疑问，踏上了暗访我国第一家"梦析门诊"的路程。

费尽周折，记者终于坐进了"梦分析室"，以一个普通来访者的身份，向"解梦人"讲述困惑自己多时的梦境……

本以为"梦析门诊"天天开放，可星期二一大早，记者赶到浙江省第二中医院却吃了个闭门羹。挂上号，走上二楼，在迷宫般的走道里好不容易才找到"梦分析室"的门牌，一探头，办公室里却空空荡荡。隔壁房间一个穿白大褂的中年女子告诉记者："梦析专家"张同延医生只在周一周四两天对外"析梦"。无奈之下，记者只好返回上海。

星期四上午 8 点，记者准时出现在"梦分析室"大门外，由于是"熟人"，所以马上被引进屋内坐了下来。环顾室内四周，所有的陈设和布置与其他医院的门诊间并无二致。坐下不久，女医生陈敏出现在记者面前，说张医生马上就到，如果不介意的话，可不可以与她先聊聊？我当然没意见。七八分钟后，我正说得起劲，身穿白大褂的张同延医生匆匆赶到，略一寒暄，他吩咐转身离去的陈医生关上门，然后微笑着示意记者"开口说话"。

屋内一下子显得很静，也许是第一次正式让医生给自己"治梦"，我忽然感到有点紧张。定了定神后，我开始慢慢叙述自己的梦境……好几次梦见被人追赶，想跑却怎么也跑不快，梦里挣扎得很苦；近来做梦几次梦见"鬼"，很恐怖，想醒却醒不过来……

张医生一边耐心倾听，一边顺手记下一两个单词，时不时还点点头表示鼓励。其间，不停地有门诊单被送进来，很快在桌上排成一溜儿。

我讲完了"梦话"后，张医生简单询问了我的一些个人生活经历，然后开始剖析：第一个梦，实际上隐喻的是一种矛盾和冲突，这种内心的焦虑，就会通过梦境表现出来。这个梦如果偶尔出现，就要考虑是不是生活有点紧张，或工作有什么压力。如果反复出现，就要注意内心是否存在某种焦虑……至于第二个梦，如果平时有迷信倾向，那就要考虑文化程度或信仰背景，如果都不是，则做梦人很可能尚未彻底消退儿童心理特征（记者忍了半天，还是未告诉他关于"鬼"的梦是出现在采访殡仪馆后）……看我听得认真，张医生又进一步指出，你这些梦有两个共同特点：一是都来自伤害，二是你对这种伤害采取了措施。梦告诉你，所有外来的伤害对你都不起作用……

半个多小时不知不觉就过去了。"析梦"结束后，我拿出记者证表明了身份，张同延医生明显吃了一惊。经过解释，他同意一有空闲就接受我的进一步采访。

推门出去，走廊上的长椅已坐满了准备咨询的来访者，让记者感到意外的是，绝大多数都是 20~30 岁的青年男女。

我无法评说张医生的"析梦"水平的高低，也不知这一次短短的"析梦"在"疗效"上有多大的真实性，但至少，他确实引领我穿透梦境的迷雾，第一次让我真正正视内心潜藏的那一个沸腾的世界……

梦是我们的内心世界与外部世界交流的一个通道。梦里有愿望。梦是一种幻想。梦是舒适，是调节，是一种潜意识的满足……

再一次接受记者面对面的采访已是下午 5 点多钟了，经过一整天不停的忙碌，张同延医生略微显得有点疲惫。

他告诉记者，对前来要求"析梦"的人，医生一概称之为

"来访者"而非"病人"。因为做梦不是生病，梦是生命现象，有梦说明你活着，梦可以帮助人调节自己的心态，梦多不是神经衰弱、精力下降，而恰恰证明你大脑活力更强、创造力更强、想象力更强。关键是噩梦会引发人的坏情绪，好梦记不住，噩梦印象深，这是普遍现象。"梦析门诊"强调的是心理和思绪的梳理，解开情绪与情感上的死结，从而达到健康身心的目的。

"譬如说今天上午你离开时碰到的那个 26 岁的女孩，"张医生用手指轻轻叩了一下桌面，"连着三天梦见老鼠追她咬她。通过交谈，我了解她小时确被鼠咬过，这应是早期创伤的情景再现。再进一步了解，她丈夫也属鼠，生意做得挺大，成天在外，也不让她上班。这两天她养的波斯猫又死了，潜意识里觉得鼠要造反，再加上今年是蛇年，老鼠要倒霉。几方面一联系，就形成了焦虑。很明显，梦里的鼠其实是丈夫的象征，她既怕丈夫伤害她，又怕丈夫生意受影响，所以情绪很低落。我通过分析，让她正视自己的处境并积极改善夫妻关系。走的时候女孩露出了笑容。"梦不仅揭示焦虑，也放大或展示内心的某种期待。有位老先生一辈子没跟人红过脸，可在梦中却跟人吵得不可开交，吵完后感到通体舒泰。一了解，老先生的性格比较懦弱，在单位忍气吞声，在家也受妻子管制，前两天退休了，积压的情绪终于通过梦境宣泄了出来。还有一个女孩，做生意老不顺，后来梦中连着几天逛到了一家色彩缤纷的服饰城，看中了一件颜色款式都很"跳"的裙子，穿上后成了众人羡慕的焦点。醒来后她想怎么可能，因为现实中她从来不敢穿这样的衣服。经过医生的分析和疏导，她明白自己其实一直很自卑，但总想改变，因此通过梦境把

内心的期待表现了出来。女孩听后很高兴，鼓起勇气去买了一件
与梦中相似的衣服，感觉不错，从此恢复了自信，生意也越做越
好越做越大。

　　精神分析是长程治疗，按国外的传统做法，一般要进行40
次到80次的治疗，而梦的分析不一样，它是短程治疗，两三次，
甚至一次就可以解决一个问题，医学上称之为焦虑性治疗。比如
一个女性，结婚时间并不长，夫妻关系也不错，可就是常常在梦
中与陌生人做爱，并能达到高潮。交谈中，医生了解到女的对这
桩婚姻其实并不满意，只是因为家里人喜欢，想想男的各方面都
不错才应允下来。生活中丈夫比较古板，性生活上几乎没什么乐
趣。想跟丈夫交流，又怕伤他面子，所以只有通过梦境来宣泄。
找到根源后，医生让她下一次将丈夫一起带来。其丈夫一听傻眼
了，他说他根本不知道，也不知她怎么想，还以为妻子也一直感
觉不错呢。当场表示以后一定多改进，多关心体贴妻子。这个例
子的焦点实际上就是一个男女适应问题，很多相关的性梦也是同
属此类。梦的分析就是找出问题的症结，然后加以解决，又实际
又经济，因此广受来访者欢迎。

　　当然，梦的分析只是整个精神治疗的一种继续性方式，目的
只有一个：让来访者通过梦了解自己的人格、状态和内心存在的
冲突，在此基础上，研究如何去适应和改变。精神分析只注重了
解，不强调改变，强调的是来访者自己的悟性，而"梦析门诊"，
不完全排斥认知和治疗。具体来说，经典的精神分析强调性，一
直要谈到你讲出性，才算治好，而张医生则认为根本没必要谈到
性，只要来访者能适应、了解、认可，就能够而且必须去改变。

　　陈敏医生给记者讲述了这样一个故事：有一个20岁左右的四川白领女孩，梦见自己与老板乘游艇出海，忽然，平静的海面风浪骤起，老板落水淹死了……交谈中了解到女孩与40多岁的老板关系暧昧，老板好几次表白要带她一起"走"，她很矛盾、痛苦。曾经也找老板的妻子谈判过，可其妻却说离婚绝不可能，除非三人中有一人死掉，否则不会同意她当"金丝鸟"。梦把这种意识强化了。医生告诉她，其实梦已告诉她这种关系不会有结果，让她早点明智了断，要不到最后伤害的可能就是她最爱的那个人。经过七八次的分析治疗后，女孩终于下了决心，最后一次来访时是揣了火车票前来的。

　　张医生说，还有更极端的例子呢。有一位大学女老师，各方面都相当出色，却经常梦见与公公发生关系。她很害怕、焦虑，心想自己父母是部队的高级干部，从小受到的教育也很正统，怎么做这么下流的梦？由此产生了一系列的症状：在外表现一切正常，可回到家就背着人自己打自己的耳光，不住地抓挠自己，似乎自虐才能求得心理的平衡。但只要一有人推门，她马上又恢复正常。对这种两重性人格生活状态，她感到很痛苦。"我认为，"张医生说，"出现这个梦，首先说明她性方面比较压抑，我指出她婚姻中肯定有不美满的地方，她说是啊是啊。她先后找过两个丈夫，年龄都比她大许多。第一任丈夫与她从小青梅竹马，她很爱他，可家里却强烈反对，婚后丈夫'下海'受挫，亏了单位几百万元，两人离了婚。第二个丈夫的父亲患脑出血瘫痪在家，她把公公侍候得无微不至，引起众人非议，说她是个大傻瓜，可她却想，爱丈夫，就要爱他的家人，因此初衷不改。我通过分析向她指出，她所有的自我攻击，究其实都是原来行为的一种宣泄，说到底就是'恋父情结'，找的对象都是'爸爸'，甚至梦中也是这样。我劝她努力改变。经过对梦的分析她很快与第二任丈夫分了手，回家后与父母关系也正常了，自虐行为自然而然消失了，因为当她明白自己的内心后，潜意识告诉她'我没有必要这样对待自己了！'"翻开史料，其实我们不难发现，"梦析"作为一种医学，在中国的发展要比弗洛伊德早得多。《黄帝内经》就曾将梦进行分类，如一个人梦见自己飞起来，"梦飞扬"表明肺有问题；梦见两人吵架，则是"肝郁气滞"表明肝有问题；如果梦见掉进水里，又加上有腰酸，说明肾可能有问题等。但是，由于文化背景的不同，中国早期对梦的认识，往往会走入偏差，更多的带有迷信或巫术的色彩，用梦预告吉凶，推测祸福，甚至利用梦作为达到某种目的的手段。再加上中国古论缺少实证性，较多地源于经验性，因此，人们常觉得中医"不科学"。

张医生告诉记者，祖国医学精华中很大部分现在被证明是正确的，人体内部的一些生理信号，都往往会影响到我们做梦。如一个更年期的女性，梦见丈夫赤身跑进来把她压住，起也起不来，动也动不了，挣扎着醒来后出了一身汗。我们建议她去查一下心血管，果然有问题。这方面的实例我们在"梦析"过程中经常都会碰到，特别是有冠心病史的人，容易夜间发作，引起梦魇。

不说不知道，一说吓一跳。小小的一个梦，居然有这么多的名堂和学问，难怪"梦析门诊"一开张，来访者就门庭若市了。

现在，让我们来认识一下"第一个吃螃蟹的勇士"张同延医生。

张同延，男，1970 年毕业于北京大学心理系，毕业被分配到河北一家精神病院工作；1994 年调到浙江省精神卫生研究所，从事心理治疗和研究；1997 年开始连续三年参加德中心理治疗学院的学习；1999 年回到省第二中医院后，开始探索走中西医结合治疗的路子，寻找短程治疗的手段并开始在实践中尝试进行梦的分析；2000 年，他在医院的支持下筹备开设"梦析门诊"，经过一个月的试运作，10 月份，正式对外挂牌，一时成为媒体和社会关注的焦点，毁誉参半，褒贬不一。

刚开始时，人们并不接受，特别是"肚里有点墨水"的人，马上将之与弗洛伊德、性联系起来。很多理性化的来访者，带上一大堆问题，一坐定，就滔滔不绝，医生说一句，他就辩十句，纯粹是来跟医生较劲的。还有些来访者，把自己的、别人的梦收集后搅成乱麻，然后来看医生出洋相。更有些来访者，谈起弗洛伊德理论口若悬河，末了还一定要让医生认输才罢休。张医生无奈地笑笑：以上种种表现其实都是一种"阻抗性"行为。当然，并不是所有来访者都"憋着劲与医生对着干"，有些人是感到好奇，想看看"析梦"究竟是怎么回事；有的是迷信，来医院问个"好坏"；还有的人是想找个倾诉的地方或对象；甚至有专门来接受知识的，自然绝大多数的来访者还是希望能真正解决自己的问题。

"析梦"过程中医生们也常会遇到一些令他们哭笑不得的场面，比如有些来访者会不停地哭泣，或被说到"痛处"便勃然作色，也有部分心理特别脆弱或具有同性恋倾向的来访者要求医生抱一抱等。因此，对有明显精神冲动的、言行过激情绪化的、人格障碍曾付诸行动的及问一句答一句过于被动的来访者，医生们认为都不适合做"梦析"，而转从心理咨询角度进行疏导或治疗。

采访结束时，面对记者"梦究竟是什么"的提问，张医生略一沉吟后回答：梦是生理现象，一个正常人每晚都有 6~7 次梦（当然不一定全记住）；梦是心理现象，潜意识里放大你意识层面上不注意或忽略的细节；梦是社会现象，与每个人的社会实践活动密切关联。因此，人们必须突破心理上的一个误区，不是有病了才来析梦。"析梦"可以提高人们的心理素质，是大众了解自己心理状态的一个途径。他不无沉重地说，或许，"梦析门诊"的开办，更多地具有一种"铺路"的意味，但不管怎么说，张同延始终坚信今后"梦析门诊"一定会越开越多。

对于"梦析门诊"的开办，圈外人士众说纷纭，那么行业内又是怎么看的呢？记者专程采访了沪上几位专家。上海市心理咨询中心心理咨询部主任张海鹰医生说：析梦，作为精神分析和心理咨询、心理治疗的一种基础性手段，我们一直在做这方面的工作和研究，实际上也已做了很多，打不打这个"招牌"对我们中心而言意义不是很大。我个人认为，这样的特色门诊，还是有它一定的社会意义，当然，炒作成分也似乎有一点，不过，只要大家愿意，没什么不好的。至于是否如某些人说的"捣糨糊"，则要看一是不是对来访者做出承诺，二是承诺之后是否真正解决。这才是关键。而另一位精神卫生医院的副院长告诉记者：首先，没看到杭州方面的操作情况，因此不能具体评说。其次，从同行的立场来看，"梦析门诊"的名字稍嫌哗众取宠，全世界范围内都找不到这样一个"门诊",从专业角度来讲,也不合适。再次,作为一种新鲜事物,如果有生命力,自然会顽强延续,如果不被公众认可,那肯定没有生存的能力,所以,应该以平常心加以看待……

　　关于"梦析门诊"的采访结束了,可我们知道,人类关于梦的追问,将会永远地持续下去。

　　今晚,祝您好梦相伴!

黑夜中，请为我点燃一支烛光

—— 访上海市首条人工 24 小时生殖健康咨询热线

生殖健康包括青春期保健、孕产期保健、性保健、生育指导和不孕不育、常见男性病和妇女病的治疗等方方面面。每个人终其一生，都可能会在生殖上存有或轻或重的心理或生理方面的疾病，只是因个体的差异而表现不同。国际上，已把是否享有优质的生殖保健服务作为衡量一个国家或地区人民生活水平的标准之一。2000 年 3 月 8 日，上海市生殖保健指导中心组织了一批高年资的医务人员，开通了首条 24 小时免费人工咨询热线，"有个说悄悄话的地方"在市民中不胫而走——

先来看一组数据，时间跨度为 2000 年 3 月 8 日上午到 4 月 9 日下午：来电总数共 6398 个（不含 1382 个空号），其中男性打来的有 4259 个，女性咨询的为 2102 个，性别不详的有 37 个。通话时间最长的约 3 小时，最短的也在 3 分钟以上；年龄最小的咨询者 12 岁，最大的 78 岁。白天来电咨询的范围比较宽广，从优生优育、孕期保健、围婚保健到儿童保健；夜晚咨询内容基本集中在男女性保健、青春期保健、男科病、妇女病等话题上。

2000 年 5 月 16 日、17 日的下午 6 时到次日早晨 7 时 30 分，记者来到了那间小小的电话室，分别向胡晓宇和周俊彦两位医生进行了 20 多小时的亲历采访——

跨不过的欲望河

夜晚的来电咨询中，有关性无能、性冷淡、性亢奋的内容就占了 2/3 强。

浙江杭州一位先生在电话中说，他和妻子结婚才两个星期，性关系却严重失调，妻子的性欲特别强，有时甚至一天要求性交两次以上，即使这样，她仍不觉满足，还要用黄瓜等各种方法刺激自己。看到妻子癫狂的样子他感到很害怕，怀疑自己是性无能，是否需要服用壮阳药。

胡晓宇医生告诉他：女性性特征表现在难以兴奋、难以消退、高潮期持续时间比较长等方面。如果所述的情况偶然出现一次还属正常，但长期这么高的频率刺激自己，多半属于性亢进。这不一定是器质性的毛病，也可能有心理的或精神上的因素。建议对方带妻子去医院看一下，至于丈夫服用壮阳药，那无异于是"火上加油"，绝不可取。

问询者听后恍然大悟。

胡晓宇医生告诉记者，刚才那个妻子的情况其实并不多见，很多咨询者（无论男性还是女性）所指称的性无能或性冷淡，其实是缺乏对男女性差异方面的知识了解，另外，身体状况、环境、心情都可能导致性兴趣的减弱或缺失。

另有一位先生来电抱怨妻子性冷淡。他说结婚才一星期，妻子死活不让他"干那事儿",急得他有时真想把妻子"强奸"了。通过交谈,胡医生发现原来这是个很"自私"的丈夫,每次一有冲动,就不管女方是否愿意,草草行事。胡医生毫不客气地批评道,做丈夫不是那么容易的。对女性来说,性兴奋需要有个过程,像你这样肯定会把妻子的心给弄"伤"了,夫妻性生活也是一门艺术,是双方的事。对方听后除了一迭声称"是",没了其他言语。

一位 51 岁的男人凌晨 1:50 拨通了热线,自称以前夫妻关系不算太差,家里条件也非常不错。几十年下来,技巧上也不应该有什么问题。可最近好睡得不得了,对那事似乎一点兴趣也没有。以前半夜醒来"小东西"非常调皮,但现在"老实"得一塌糊涂,老婆天天跟他吵,自己也急煞,是不是自己"没用"了?周俊彦医生告诉他,他这种年龄的男人在性方面应该是正当年,建议他留意一下最近是否患上其他什么病,或是否休息充足,另外,还可做一个简单的自测:临睡前用一条齿孔相连的邮票,反过来粘在阴茎上,第二天起来看看齿孔是否断裂,如果没有,那最好到医院里去看一看。

性,本身并不神秘,更不是丑恶,但有些性生活却带上了"冒险"性质。这样的性行为,或由于身体和身份的影响,或承受道德的重压,往往很难获得真正意义上的愉悦和欢畅,反倒容易给心理或生理造成一些后遗症。来电咨询的相当大一部分女性,是询问避孕或补救避孕方法的,有些甚至带着哭腔问医生自己还是不是个好女孩,并声称恨死了这种"事"。胡晓宇医生说,对女性而言,婚姻其实提供的是一种生活和道德的双重保障,任何婚前或婚外的怀孕对她们都是灾难，也容易引发她们对性生活的恐惧和厌恶，造成未来的"麻木"或"冷漠"。

在男性方面，由于生理特点与女性不同，除了心理上要承受重负之外，还可能诱发其他一些严重后果。有位 25 岁的男性在深夜打来电话，说和女友在一起尝试时总不成功，一接触女方性器就射精，后来发展到与女友亲吻时也会射精，非常痛苦。这是典型的早泄个案。早泄的原因有多方面，包括器质性的，但心理上的毛病占了绝大部分。所以在回答这类咨询者时，医生们大多明确表示：不再发生这种"性冒险"是最有效的治疗方式！

谁为爱情受伤

有位男士是在 00:07 时打来电话的。他说最近三四个月每次过夫妻生活总不顺心，结婚虽然 3 年了，但一直没要小孩，两人感情也挺好，新婚时妻子挺热情，可后来不对了，完全是应付——不，连应付都算不上，常常一过性生活就开始讲公司里的事，不讲的时候就看书看报或戴上耳机听音乐，真不知是她有病还是有了外遇。今天晚上又弄得不开心，他一气之下跑了出来，现在是在办公室打的电话。

胡晓宇医生首先劝告他：你这样把妻子一个人丢在家里肯定是不对的，听完电话后马上就回家去。从你所述的情况来看，其实责任多半还是在你，你缺乏艺术性的创造，忽略了对妻子情绪上的引导，为什么新婚时不错？由于你长期只注重自己的感受，而忽略了妻子的需要，因此，她觉得这仅仅是你的事，你需要的仅仅是她的身体，她当然也就"没事"了，"没事"找"事"在她认为是很正常的。这么长时间她没向你抱怨，这样的老婆可千万不要搞丢了。

对需要帮助的人来说，这条温暖的红线，不单是求医问症的通道，很多时候，同样也是倾诉心声、或发泄郁气、抒解紧张的窗口。

一位上海的男士一接通电话就说自己已经好几个晚上没睡安稳觉了。紧接着，不待医生开口，他又吵架似的叙述开来："我今年40岁，老婆37岁，是计生委干部，孩子都已十几岁了。你说奇怪吗，我一个月没有碰过她，她月经居然至今没有来。她这个人性格很活泼，外面朋友也多，常约了去外地旅游，我又不好不让她去，每次出去拍的照片也不拿回来。1995年、1996年曾经因为她有点'豁边'，我责问过她，她也不睬我，非常平静。我倒希望她跳起来跟我吵，这倒正常了，说明我冤枉她，可是……每天回来老晚，周六、周日也以读书、学习、开会、加班等理由跑出去，我总不至于去盯她的梢吧？话说回来，现在这么开放，我如果真满足不了你，你也不要这样嘛，你要寻个好人家，我也不反对，真有什么花头也好离好散。老想跟她开诚布公地谈一谈，但她一听就哭，要么就回娘家，我只好忍气吞声去接回来。这种事情谁都不好讲，只能对你们说说。我们夫妻俩收入都挺高的，日子过得一向不错。我上个月查出GGT高，医生讲不能吃力。所以就没动过她——哦，有过一两次也是戴避孕套。会不会她跟其他男人怀孕了？如果她去医院弄掉，下一次月经要多久再来？她有什么办法不让我晓得……"

真是一个疑心病极重的"醋丈夫"。胡晓宇医生一边轻声细言地安抚他的情绪，一边告诉他，你的心情能够理解，但是月经延后也是可能的。对妻子多长个心眼是人之常情，但千万不要随便怀疑，你再多观察两天，不要多想，人越想会越不开心。夫妻之事是双方的，你要多从自己身上找找原因，另外，你好好回忆回忆，是不是肯定没有性生活，是不是肯定每次都采取了措施？

挂上电话，胡晓宇笑着对我摊摊手："今天晚上相信他睡得着了。"

38岁的胡晓宇，性格开朗，待人热情诚恳，上海同济医科大学卫生系毕业后，1992年由联合国基金赞助到美国访学一年，之后又自费攻读公共卫生硕士，回国后一直在计划生育指导所工作，是单位里的业务骨干。热线开通后，丈夫虽然全力支持她的工作，但跟她约法三章，不许在家里谈这方面的话题和内容。

胡晓宇告诉记者，做这个工作，人辛苦点没什么，但有时受的委屈却真让人受不了，有些人会一个问题在那儿反反复复地说，你跟他口水讲干了都没用；还有些人一听是女医生接的电话，会一遍遍地不厌其烦地描述各种具体细节，让人恶心；有时候，有人向我们咨询时，听筒里却清晰传来各种嬉笑打闹声，纯粹是来开玩笑的。当然，也有很多人对我们说，正因为我看不到你，你也看不到我，所以才会将这些甚至对最亲的人都难以启齿的隐痛说出来。虽然有关的门诊早已有了，但不少人仍受着观念的制约，无法坦然面对医生和治疗。

不过，电话咨询也有它局限的一面，它只能对一些轻度精神或心理上的疾患进行指导，以及对一些性知识性技巧方面的无知者做适度的讲解，真正严重的疾病还是建议去医院就诊。凌晨3

点多钟，一位女性打来电话，告诉医生说丈夫刚刚睡，可是折腾了她一晚上都不成功。以前夫妻感情很好的，但有一次她出差回来，发现一向老实的丈夫居然和她最要好的女友睡在一起，虽然经过丈夫的百般求饶，她才没有离开他，但以后每次同房她就会想起这件事，全身不由自主地因为厌恶而紧张。看到丈夫难过的样子她也不好受，可就是无法克服。像这样的心理障碍，已经绝非电话中的三言两语所能解决的，医生只能诚恳地劝说对方去相关的医院进行面对面的治疗了。

随着社会的进步，观念的改变，许多女性也开始由过去的被动接受转而寻求质量上的提高。凌晨 1 时 19 分，一位上海女性在远远近近地兜了一大圈开场白后，才奔向主题。她说年轻时倒不觉得什么，现在人到了中年，生活条件好了，听女伴说什么性高潮，她从未体验过，不知怎样才能做到？接电话的是男医生周俊彦，他说，我先给你讲个故事。曾经有一位女性，也是从来没有什么所谓的性高潮。有一次她过生日，晚上就寝时，丈夫忽然让她把灯关了，两分钟后让她再开，她惊讶地发现丈夫手中拿了一束玫瑰，并告诉她这是他们第几次性生活，女的很感动。丈夫让她把灯再关上，再开后，她发现丈夫捧着一件非常性感的女式睡衣。此时的妻子早已柔媚似水，她主动关上灯，等到灯又一次亮起时，她已经套上那件睡衣。这一晚，她体验到了从未有过的幸福。这个故事已经给了你全部的答案。

那位女士若有所思地挂断了电话，居然连一声谢谢都忘了。

埋身于自然的边缘

进化让生命遵循自然的基本法则，雌雄器官的完美对应和强大功能使我们生存的世界生机勃勃。我们相爱，我们繁衍，所有的美丽便从此根本出发。

但当我们走近这样一个"异化"的群体，我们又该以一种怎样的心情来沉重面对？

一个 17 岁的中学生来电说，他生活在一个单亲家庭，父母离异后从小与母亲一起生活，长这么大了，母亲还要他天天陪着一起睡，洗澡更是母亲的"专利"，哪怕他才洗过，母亲也会嫌他洗不干净而重新给他洗一遍，他非常痛苦。医生们让男孩的母亲接听了电话，向她详细分析了各种后患，这个愚昧的母亲才如梦初醒。

如果说这位母亲是出于爱心无意为之的话，那么另一个女邻居便是可耻了。也是一个 17 岁的男孩打来电话说，在他 16 岁那一年，隔壁的医生阿姨常趁他家中没人时来给他"检查身体"，甚至让他脱光衣服看看发育是否正常，每次都要摆弄他的生殖器直到射精，还引导他进行互摸，他上瘾后，甚至发展到连上课都要和同桌女同学互相手淫，他很苦恼，又不能跟父母说……

医生们听完男孩的叙述无不义愤填膺。他们告诉男孩，像这种情况，应勇敢地告诉家长，并要用法律的武器来保护自己。并耐心地给他讲解了有关人体的生理知识，劝告他丢掉思想包袱，改掉陋习，好好学习。

不少听众来电咨询有关性健慰器的使用方法，医生往往会先告诉他这样一个故事：有位大学教师，妻子将东渡日本，他不放心，于是临行前买了个健慰器送给妻子。一年后，妻子回到上海，双方都非常激动、兴奋，可不料同房后，妻子怎么都不满足，最后逼得丈夫只好深夜"打的"出去买一个。丈夫充满痛苦和屈辱地问：这算不算第三者插足？

周俊彦医生说，健慰器的利弊临床上目前还未有过科学或权威的论证。我个人认为与手淫差不多，或者是手淫的一个变种吧。适当、适度的使用未尝不可，但因为它是一种机械，靠器官刺激、臆想（性幻想）引起兴奋，因此，有时控制上难以把握，容易对生殖器造成损害。另外，由于强度可以自己控制，刺激度可能超过人体，所以易引起心理上的依赖，损害以后正常的自然行为。

同样是外部刺激，健慰器或许尚有它的存在价值，黄色录像带给个体和社会造成的就纯粹是危害了。

令人遗憾的是仍有一些人无知地认为黄带可以提高性能力、性技巧，增加性知识。每当接到这种问询，医生们都会告诉他，黄带里的镜头都是通过剪辑，演员都是经过挑选的。因此，常看黄带易引起心理上的自卑和能力上的怀疑，女性过度催发性觉醒导致性亢进，未婚的因性紧张而诱发频密手淫，甚至走上犯罪的道路。

对值班医生的工作，院方有许多明确的规定：声音宜平和而亲切，不可过度热情或冷淡；态度要耐心而和蔼，不打听姓名、地址、单位；不详究细节……无论是性倒错者、性变态者、同性恋或性病患者，都要从医生的角度出发，以治病救人为唯一目的。因此，热线自开通后在听众中建立了良好的声誉，赢得了极大的信任，许多市民成了热线的"常客"，盛赞热线是他们真正的"知心人"和"贴心人"。

　　一切源于爱。

　　黑夜，是自然对我们最慷慨的赐予。夜幕下，我们享受宁静，享受柔情和温馨。我们远离白天的浮躁和喧嚣，在那个属于自己的叫"家"的温暖之地，舒展所有最隐秘的触角，以诚挚的热爱和着泪水与感激，说："我幸福，因为我爱……"

急诊室，关于生命的前沿报告

病人痛煞、家属急煞、医生累煞、护士忙煞、人人苦煞……

下午 4 时。

忽然而至的救护车，杂沓慌乱的脚步；患者压抑的呻吟，家属焦虑的表情；混浊的空气，刺鼻的药水味；针筒、补流架、沾血的棉球、长长的走道不时匆匆推过的担架……

急诊室，可以说是生命救护的前沿阵地。在这里，健康和病魔对垒，生命和死亡较量，每一时每一刻，无论对病人还是医护人员而言，一切，都万分紧急……

2007 年的大年三十，我们伴着满城喜庆的鞭炮齐鸣，踩着微微的细雨，踏进了瑞金医院急诊室的大门，开始了持续一周对上海各大医院急诊室的明察暗访……

急救、急救

全国劳模、瑞金医院的余卓伟副院长与往年一样，下午 4 点多就急匆匆赶往急诊室，根据经验，每年的这个时候，都是突发性伤害病人最多的时候。

晚上 7 点多钟，余院长在留观室发现一个郊区来的腹痛病人神情不对：脸色苍白、四肢湿冷、出现休克现象。高度的责任感使余院长留了心。常规检查下来，却一切正常，说话间患者想解大便，之后头晕并休克。余院长马上召请外科、妇产科进行紧急会诊，两路人马快速给病人补流，升压药维持，最后确诊为宫外孕破裂出血———一种进展很快危险性高的妇科急腹症。病人马上被推进抢救室手术。"稍微耽搁一下就不堪设想。"余院长心有余悸地说。

在我们常人的经验中，急诊室无非是头痛脑热、感冒发烧熬不过才去医院寻求舒缓疼痛方法的地方所在，很多时候是把它作为门诊的一种补充形式。可对急诊医生而言，从每天上班套上白大褂的那一刻起，就随时做好了从死神狰狞的魔爪下抢救生命的准备。

27 日 19:00 时，我们一踏进市第六人民医院的大门，视线就被抢救室门口一大堆焦急不安的人群吸引住了。经过了解，原来是郊区一个司机驾着自家的农工车赶路，途中为避让前方一辆来车，撞上了路旁的电线杆，车头全毁了，如今人在里面生死未卜。说着说着，几位妇女忍不住哭了起来。征得值班主任刘光汉医生的同意，我们走进了抢救室。外科医生和护士正紧张地为伤者进行清创处理，无影灯下，伤者的头部血肉模糊，五官几乎不辨。推门出来，提心吊胆的家属马上将刘医生围住了。刘医生语调温和但坚定地说："你们放心，我们一定会给以最好的治疗。"医生的话无疑是最好的安慰剂，家属们的情绪渐渐稳定了下来。

21:30 时，刘医生刚在办公室坐定，还来不及喝口茶，走道外又传来一阵喧哗声，我们跟着刘医生跑出去一看，一群人推着一辆淌血的担架车在医生的引领下快速地进入抢救室。这是一位被铲车铲断左脚的港口工人，所有当值的医生都被动员了起来；补液、止血、拍片……一切快速高效有条不紊地进行。半小时不到，伤员又被迅速转移到二楼手术室进行下一步治疗……

悲痛的气息是慢慢地蔓延的。手术室门外，突然闲下来的亲友们或无力地靠在墙上，或颓然地瘫蹲在地上，一个十六七岁的小女孩，悄悄地将手蒙上面颊，泪水透过指缝滑落，呜咽声一会儿就变成了痛哭，并很快得到众亲友的响应。我们已不忍再面对这一份伤情，一转身，记者的眼中也噙满了泪花……

医生们依然忙碌着，可我们已恍然明白了"天使"这一称谓下的重量，那是饱含了感激、期盼和希望的尊敬。在病魔和死神的威胁下，他们是直面浴血的勇士，是奇迹的创造者。在生命的断层，在无底深渊的悲伤和绝望中，在每一个无法忍受的病痛折磨下，正是这些白色圣衣下严肃的面容，给了伤病者和家属冰冷脆弱的心以最温暖的触摸。

生命中不能承受之重

世界对37岁的许生桂来说，在1999年8月12日就永远地关上了大门。触电后因大脑缺氧时间过长，经抢救虽心跳呼吸恢复，却成了没有思维的植物人。妻子受不了这个打击离家出走，肇事单位以找不到直接受害人为由，与他的老母亲、哥姐打起了马拉松式的官司。

这一切他却无法知道。同样，他也不知道自己成了市六医院重症监护室里住院天数最长的病人。

"其实他早就应该出院了，就因为官司，他的出院成了遥遥无期的将来时。"当班医生说。

新医保政策于 1999 年元旦出台后，自 1 月 3 日起就再没有人付钱了，无论对自己还是别人，许生桂忽然成了一个多余的人。

或许在自己的世界里，许生桂是快乐的，然而在现实中，许生桂的命运带给我们更多的却是人性和伦理上的悲痛。我们无法对相关人员的是非恩怨加以评说，但我们相信没有人能摆脱得了良心和道德的拷问。一年多过去了，让人感动的是医护人员对许生桂的精心治疗和照顾，依然体贴周到，在强烈的对比中闪着人性的光辉。

"时间待长了，你会发现社会万象全浓缩在小小的急诊室里了。"曙光医院的汤雪峰医生感慨地说。接着他给我们讲述了这样一个故事：三个湖南老乡一起在火锅城吃饭，其中一人忽然肚痛，同伴急忙送他来医院急诊。患者病情很急，经诊断为消化道穿孔，需立即进行手术。可面对 3000 元的押金，同伴们都退缩了，商量了半天，才小心地对医生说："两三天不会死吧？我们准备送他回家去。"会不会三人都没钱？汤医生说："不是的，临走时其中一人告诉我，他们主要是怕背不起这个包袱。"因为"怕"，而将同伴的性命安危置于脑后，想想都令人心寒。

中山医院的陈医生给我们讲的故事则令人有点心酸：过年前110 送进来一位遭遇车祸的女性，不久就死了。之后护工翻遍她的全身以期联系到家人，不料却只找到了 50 元钱。"凌晨 4 点多还在外面骑着自行车奔波的人，活得真不容易！"陈医生的话有点沉重。

当然，这个世界并不总是灰色的。赵学霞和王占江一家三口的故事则让我们在寒冷的冬日感到一份阳光般的融融暖意。

赵学霞和丈夫王占江是东北师大的同学，1992 年毕业后分到了同一单位。7 年前，王占江没来由地怀疑妻子有了外遇，愤而离婚，随即背上行囊，苦行僧般在全国各地游荡了 6 年。2000 年 7 月，身心疲惫的他回到故土，却发现妻子拉扯着女儿仍苦等着他来，加上得知当初也是误会，心下又歉疚又感动，便又住在了一起。同年 8 月，一家三口搬到周庄开了家画廊，正准备开始新的生活时，赵学霞却走到了生命的边缘。不明原因的腹痛 10 多天无法缓解，于是揣着全部家当 3000 元钱来到曙光医院看急诊，经确诊为肠梗阻，必须开刀治疗。

可昂贵的手术费和一家三口的开销使 3000 元一下显得那么微不足道。根据病人的具体情况，医院做出了先抢救再催欠款的决定。这让一家三口感激不尽，王占江白天拼命地出去找工作，晚上 11 点多再回来蜷在妻子的脚边打个盹儿，女儿则担起照顾母亲的责任。那天，在病房里，我们亲眼看着年仅 7 岁的小姑娘娇娇端着热水为母亲艰难地擦身，把所有人都感动得不行。王占江则省下了自己的每一个铜板，甚至大年夜，也仅是"奢侈"地买上一包速煮水饺偷偷给自己"加餐"。

赵学霞心疼丈夫，几次流着泪说："算了，别治了。"可每次王占江总会温柔地握住妻子的纤手，深情地说："咱们好不容易又走到一起，你怎能丢下我呢？孩子也不能没有妈啊！"私下里，王占江告诉我们，说他愧对这母女两，以后的日子就为她们而活了。说这话的时候，高大的东北汉子眼睛都红了。

这是一个还算美满的结局，出院后他们会过得很幸福，娇娇是一个活泼美丽的姑娘，他们会有不错的收入，光明的前途。而最关键的是，这两次风波也会改变他们婚姻中的固执和偏激，带给他们彼此更多的理解和体谅。

在急诊室，每一个伤病者都有自己悲欢离合的故事，在所有痛苦的、欢乐的眼泪后面，日子依旧不紧不慢地前行……

天使城的困惑

长海医院急诊大门口，救护车风一般从我们面前闪过，急救人员和医院里的护工协作将一个昏迷的老人往担架上一放，旁边一个年轻女孩边哭边急切地说："医生，快点，快救人啊！"内科医生询问病史，女孩抽泣地说：(病人)从下午开始头痛，刚才突然就倒地不醒了。医生一边吩咐女孩去挂号，一边说："我去喊神经科医生。"女孩大怒："我会去付钱的，你先救人啊，你这人怎么见死不救啊！"面对突如其来的指责，医生一愣，旋而温言解释："他这是脑血管意外，由神经科主治。"说完匆匆转身叫人去了。

同样的冲突我们在几大医院采访时都曾经面对过。年三十约12点，我们正采访余院长时，一边的挂号处就吵嚷了起来，扭头一看，一个白领模样的年轻男子对着号窗后的张护士破口大骂，污言秽语不堪入耳，旁边，一个软瘫的男子倚着一位小姐狂呕，一看就知是喝醉了酒的一群人。张护士气得满面通红，可仍耐着性子向他做着解释。

　　"急诊病情一般变化快，病人和家属情绪急躁，加上不熟悉医院内的分工，所以特别容易上火。"六院的刘光汉医生无奈地解释说。采访中，令人感动的是许多医生都对病人和家属的这种行为表示足够的理解，而且许多医院都将不与病人家属发生冲突作为考核标准。客观地说，医务人员或许是所有职业中受委屈较多的群体之一了，每个前来就诊的病人，都认为自己的病是全世界最紧急的了，都希望能得到最快最好的治疗。可在医生的眼里，不仅要看就诊者病情的轻重缓急，还必须根据不同的疾病种类由不同的专科医生治疗。

　　这么说并不表示医护人员都没有错。市六院的刘光汉主任告诉记者："如果是我们职工的态度引起的纠纷，我们绝不护短。"去年某社区医院送来一个病人，准备收入病房，恰好床位被其他病人推去没还回来，病人在推车上躺了约一小时。面对家属的询问，当班护士竟不耐烦地回答："我有什么办法。"家属一气之下，另喊了救护车把病人送到另外一家二级医院，对方很重视，马上收入 ICU（重症监护室）。病情好转后，家属认为六院草菅人命，提出赔偿。收到投诉，院方特地派人上门道歉，并承担了部分费用。风波平息后，六院领导对有关人员进行了处理，并在院内组织医护人员进行了学习和讨论，收到了良好的效果。

　　刘医生说，现在很多媒体上关于医患之间的报道，常给人一种声讨的感觉，指责医生"庸医误人"。其实，健康的医患关系是密切合作型，如果相互之间连最起码的信任都没有，还谈什么医疗效果呢？

　　无论是医生还是医院，治病救人始终是他们的唯一宗旨，而且为之付出很多的代价，往往善心付出换回的却是哭笑不得的尴尬。1998 年 3 月，市六院曾收治过一个身无分文的外地车祸病人，蓬头垢面不说，大小便失禁还到处乱涂，医院出钱请了护工为他护理，并免费供给伙食，治疗结束后又派人送他到码头，替他买了船票让他回家。可过了不久，此人却又回到了病房吵着要求住院，说是医院里面舒服，院方无奈，再次贴钱派人好说歹说将他送走了。在急诊办公室，刘光汉指着一大堆身份证说：这些费用看来都是死账了，我们本着治病救人的宗旨，可到最后却成了无偿服务。最近听说医院的外欠账已达 2000 多万元，职工人均分摊了 1 万多元，这究竟合理不合理？

这是一份沉重的无奈。采访中，很多医院都面临着如此尴尬的局面。一方面，他们必须承担救人的天职；而另一方面，又不得不紧守着自己的口袋却同时承受着社会的责难。翻开很多医院的账本，我们惊讶地发现几乎都存在着少则百万多则千万逃款的困扰。

医院居然成了某些人的收容所？

给爱点灯

"如果再给我一次机会选择的话，我不会选择医生的职业。"无论是刚毕业的硕士新医生，还是有几十年深厚功力的"老法师"，都不约而同地向记者大叹此行当的各种"苦经"。

可说归说，一套上白大褂，所有的人都立马进入角色，很多医生常常一上班就 10 多个小时不停地接待病人，等起身的时候才发觉已累得不行。如果遇上较大的手术，无影灯前一站数小时甚至 10 多个小时也是常事。每一个医生都将治好病人作为自己最大的快乐，而很多病人也会将医生当作自己最知心的朋友。1984 年，年轻的刘光汉医生为一个肱骨骨折的 5 岁女孩精心治疗，伤者恢复后，每年初一第一个打进电话来拜年的总是她，十几年来从未间断，现在小女孩是大二的大学生。而另一位伤者是名导游，第一次胫骨平台粉碎性骨折后，由刘医生妙手施术治愈；不料几年后带团去厦门，在饭店大堂将另一条腿摔成股骨斜形骨折，急切中他首先想到向刘医生求救，并在当地简单处理后坚持乘飞机回上海治疗。虽然在记者看来，这位患者的举动过于偏执，可我们相信，在病人的心中，刘光汉医生真正征服他的，不仅是高超精湛的医术，更有那份对病人关怀有加的崇高医德。

有时候，作为医生还必须具备一双"火眼金睛"。春节前几天，一个十四五岁的外地小男孩，遭遇车祸后被民警送往中山医院急诊室。来时已昏迷不醒了，可各项生命体征却一切正常。医生们挺纳闷，怀疑是内出血，做腹腔穿刺时不见回血，显示正常，长长的探针扎进去都没有反应。医生们更感奇怪了，无意间发现男孩眼珠偷偷地转了一下，大家心里的疑惑才得到了证实，基本可以确认小男孩没什么事。向民警一了解，原来男孩是行窃时被失主发现，逃跑时撞上急驶的汽车。民警和失主见没出人命，心里踏实了，表示不再追究，可小男孩并不知道，待到半夜趁人不注意悄悄拔掉输液针头溜走了。这或许是个带点黑色幽默的故事，而长海医院一位老医生做的"分外事"，无疑让人肃然起敬。

那天下午，这位外科医生值班，先后收治了三位大腿割伤的女性患者。他觉得事情有点蹊跷，处理好伤后就诱导最后来的女病人说出受伤经过。女孩子说她骑车到一僻静处时有个男青年向她问路，趁她停车时突然拔出尖刀向她猛刺然后跑了。医生感觉事关重大，费尽周折找到前两位伤者，一问受伤经过大致一样，连忙敦促她们报案。警方迅速出击，很快便侦破了这起恶性流氓事件。经审讯，原来这个外地来沪青年因失恋，遂萌生了报复女性的恶念。他将一把长螺丝刀磨尖后，以问路为名袭击单身年轻女子的阴部，可仓皇中却都扎在受害者大腿上。面对社会各界的赞扬，这位老医生却淡淡地说："这是每个有正义感的人都会做的。"

在急诊室，我们还听到过许多动人的故事，面对弱小的生命，他们毫不犹豫地奉献出自己的爱心。1999 年底，一对外来打工的年轻夫妇，就诊时以上厕所为借口，将怀中 3 个月大的孩子留在了办公桌上，久候不来的医生打开孩子的襁褓，见到字条后才明白了一切。这个被起名为"小六子"的弃婴成了长海医院急诊室医护人员的"宝宝"，大家轮流抱回家喂养，还常为之争个面红耳赤。老护士长更是对孩子疼爱有加，因限于有关政策规定，当院方将孩子移交福利院时，她还伤心了好一阵子。

几天的采访结束后，我们最大的遗憾是没有来得及对那个女孩说声新年快乐。那是第一天在瑞金医院采访时碰到的一个三系都低的再生障碍性贫血病人。护士带我们过去时她已不能说话，我们被姑娘白纸一般的脸色吓住了。她萎靡地躺在病床上，见我们过去，她似醒非醒地想挣扎着坐起来。我们实在不忍在深夜 2 点多钟打扰她的休息，打算过几天再来看望她。

没想到一星期后我们再来时，护士却告诉我们她走了。26岁，消失在鲜花绽放的年龄。

走在微雨的街头，城市依然流光溢彩，璀璨的灯光将节日的夜装点得五彩缤纷，满街是欢快的笑脸。

生活真的非常美好。

祝你永远健康。

让我们走近动物

茫茫星河中，我们所寄生的这个蓝色星球，生命以各异的丰富形态表现着美丽，抒写着充满激情的历史。在生命进化的漫漫旅途中，人和动物同生共息，演绎着沧桑，演绎着地球的文明。太阳升起来的时候，那些天空中飞翔的剪影和原野上矫健的身姿，总会让我们心底生出几许暖意：正是因为有了它们的存在，人类才不会感到孤独。

不久前，本刊三位记者分赴上海野生动物园，捕捉采写了许多有趣的镜头和故事。

张衍给猛兽当了一天饲养员

上海野生动物园内最吸引人的，首推那个像电影《侏罗纪公园》一样被 3 米多高的电网电门封闭起来的猛兽区。

拜见"山大王"

一进虎舍，"山大王"就让我见识了凛凛虎威。

饲养员周俊一边领我沿虎笼前行，一边向我介绍 10 多"个"或蹲或伏的"大王"的情况，真没想到身长近 2 米的老虎们才是 2 岁左右的"小王子""小公主"。走到一半时，周俊偶一转

身，背后的一只大虎忽地扑了过来，张嘴向他后背作势欲咬，森
森虎牙触目惊心。我连忙一把拉住他后退。周俊回过头严厉地盯
着它，那虎悻悻地放下搭在笼上的双爪，不好意思似的哼哼唧唧
退了下去。周俊说，所有的动物都有偷袭的习惯，因此，在与动
物打交道时，无论进退，都必须始终面对动物。曾经有只老虎溜
到了两道电门间的安全过道上，一位职工一时大意，转身正准备
关门时，那虎疾奔而来将他扑倒在地，若不是其他饲养员及时赶
来，用铁矛驱走猛虎，后果实在难料。此后，为防患于未然，每
个电动门前的地上都加敷了一道电网。

　　几乎所有的猛兽都被离地 1.2 米左右的 7000 伏高压脉冲电
线麻击过，聪明的上一次当就学乖了，笨的却要吃亏 10 多次才
有记性。为了增加游兴和培养动物的野性，公园允许游客购买和
投放活食，然而偏偏许多人更爱用其他方法来激怒猛兽，放养区
内常可捡到易拉罐、未开启的矿泉水瓶、水果等各式垃圾，甚至
还有尿不湿。有次一只老虎大便时拉出了五六只气球，把饲养员
吓出了一身冷汗，食草动物区的动物就没那么幸运了，一只废弃
的塑料袋让一头长颈鹿送了命，令人心痛和愤慨。

走近豹群

　　我向饲养员蒋伦提出了跟他一起去猛兽放养区巡查的要求。
蒋伦稍犹豫后同意了，出门时随手拿起一根铁矛。铁矛是每个饲
养员必备的武器，一头稍尖，可刺痛动物但不伤及皮毛。

　　相对狮、虎、熊，猎豹还算温驯，但它们的"老乡"观很
重，一旦发现有"外乡人"进入，豹群中的"男士"们便会一哄

而上，将外来者打到服帖为止。但利益关头它们自己却经常会打得不可开交，如争抢食物时。猎豹因伤感染死亡的比例极高，加上繁殖困难，所以很珍贵，一头猎豹的进口价高达 15 万元之巨呢。素有"速度之王"之称的猎豹非常调皮，每晚总有几只贪玩的小淘气不肯回笼，去赶吧，才看到在这儿，几秒钟后却出现在百米之外，让饲养员头痛不已。

到了放养区中心地带，蒋伦四处打量后领我走向一块杂草丛生的小山丘，远远看到六只猎豹舒服地在那儿趴着。我们小心翼翼地靠近，在相距两三米远时，几只猎豹警觉地站了起来，蒋伦悄悄示意我站住，一会儿，猎豹们慢慢地平静了，又伏下身子。我还是第一回如此近距离地接触充满威胁的野兽，在蒋伦的鼓励下，我斗胆拿起防身的铁矛，留下了一张珍贵的照片。蒋伦说，今年 5 月有一位饲养员曾遭过猎豹的袭击；年初，外地一公园逃掉一头猎豹，还惊动了几千公安和武警呢。

熊区见闻

只要是生命，就必然会有丰富的情感。饲养员傅建平告诉我一个动人的故事：今年 3 月间的一天，下了一场大雨，一只贪玩的小熊在空地上被淋得直发抖。熊妈妈发现后，从避雨棚里跑出来，无比心疼地将宝宝揽在怀里，徒劳地试图用舌舔干它身上的雨水。饲养员怕时间长了会出事，几次想把小熊救出来，可大熊龇牙咧嘴地不让任何人靠近。僵持了一段时间后，三四个饲养员合力用铁矛顶住大熊才费劲地将小熊夺了过来。以为失去爱子的熊妈妈一直跟在后面呜呜咽咽地流泪，此情此景感动了所有人。

在野外给放养的熊们喂食完毕后，我回到笼舍跟着傅建平给小熊、病熊投食、送水。可我的殷勤却未得到应有的回报。在一间关着六七头小马来熊的铁门前，我发现一头可爱的小熊正抓着笼门向外观望。我好奇地弯下腰想看看它胸前那个漂亮的 V 形图案，不料那傻小子突然向我喷了一大口口水，然后幸灾乐祸似的左右不停摇晃，令人可气又可笑。房间尽头的两辆笼车上分别关了一头受伤的黑熊和棕熊。原来，熊区放养的三种熊虽然同属"熊门"，但脾气却个个不同。棕熊性格活泼，没事爱乱逛和惹是生非；黑熊习性懒惰，一有空就躺下憨睡；调皮的棕熊有时会故意逗逗黑熊，被搅了好梦的黑小子自然大怒，两个笨家伙由此会打个天翻地覆，两败俱伤。马来熊体形虽小，可脾气倔强，尖牙利嘴丝毫不让"棕兄""黑哥"。

狮区惊魂

日影西斜的时候，谭华军驾着那辆涂成斑马条纹的老爷吉普将我接到了狮区。相对老虎而言，狮子的"武德"很差，喜群斗群殴；老虎却一派高手风范，任何情况下都是单打独挑。

我们忙着将冻肉敲开，然后挨次往空笼或给留守的另一批狮子投放。我刚把手上的一大块肉塞进狮笼右下方的小孔，笼内的母狮就一口咬来，又长又硬的胡须触在手上，吓得我慌不迭地松手。小谭笑笑说，先要把肉堵住孔，再快速推进去，手的任何部位都不能伸进孔内，否则危险。

走过几个铁笼子，我在一头正慢条斯理享受美味的年幼母狮前停下脚步，俯下身正准备观察时，它却猛然一个后退，在我愣神的工夫，又迅捷地扑将上来，吼叫着张开大口向我咬来，两颗大獠牙离我最多 10 厘米距离。大骇之下，我往后疾跳，后背重重地撞在墙上，心跳得仿佛蹦出嗓子眼，有生以来第一次体会到什么叫魂飞魄散。小谭说，你别看它这么凶，其实它比你怕得还厉害呢！定下神看看笼内绝望地到处乱转的母狮，那种惊慌的眼神，就像受惊的邻家小孩，我忽然对它产生了一种欲抚欲摸的冲动。

回程路上，我想，只要人类还存在着一天的好奇，那么动物园就会永远存在并繁荣下去。或许，从某种意义上说，野生动物园是人类对动物的最大宽容。但是，每当看到被囚动物那种慵懒的姿态，我总会想起广袤的草原和茫茫林海，耳边隐约传来疾奔掠起的风声和无拘的嘶吼；笼舍内那些默默看往窗外的凝重造型，压抑的是一种怎样的向往和怀念啊。

殷健灵走进了共舞的"王国"

动物竞技场是上海野生动物园的一大好去处，逢上晴好天气，看台上的观众便密不透风。大象"亚然"的倒立绝技，猎豹"丹妮"的与人共舞，猴子与狗熊的自行车竞技，驯兽女郎惊险的"拳入狮口"……精彩纷呈的节目令各地游客击节赞叹。

我在一个大雨滂沱的周末，推开了驯兽基地银灰色的铁门。刚一侧身，便碰上把门的大象伸出湿漉漉的长鼻子冲我打招呼。

"演员"的幕后速写

室外密集的雨声如疾行的马蹄，室内狗熊的嚎叫更是惊心动魄。一只半人高的黑熊正被驯养员领着在学习直立行走，每走两步，它都要嗥叫着讨吃，叫声凄惨、嘹亮、急促，稍不满意便欲挣脱铁链以兽性示威。另一只更幼小的黑熊却在和驯化员姐姐戏耍，像个没断奶的小孩一样，拼命吸吮自己的右臂，发出蜂鸣般愉悦的欢唱。那只精明的小猴扶着它的小自行车冲我狡黠地打量。驯兽班班长谈智华提醒我：千万别朝它看，不然它会以迅雷不及掩耳之势扑上来给你点"颜色"瞧瞧。狮、豹、虎在这里反倒显乖巧，它们的训练区以铁栏相隔，驯兽女郎以高亢、威严的嗓音向它们发出"NO""OK"等英语口令，指挥它们或直立，或大坐，或卧倒。它们扫尽了"森林之王"的威风，尽管也时而令人毛骨悚然地吼一声，但只要驯兽女郎在它们的头上摸一把，便马上俯首帖耳。小谈说，别看它们现在这么乖巧，倘若你进入铁栏，危险却无处不在，因为它们只对朝夕相处的驯化员友好，任何野生动物的野性都不可能泯灭，哪怕是一只温驯的鹿，在暴戾时都会有无可阻挡的攻击性。说着，他伸出手臂让我看上面深一道浅一道的伤疤，其中有一道伤口尚未愈合，结了厚厚的痂，这是不小心给幼狮抓的。其实，每个驯兽狮身上都是伤痕累累，有时动物对人的攻击未必出于敌意，它们有尖齿、利爪和皮毛，而人失却了工具便显得软弱而不堪一击。

豹群中起舞的女孩

驯化猎豹的是清一色的少女，个个眉清目秀、身材娇小。表演中有个节目叫"人豹共舞"，猎豹将前肢搭在驯化女郎的肩上，随音乐起舞，女郎与猎豹几乎面贴面。这一节目以其惊险和俏皮深得观众喜爱。与猎豹起舞的少女叫俞静，今年22岁。台下的俞静脱去了野性的豹皮衣，卸去了浓妆，身着工作服的她朴素单纯得令人一时难以相认。两年前，俞静才从上海园林技校毕业，以前很少接触动物，没想到一来野生动物园就与凶悍敏捷的猎豹打上交道。

俞静驯化猎豹没多久，就被它们来了个下马威。那回，她教"丹妮"练习"大坐"。"丹妮"怎么也学不会，俞静急了，就用塑胶棍轻轻抽打它的耳朵，你越打，它越耍赖不动，俞静便试着打它的前爪，未想，这一下惹怒了"丹妮"。它闪电般地扑到俞静肩上，发出恐怖的吼声，对着她"豹"视眈眈……不过，这只是非常事件，更多的时候，猎豹们还是知恩图报的。当你用柔和的声音对它们说话，它们便会将前爪搭在你的腿上，在你的脚边厮磨，乖顺得像家中的宠物。一旦它们在训练中犯了错，你只要朝它们一瞪眼，或者呵斥一下，它们便吓得伏下来，眨巴着眼睛看看你。

休息的时候，俞静常常钻进豹笼，与猎豹们相伴，这时候，"杰克"总会走过来亲热地看看她，用舌头舔舔她的脸。豹舌上长有尖锐的倒钩刺，被它舔了，脸上火辣辣地疼，可俞静乐意。俞静让我也伸出手去，让猎豹"杰克"舔舔手掌，见我犹豫，俞静鼓励说："手掌皮肤厚，一点不疼的。"我这才胆战心惊地伸出手去，"杰克"凑过来，在我的手掌上舔了两下，我的手心感到了一种温热、柔软、粗糙的触摸，真的不疼。

"拳入狮口"的少女

李霞比俞静小1岁，说话细声细气，驯老虎和狮子的时候却能把口令喊得震天响。她将塑胶棍高高举起，腰背挺得笔直，一声令下，体形是她数倍大的老虎和狮子便乖乖地举起前爪，做起了直立动作。李霞还有个绝技，叫作"拳入狮口"，将自己嫩白的手伸入狮口，停留数秒，其场面惊险而刺激。

李霞只是驯化员中的新手，干这一行才一年多。之前，她在野生动物园里开过车，当过饲养员，喂过梅花鹿、马鹿和斑马，似乎并不过瘾，她还想有新的尝试和挑战，便来到了动物竞技场。父母担心她的安全，她就说，动物看到男的怕，看到女的却不怕，它们更喜欢女驯化员。李霞一点都没瞎说。真的，动物喜欢女性的温柔。

开始时，李霞的确有些胆怯，要不是有超人的胆量和勇气，面对张牙舞爪的狮虎你将束手无策。先得用铁链将它们拴住，教它们规矩。驯化员更要吃得起苦，要将口令喊得响到不能再响，一天下来往往就失声了。李霞常常进笼子与老虎和狮子培养感情，铁棒是不能不带的，以防万一。"虎妞"又热情又调皮，爱和人玩，可它一个善意的亲昵动作完全可能让你皮破肉绽。我问李霞怕不怕？李霞说，不怕，哪怕是将拳头伸进狮口的时候，我都不怕，如果它咬我，只要喊声"NO"，它就听话了。说得轻描淡写。

在动物竞技场，我还目睹了一些趣事。比如那只老虎，见雨伞就躲，连桌子摇晃一下都会吓得屁滚尿流，据说是幼年时受了类似的惊吓，落下了心理障碍：所有的动物在演出时都不如训练时卖力，聪明的就抓住一切机会偷懒，因为它们知道面对观众驯化员一定会棒下留情。

我敬佩驯化员的胆量和对动物的爱心，也同情这群取悦于人的动物明星。在野生动物园，它们是最辛苦、被剥夺了部分自然属性的动物，没有广阔的奔跑空间，没有了自由，靠苦练挣得一口饭吃（但它们总吃不饱，驯化员必须让它们保持饥饿感，才可能在训练中靠喂食的条件反射获得效果）。人对动物的了解和关爱还远远不够，我们在看台上为动物们的表演爆发出阵阵笑声，我们紧张的生活需要这样的娱乐，可过后，往往在心里泛起难以言说的感觉。

我离开竞技场时，雨还下着，我的身后传来黑熊更为凄切的嚎叫，叫声撕破了雨幕中原有的宁静。我想起了一则真实的故事，俄罗斯某驯兽师在表演头入虎口节目时，因头发触到虎的喉部，虎忍不住痒下意识地闭嘴，竟意外地咬下了驯兽师的头颅。虎见错杀了朝夕相伴的主人，悔恨交加，连续多日滴水不进……人和动物的感情深厚至此，实在让人感动。

张颖和海狮是好朋友

上海野生动物园内那座蓝白相间的海狮表演馆，可以说是全园游客密度最高的地方。"贝德璐"的"水中芭蕾"，"楼宁"的"顶球后鳍夹球倒立"，常常引来观众不绝的掌声，"海王"与"小海"像煞有介事的"超级排球赛"，更是让人捧腹大笑……

怀着一份喜爱与好奇，我走近了海狮，并与其交了一天朋友。

海中的精灵

台下的海狮看起来要比台上更加活跃。即便没有观众，它们仍然"繁忙"异常，一会儿跳入水中，穿来穿去；一会儿爬到石灰台子上，左晃晃右晃晃……突然，近旁的一只海狮昂头大叫一声，声音之洪亮，让人感到突然，而它却"扬扬自得"，掉转屁股钻入了水中。"这是女高音'贝德璐'，见到生人它总是这样。"一旁的驯养员陶宝华介绍道。我忙向"她"招手致意，在陶宝华的示意下，"她"矜持地伸出一只前鳍与我握手，软软的鳍端，冰凉而潮湿。这里生活的九只海狮，分别来自南非和南美，它们都是在海边被捕获的，大一些的三四岁，已在中国生活了近3年，小一点的也有一两岁了。虽然远离故土，可它们丝毫没有"水土不服"。

时值"进餐"时间，一片喧哗与骚动。小海狮们不妥协的眼睛四处探望，不起眼的小耳壳支棱着，时不时张张嘴巴，一切都蓄势待发。但凡有人从栏前经过，它们便会以迅雷不及掩耳的速度滑行到栏杆前，小脑袋一律齐刷刷地随着人的移动从一边扭向另一边。一位年轻的驯养员颇无奈地告诉我："只要有一分钟的延误，海狮就会表现出极大的不满。"我拎着小桶随陶宝华来到"海王"跟前，等不及打开铁门，它早已迫不及待地迎上前来，准确、迅速地吞下我随手抛出的鱼块（海狮通常食小黄鱼或青鲇鱼），"馋"不忍睹，全无台上的翩翩风度。

海狮每天都要"练功"，在各自驯养员的驯化下，不断"温故知新"。据驯养员介绍，海狮具有相当于5~7岁孩子的智商，因此，对人简单的手势、口令能够理解。但这要经过长时间的驯导，当它做对动作后要及时奖赏鱼块，形成条件反射后，海狮们自然而然就养成了习惯。

爱的交融

驯养海狮的是一群刚从学校毕业的朝气蓬勃的少男少女。他们终日与小海狮进行着孩子般的交流，用他们的耐心和爱心使海狮成了动物明星。

金雪飞是一个充满灵气的漂亮姑娘，年仅 22 岁，却已有三年的驯养经验。大大的眼睛，齐耳的短发，异常干练。她所驯养的是灵性颇高的"贝德璐"。"贝德璐"初到时脾气暴躁，野性十足，动不动就张嘴咬人，在小金的左手臂上，我看到至今仍留有不甚清晰的累累齿印。可现在，聪明乖巧的"贝德璐"已成了小金最得意的弟子和好伙伴。走到这一步，双方都付出了许多。

一次，"贝德璐"生病了，趴在地上浑身发抖，并用前鳍紧紧地夹着肚子，完全失去了往日的活泼，甚至对小黄鱼也失去了兴趣。兽医诊断，它得了肠胃炎。这可急坏了小金，她很是心疼，每天寸步不离地坐在笼子里陪着"贝德璐"，不停地轻抚它，拍它，连连劝慰它"别怕……"当时被打针吓怕的"贝德璐"已对人失去了信任，小金便设法将藏有药片的小黄鱼让它一次次吞下。"贝德璐"排泄困难，小金便亲自动手帮它排粪便，俨然一位"海狮妈妈"。两三个月下来，"贝德璐"终于康复了。"投我以木桃，报之以琼瑶。""贝德璐"对小金自此俯首帖耳。训练之时，小金板起了脸，不停地做手势、喊口令；训练之余，"贝德璐"便亲热地围着小金，耳鬓厮磨。说话间，"贝德璐"已轻巧地做了一个转体 360 度的动作，原来别的驯养员正在驯另一只小海狮，那只小海狮总做不来，骄傲的"贝德璐"在炫耀自己的聪明呢，完了又眼睁睁地看着小金，奇怪怎么不给条小鱼来奖励奖励。

在小金的鼓励下，我壮起胆子试着去抚摸"贝德璐"。光滑的皮毛，厚实的小身子，它不停地用稍硬的小胡须蹭我的脸，并用唇在我的脖颈上拱来拱去，那是一种异常温柔而又略带粗糙的滑腻腻的感觉……

即将做妈妈的陶宝华已"退居二线"了，但她仍十分关心自己驯养过的"楼宁"。"楼宁"顽皮时也令小陶"恨铁不成钢"，可每每面对其无辜的眼神，又总是心太软。一次在训练"楼宁"做"棒上顶球倒立"这个动作时，沉甸甸的棒子掉下来砸破了"楼宁"的前鳍，鲜血直涌。"楼宁"眼巴巴地默默望着小陶，似乎在说："都是为了做这个动作才受伤的。"小陶又急又心疼，忙前忙后为其包扎，"楼宁"则轻轻舔舐着她的脸颊。望着正在一旁训练的"楼宁"，小陶甜甜地说："我每天与海狮在一起，将来我的小宝宝也一定会喜欢它们的。"

当一只与主人相伴多年的狗在车站与主人失散后，它会在此等待整整一年。在人与动物相濡以沫的交往中，彼此之间会存在一种难以言传的情愫，这是一种真真实实的感情。

猜一猜：谁来吃晚餐

六个锦囊，赠予三位先生、三位小姐。

夕阳的余晖和风信子的清香会展开锦囊，告诉你晚餐的地点、会面方式、暗号和无言的一切……

记住：一切依锦囊行事……

关键词

主要事件：

1.某个星期三，单身的你会收到一个包裹，里面有6个锦囊……

2.拆开第一个锦囊：请如此装备后于周末到达指定的地点……

3.践约后，根据第二个锦囊提示的接头动作和暗号，判断谁是与您共进晚餐的异性朋友……

4.接头完毕后，请立即拆开第三个锦囊，根据其中的残缺信息找出将去的餐馆……

5.素昧平生的3对男女将共进晚餐，记着保持你的风度和发挥口才哦……

6.更精彩的还在后面……

附件

必然事件：至少享受一顿美餐，认识 5 位同样有情趣的好朋友……

可能事件：友情或爱情，谁都无法预料……

我是在网上冲浪时偶然发现这个叫"51friend.net"网站和它贴出的那张有趣启事的。说实话，我并不是那种会轻易被随便什么新鲜玩意儿勾起好奇心的人，尤其是因特网，我常怀揣堂吉诃德的长矛，充满戒备地对网络风车说："嘿，伙计，我可不跟你玩真的！"

但这一次，我却掐着自己的大腿填写了报名表格，骑着瘦马奋勇而去……

时间：2001 年 1 月 5 日　星期五　18:00

地点：上海淮海路"巴黎春天"百货商店门口

到达指定地点后，我抬腕看了看表，还好，提前了 5 分钟。

按锦囊一的提示，我穿上了一条米色的休闲裤，在寒冷的冬季，这种色调未免显得太过突兀，由于我一直习惯穿皮鞋，今天下午还特地去买了一双运动鞋——这两点可是对方辨别我身份的标志啊！

18:00，我准时拆开了第二个锦囊："环顾周围，寻找具备以下条件的女同志：第一当然是漂亮，不过是个身穿浅色休闲裤的小姐；第二，该小姐手上拿了一份《申江服务导报》！你们的接头暗号是……"

天上飘着小雨，周末的淮海路流光溢彩，光怪陆离的霓虹灯下，走马灯似的变幻着一张张表情各异的脸，谁会是我等待的那个神秘人物？

18:20，正当我准备打开作为求救应急的第四个锦囊时，眼前一亮：一位上穿皮衣下着浅灰色休闲裤的女子从"巴黎春天"百货的边门匆匆走出，手上卷着一张报纸，"申"字报头醒目朝外。我一个箭步跨到她的面前，大声地对她说："今天逛街的人怎么这么多？"小姐一愣，回头快速朝我的裤子和鞋扫了一眼，然后忍不住笑弯了腰，我一时手足无措了：难道认错人？小姐笑够了，直起身，却对我说了句"你好"，我满脸狐疑地对她说："这不是暗号……"小姐强忍住笑，扭头说："是啊，我等的人是不是堵车了？"我略显夸张地问："小姐，请问你在等谁？"小姐终于受不了了，捧着肚子边笑边喘息地回答："我……我等……一个……不认识的人。"

暗号终于对上了，我长出了一口气，在众人讶异的眼光中，我俩快步走进了"巴黎春天"，借用一个化妆品柜台，各自掏出了第三个锦囊，拼出了某广场地下的 INZONE 西餐馆的详细地址。

Grace 是浙江人，今年 29 岁，大学毕业后南下广州、深圳，去年又"流浪"到了上海，现是国内某知名化妆品公司的白领。问及参加这个活动的初衷，她坦言首先是因为孤独，其次感到新奇。在这个不属于自己的城市，她说厌倦了每天刻板枯燥的生活，看厌了每天常见的面孔，当然更渴望能结识更多有趣的朋友。Grace 说，其实每个人的心底都潜藏着"冒险"的欲望，只不过平时缺少一个可以激发这种勇气的机会。而且，无论承认与否，参加此类活动的每个男女隐隐都带上对"浪漫爱情"的朦胧渴望，期待一种安全前提下的"赴险"尝试，给素来平静的生活增加些许"心跳"……

19:00　淮海路 INZONE 西餐馆

没想到，另一路人已先于我们到达了目的地。25 岁、身高1.80 米的 Kubi 年纪轻轻就已是一家外商独资企业驻沪代理之一了，他的搭档 Echo 则是上海某外国语大学的青年教师。会面之后，我们最关心的还是彼此经历的神秘约会。

Echo 小姐是昨晚才收到锦囊的，激动的她今天花了一整天时间与小姐妹一起挑选指定的浅色套装。到了 18:00，她拎着深色购物袋准时出现在人民广场的大屏幕下，等候一个"身穿黑色西装，手提黑色公文包的年轻白领"。可到了那儿，她却傻眼了，在这个已是上海滩有名的约会地点，挤挤挨挨地插蜡烛般站了数十个等人的男男女女，符合上述条件的男士就有好几个。等了十来分钟，见没人搭理她，犹豫再三，她终于鼓起勇气轮流走过几个男士面前，故意按约定晃动手中的购物袋，可人人都像瞎子似的无动于衷。不得已，她只好试探着对一位先生说："请问地铁站怎么走？"对方很客气地向她指点了方向，Echo 礼貌地谢了谢，兜了一圈，避开那人的视线后，又向另一个黑衣人发问，不料第一位先生却跟了过来，热情地说："还是我带你去吧！"Echo 哭笑不得，由着对方将她带到了地铁口。等对方走远，她又悄悄地蹓回来，刚站定，好心的先生又冒了出来："小姐，怎么你还没有找到？"Echo羞得面红耳赤，想到对方肯定将自己当成白痴了，正尴尬着，Kubi恰好出现了，刚说出第一句暗语，Echo就连忙拉着Kubi飞也似的逃开了。

正说得热闹，第三组的Joy和Dandelion也赶到了，虽说迟了会儿，但他俩的接头却极其顺利。

20岁刚出头的Dandelion去年刚毕业，与她身上那件鲜艳的嫩黄色滑雪外套一样，她的性格也极其开朗和外向，显然是这个活动的新奇刺激让她感受到兴奋，一坐定，就满耳听到她的唧呱声。与娇小的她相比，Joy显得非常壮实和魁梧，当Joy一暴露自己是证券公司的操盘手时，所有注意力就马上集中在他的身上，不过，无论大家如何"逼供"，Joy却坚决不肯透露业务机密，只是答应以后电话专线联系，如此老奸巨猾，自然引起满座的嘘声。

本以为6个素不相识的陌生人乍然聚在一起，多少会有些冷场和尴尬，没想到几个人一见面就老友般地热络。所有人都是第一次参加这种活动，我不知道是形式上的新鲜别致还是当代青年真的缺少可以沟通的渠道，总之，两个半小时的晚餐时间不知不觉地过去，话题几乎涉及年轻人关心的所有内容：网络、交友、爱情、事业……

我们打开了第5个锦囊，这次的内容极其一致："1. 周末的'阳阳'和ROJAM有着无可比拟的热情，并且，需要强调的是：作为肢体语言的舞蹈可以增进彼此的了解和沟通……2. 运动中的人尤为具备吸引力，所以，卡丁车馆也是个不坏的去处……3. 卡拉 OK 稍显昂贵了些，不过，如果你们觉得可以尽兴……4. 如果都不愿意，试试泡吧如何……5. 当然还有很多选择……对了，一切都是 AA 制。最后，别忘了打开锦囊六，拜托你在意见表上留下宝贵的建议……"

21:45   街头

冬雨还在不紧不慢地飘着。寒风中，大家的心情似乎都不错，我们边走边讨论着下一个活动的节目，歌厅、茶馆、酒吧……当然，去哪儿都已不重要了，不论多远，目的地总在我们的脚步下……

　　* 我不想在周末享受孤独，似乎该做点什么……

　　* 除在电梯里遇见其他公司的员工外，我无法拓宽我的交友圈……

　　* 整日的电脑、会议、文件让我感到头晕，周末希望有些故事发生……

女球迷宣言：让我一次疯个够

　　　　　　幕谢时我们还能再说什么

　　　　　　胜败之后　每一种视觉

　　　　　　草色般荣枯

　　　　　　掌声响起时我才恍然

　　　　　　其实每一次哭和笑的目击

　　　　　　或多或少　总与心情有关

　　　　　　　　　　　　　　　　　——代题记

[**采访背景**]

　　2001 年 8 月 4 日一大早，随便翻开一张体育报纸，几乎所有的头版标题都令人触目惊心。就在前一晚，即将再一次冲击世界杯的中国男子足球队又一次输了。这是一场普通得不能再普通的热身赛，却让全国乃至世界的目光聚焦到了上海球迷的身上。

　　因为骚乱，上海球迷成了新闻的主角。

　　但真正吸引我目光的，还是报上刊登的大幅照片。那些女球迷痛苦与痛哭的表情，将我深深地打动。我迫不及待地期望走近她们，解读那一份温柔下沸腾的激情。

[赛场亲历]

2001 年 8 月 5 日，星期天，上海八万人体育场。

由于上一场输给了朝鲜队，所以中国队只能在下午 5 点钟与特立尼达和多巴哥争夺第三名。上海最大的球迷协会——蓝魔的负责人在电话中告诉记者：来吧，今天能到场的肯定是中国队的铁杆球迷。

4 点左右，记者来到了体育场 1 号入口处楼梯下，兜了一小圈，没发现着装显著的球迷，直到靠墙而坐的一小排"闲人"在地上铺开一大面蓝色的旗帜，方才醒悟。

长相秀美的胡昀在粗犷的男球迷堆中尤为扎眼，别看她才 20 岁，可与记者侃起球来却头头是道，一连串的专业术语把记者唬得一愣一愣的。胡昀是上海申花队的痴心拥戴者，尤其偏爱吴承瑛，有一次与同学上街，无意间瞥见吴承瑛开着辆跑车遇红灯停下，狂喜之下拉了女伴就追了上去，看看近了，绿灯却亮了。女伴很快放弃了追星的念头，而不死心的胡昀却不顾车流足足追赶了两条马路才作罢。这段近乎疯狂的经历，记者怎么也无法与眼前这位文静温柔的白领女孩联系起来。

18 岁的丁露华和 19 岁的王秋艳，一看就知是那种性格内向沉静的小女孩，两人因为看球而交上了朋友。问起喜欢足球的理由，两人天真的回答让记者大跌眼镜：那么多人踢一个球，很好看，很热闹，也很好玩啊！

相比较而言，1995 年就开始看球的冯晓甜，可算得上是老资格了。学艺术的她还是球迷协会大名鼎鼎的化妆师呢。采访中，她反诘记者："你知道女人什么时候最美吗？"不待记者接茬，她马上续道："只有在球场，你才能看到女人真正的美丽。"

与前天数万人的大场面相比，今天的看台备显冷清，稀稀落落地散坐了区区数千人。可当中国队队员一出场，锣鼓声、喇叭声和球迷的尖叫声就开锅似的沸腾起来。当中国队攻入第一粒进球时，我看到丁露华和王秋艳高兴地蹦了起来，双手挥舞着，使劲扯着嗓子叫喊，而站在记者身边的冯晓甜却把写有标语的纸牌高高举过头顶不住地摇晃，所有的人脸上都流露着幸福和陶醉的光彩。下半场开场不久，一场瓢泼大雨倾泻而下，事后听说是申城 50 年来未遇的特大暴雨，许多观众逃离了看台，可我看到，那些可爱的女孩子，依然毫无遮掩地与蓝魔的男球迷们在雨中激情地舞蹈。

那一刻，我的眼睛湿润了……

[女球迷的故事]

●李珏：23 岁，身高 1.66 米，某假期订房中心职员，"球龄" 1 年半。

李珏看球绝对是受了父亲的影响。读初中时，家中只有一台电视机，只要一有球赛，母女俩就甭想再看其他节目。耳濡目染之下，李珏也慢慢地爱上了足球。

第一次去现场看球，每逢精彩处，边上的人都在狂呼乱叫。可李珏却想自己是个女孩子，要文静，不能丢了淑女风范。所以，尽管心里激情澎湃，却是不敢叫出声来。可旁边的一个男孩更害羞，主队进球后，球迷们兴奋得手搭手架起了"长城"欢呼，那男孩居然红着脸问她是否可以，李珏一瞧，乐了，还有比自己更胆小的！一时勇气倍增，主动把手搭到了对方的肩上。这一次看球的经历，让她着实激动了几天，以后自然是一场球赛都不会拉下。

最恐怖的一次莫过于 2001 年 5 月 19 日去杭州看中远队与浙江绿城队的比赛。上海队落后时情形还算正常，可当最终上海队追平了比分时，主队球迷的怒火一下全集中在了上海球迷的身上，矿泉水瓶、饮料包、小喇叭等如雨点般袭向上海球迷的看台，幸亏大批警察及时将双方隔开。可散场后一小时，仍有大批主队球迷围聚在场外，并试图破坏铁栅栏冲将进来，在警察和保安的掩护下，上海球迷们最后撤退到了地下室。从球赛开始到走出体育场，李珏说：我们在饥渴和恐惧中待了整整 8 小时。最难受的是回上海前，球迷们七拐八绕地找了个偏僻的火锅店，想喝酒庆祝一下，不料刚坐定，突然发现店内全是沮丧地喝着闷酒的对方球迷，吓得全体噤若寒蝉，只能用眼神和笑脸传递彼此的快乐和满足。

李珏回味无穷地说，这样的经历和感觉，是多少金钱都无法换来的。

没有球赛的日子里，李珏像其他女孩一样喜爱逛街、听音乐，空下来会和球迷老爸一起侃侃球。不过足球对李珏而言，更多地意味着一种休闲。

●黄颖：21 岁，身高 1.68 米，某公司财务人员，"球龄"6 年。

男球迷们谈论女球迷时都会满脸不屑：她们哪是看球啊，看人还差不多。黄颖"不幸"是其中的一个典型。

1995 年上海申花队夺得联赛冠军后，黄颖碰巧看到了屏幕上的吴承瑛，一下子就崇拜上了。那时她观看申花球员训练，当然，主要是等候吴承瑛的出现。等了几天，终于让她候着了，很兴奋，不顾一切地跑上去要求合影。照片洗出来后，兴奋了好几天，拿了照片到处炫耀，这还不甘心，又到处打听吴承瑛家的地址和电话，并且收集了所有能收集到的有关吴承瑛的报道、照片等资料，没事就拿出来翻一翻。以后，只要有吴承瑛的比赛，她都一场不拉，渐渐地看出了门道，也看出了兴趣。

黄颖自称自己是那种感情非常丰富的女孩，一进球场就感觉兴奋。主队赢了，怎么笑怎么闹都嫌不够；而输了的话，常会眼泪汪汪，难过得几天不想讲话，饭也不想吃，单位同事打趣说黄颖的脸就是球赛的晴雨表。

大多数女球迷不太愿意给自己的脸画彩妆，既怕刺伤皮肤，又怕化了妆别人拿自己当怪物。可黄颖不怕，有时在脸上抹几道油彩，或者给刘海喷点彩，感觉蛮"酷"。看球时更是不惜体力，往往一场球下来，嗓子全哑了，人也筋疲力尽。

黄颖笑称自己是过着简单生活的女孩，上班下班，中规中矩，业余还在读大专，所以有球赛的日子感觉过得挺快。"最好每天有一场球赛。"黄颖孩子气地对记者说。

黄颖至今仍非常欣赏吴承瑛，不过理智了许多。2000 年底，她在徐家汇人行天桥上偶然与吴承瑛打了个照面，若是以前，肯定会狂热地黏上去。可那次，她仅仅是淡淡地看了一眼，黄颖说不敢自称成熟，但毕竟自己是长大了。

●戴颖轶：23 岁，身高 1.62 米，某媒体广告部职员，"球龄" 2 年。

在上海球迷的心目中，戴颖轶绝对是个"叛徒"，原因只有一个：身为上海人，她居然是辽宁队的铁杆球迷！无论在现实生活中还是网上，戴颖轶都没少挨骂。

只有戴颖轶自己知道，连接她与辽宁队的，是人与人之间最真挚的友情。

1999 年 6 月，在徐家汇逛完街的戴颖轶匆匆赶到路边扬招"的士"。雨下得很大，好不容易拦停了一辆，上车的刹那，她一眼瞥见了路边被淋得透湿的几个大男人，稍一犹豫，她还是笑着招呼他们同乘。上车一交谈，戴颖轶才知三人是中国国家队的李金羽、李毅和肇俊哲。分别时，聊得投机的几人互相留下了电话号码。

这期间，国家队在上海打三场比赛，因为都是上海人，所以前两场球票都是李毅提供的。到第三场时，李毅球票不够了，转托李金羽，李金羽主动打电话给戴颖轶，并嘱咐她一定前往观看。那天赛后，进了球的李金羽被大批记者和球迷围住了，本想当面道谢的戴颖轶只能通过电话向对方表示祝贺。

这之后，作为朋友，戴颖轶自然极为关注辽宁队，而那一年也正是辽宁队状态极好的一年，有球赛无球赛的日子里，双方或是通电话或是见面，友情就这么慢慢地浓厚起来，戴颖轶几乎与所有的辽宁队员都交上了朋友。连主教练张引也常跟她开玩笑，说她是上海的"叛徒"。

车祸事故发生的第二天，朋友打电话告诉了戴颖轶，小戴一听急了，以为是整个球队出事，急得一面哭一面打电话给辽足相识的队员和教练，让对方深为感动。

2000年春节，张引被迫辞去辽足主教练一职，一直敬佩张引的戴颖轶决定专程北上探望，张引知道后，专门更改了回大连老家散心的决定。到沈阳的那一天，正好是大年三十，李金羽的父亲冒着严寒将她接到了张引的家中。那年，张引在八一队打球的女儿无法脱身回家，张引笑呵呵地说："还好，另一个上海女儿回家了。"让戴颖轶感动的还不止这些，天一擦黑，所有辽宁队队员或亲属，纷纷亲临和致电向"老爸"拜年，那种人与人之间的纯朴感情，让戴颖轶至今想来心里都暖暖的。

在北京，戴颖轶又一次见到了病中的曲乐恒，才过了大半年，他那以前结实有力的大腿，细得还不如女孩子的手臂。短短的一段时间相处，"胖子"的坚强、开朗和勇敢都让戴颖轶深感敬佩。知道曲乐恒是个网虫，回来后戴颖轶就常和他在网上聊天。戴颖轶告诉记者，并不是她在安慰曲乐恒，而是曲乐恒的乐观和坚强常常给了她直面生活的勇气和力量。

戴颖轶并不认为自己是个标准的球迷，球迷身上的特质她都不具备。而且她并不很"懂"球，也不在乎球队的输赢，把她与辽宁队联结起来的，是人与人之间那种寒风中火烛般温暖的友情。

"所以，"戴颖轶平静地说："我不是上海球迷的叛徒。"

［采访后记］

　　足球是圆的，比赛是激动人心的，女球迷是可爱的。无论我们是在球赛的现场，还是电视机前，那些疯狂的尖叫和舞蹈，构成了一道奇特而美妙的风景。她们不一定很懂球，点评也不一定专业，但她们却确确实实地懂得享受足球的快乐。

　　至记者发稿时，中国队已连克劲敌，正稳步向世界杯挺进。

　　深深祝愿中国队好运。

［**女球迷语录**］

★ 等待球赛的日子，像等待初恋约会

★ 不看球时像林黛玉，看比赛时像孙猴子

★ 爸爸为我骄傲

★ 有时真想给足球装个遥控器

★ 最大的遗憾是还没与球星合过影

★ 我想成立一个"魔女"球迷会

★ 男友诚可贵，假日价更高，若为足球故，两者皆可抛

★ 活到 100 岁，我也是个老太婆球迷

★ 不懂球时看那些球迷，总感觉他们不正常，没想到现在自己也成了疯子

★ 如果可能，我会生 11 个儿子，让他们组成一支足球队

让我们坦然谈性

在中国，"性"似乎依然是洪水猛兽，依然是"犹抱琵琶半遮面"地难登大雅之堂。我们在这里谈"性"，绝不是哗众取宠，只是希图以一种坦然的姿态，从对"性"的猥琐、回避、畏惧、焦虑的心态中走出来，还"性"一个科学而客观的面貌。

见仁见智。我们想说的是，只要是人，都要有性活动，在这个问题上，你就无所逃避，既如此，何不多一点爱心，坦然处之！

与话题有关的三则新闻

[报摘一]

客房放了安全套，引来媒体齐关注

最近到浙江省永嘉县楠溪江风景旅游区游玩的客人惊异地发现：自己居住的宾馆客房里，多了个"健康包"——除了为客人提供出门旅游所用的常见药品之外，还放置了安全套一类的避孕工具。

面对多家媒体的关注和各方的议论，楠溪江风景旅游管理局有关领导认为，局里决定推出此项服务措施，是考虑到游客的需要，进一步提高文明服务的档次。没想到会招来舆论压力，有的甚至批评他们是在诱导卖淫嫖娼。如今，局领导一致认为，这一举措可以继续实施，但不宜对外宣传，以免引起误会。

对于旅游局的这一举措，态度最积极的莫过于计划生育部门。公安部门对此事的反应却很平静。县公安局治安科的一位警官说，宾馆饭店只要不违反治安条例，不影响社会治安，正常的经营服务工作他们没有理由进行干涉。

游客在新鲜之余，倒觉得正常，认为这像针线包、女宾卫生袋一样，有需要了才用得上。

浙江省旅游局旅游饭店管理处处长萧歌认为，现在对此事进行争论或下定论都为时过早。作为一项新的服务举措，不妨试试看，如果能满足市场的健康需求，不是件好事吗？而且，在深圳，计生委在街头公开安装避孕套发放器，也没产生什么不良影响。

[报摘二]

安全套不卑不亢地进高校

在广州石牌某高校大学生宿舍区的小卖部里，除了出售文具、药品等商品外，各种安全套最近也被公开摆在了柜台的显眼处。此种新鲜事引起了许多人的好奇。

售货员告诉记者，其实也没有太多学生来光顾，一年都没卖出几盒。但他又说，这并不是因为大学生们用不上。"就算他们要，肯定也不会光明正大地来这里买，而是到外边偷偷摸摸地买来"。

一位1997级的研究生告诉记者，安全套在大学里属于"隐性购买"的商品，消费量不低。不久前，学校组织清理研究生宿舍旁的下水道，居然在里边挖出了一大筐安全套。对于学校小卖部出售安全套，一位一年级的大学生感到很愕然。而一个带着孙子来喝饮料的老伯也说，他感到很尴尬，因为孩子以为是玩具曾经吵着要他买。一位四年级廖姓学生则显得很不以为然："就算学校不卖，大家其实也都知道该去哪里买，真的无所谓。"

有教师认为，安全套进校园是件好事情，它对大学生的健康绝对有好处，现在大学里的性科学教育还相当薄弱，一些大学生不会保护自己，堕胎、患性病的现象时有发生，与其回避它不如正视它。

[报摘三]

少男少女"游戏"闯祸，老师家长左右为难

高中生该不该接受

上海市崇明县计生部门 1997 年的一份调查统计显示，在305 名未婚人流者中，19 岁以下的有 75 人，占 24.59%。奉贤县计生委、县妇保所上半年对 381 名未婚人流对象的问卷调查表明，年龄不满 20 岁的占 25.6%。

于是，一个敏感的问题又摆在广大家长、老师和计生人员面前：高中生该不该接受生殖乃至避孕教育？

谈到这一话题，上海市教委学生处的一位领导对记者表示，眼下，许多学校对孩子进行的仅是青春期教育，或一般的性教育，这对少男少女来说是远远不够的。这位人士主张，应当对高三学生实行避孕教育，但他又承认：阻力很大。

想想也"情有可原",我国的国情决定着,至少在眼前,我们的高中课堂还难以像大洋彼岸的美国教室,老师能"明目张胆"地挥舞避孕套当教具……

阻力不仅来自难以启齿的老师,家长们也顾虑重重:这岂非让"蒙在鼓里"的孩子性意识全面唤醒?这不是引导他们去……

南市区计生委曾组织各级计生人员的子女搞了个"一日营"活动,考虑到计生人员平时忙于工作,对孩子"宣传"较少,故安排了些向孩子进行较含蓄的性教育的内容。不料,不少往日对如何降低人流率而煞费苦心的家长却颇有顾虑,结果却是孩子们听得格外认真,十分欢迎。

面对未婚人流低龄对象比例的上升,越来越多的计生人员和教育界有识之士、越来越多的家长在思索:高中生,该接受怎样的避孕教育。

当然,持反对意见的人士也有自己的道理。在市计划生育宣教中心,记者读到了一段颇有代表性的文字材料。美国近20年的青春期教育,可概括为以避孕器为主轴的性教育,而避免向年轻人倡导任何道德或伦理价值观,其直接的负面结果是性病传播,"少女妈妈"增多。

在美国某州一所分发避孕套的中学,全校女生怀孕比例比另一所未发安全套的学校高47%。

于是,在华盛顿市,21万个少男少女在草坪上插上自己带来的纸牌,上书:等候真爱……结婚前不与任何人发生性关系。一种追求"新贞节"的道德观念正在兴起。

这是对避孕教育的否定还是这一教育结出的另一种果实,或者狂风暴雨之后的宁静?

随机采访问题

未婚组:

1. 你是否曾经和你的同性或异性朋友谈论性问题?

2. 假如谈论的话,一般和怎样的朋友谈,在怎样的场合谈,谈什么内容?

3. 你谈论性话题时的心情如何? 是否觉得这是一件难以启齿的事?

4. 你如何看待婚前性行为?

5. 你认为谈性有否意义?

6. 你的性知识来源是什么?

7. 有没有必要从小进行性教育? 为什么? 性教育应以怎样合理的方式进行?

8.(个人隐私,可以不回答)你有过性体验吗?

已婚或离异组:

1. 你们夫妻之间是否谈论性问题和性感受?

2. 谈些什么?

3. 你认为谈性对夫妻关系有什么影响?

亲子组:(孩子 8 岁以上父母)

1. 作为父母,你是否对子女进行性教育? 你这么做的理由是什么?

2. 你是否避讳让发育中的异性孩子看见你的身体?

3. 假如你对孩子进行性教育,你的方法和内容是什么?

随机采访·未婚组

江雁红，女，24 岁，北京某大学研究生

我们寝室在夜里"卧谈"时，每次讨论到"性"禁区的时候，大家都很自觉地用"那个"来代替，然后便不再有人接腔了。我曾和男朋友谈过"性"，不过那是在我们很好了之后。

其实我是比较开放的，真要我谈性，我可以做到很坦然。我有两个女朋友都有过做人流的经历，她俩的话惊人地相似："没想到只一次，那么容易就……"我认为中国人在性问题上禁锢得太厉害了，像我们学校，图书馆的书有性描写的地方都被管理员整页整页地撕掉了；再有就是学校的录像厅，电影里亲热场面才开始管理员就很准时地进来站在放映机前把镜头挡住，然后银幕就一片黑，只听见男女主人公的喘息声……我们就说他怎么不把声音也给掐了？

就我成长的经历来说，我觉得中国几乎没有什么性教育。我也只是小时候哥嫂结婚时偷看过他们的一本性启蒙方面的书，再有就是看外国小说中的爱情场面描写。我认为性教育的责任最好由家庭担当起来，母亲对女儿，父亲对儿子——不，应该是父母亲从各自的不同身份进行教育，告诉他们男孩女孩究竟不同在哪里，哪种行为会导致哪种后果。我觉得我以后就要对我的小孩这样做。

我认为婚前发生性关系没什么大不了。我和我男朋友没发生过性关系，但应该说我们已经走到"倒数第二步"了。我觉得干这事他不必对我负责，有我自己对自己负责就够了——况且，万一真出了什么事，伤害的也是我自己。

陈强，男，22岁，上海某大学学生

我不知道女孩之间怎么样，我们男生是不避讳谈"性"的，不只在宿舍里临睡前聊，有时几个朋友聚在一起喝酒的时候也聊。第一次谈到"性"时大家还有些顾虑，后来就无所谓了。即便是看过"毛片"后我们对女孩的身体还是感觉很神秘，我想男孩子都这样吧。有的人还互相交流经验，包括和女朋友 Kiss 的感觉、触摸对方身体时的想法——其实我们还不是很知道"欲望"是怎么回事，主要是好奇，外加夸耀。

我看过几期你们的杂志，你知道我们拿到它，最先翻的是哪几页吗？"今晚悄悄话"，吓一跳吧？现在学生买电脑的多了，除了经常打游戏外我们还用它来看"毛片"，几个男生可以心照不宣地在一起看，但禁止有女生在场，也不让女朋友看这类片子。我们认为这是对她们的一种尊重、一种保护。

我觉得男孩在"性"方面应该比女孩懂得多些，否则，和女朋友亲近时，若她比你还熟练，你会觉得这是一种耻辱。另外，我也不想在结婚的当晚还是个毛手毛脚的傻小子。我们男孩间，说起"处女"是一种尊重，说起"处男"则是一种调侃甚至是侮辱了。

我认为男生需要性教育，女孩子最好不要——可由她们的男朋友教她们呀。

何××，女，32岁，某进出口公司职员

我曾经被拘押过一个月，也只有在那种特殊的环境和氛围下，我才和别人认真地谈过"性"。那是一间女牢，和我同屋的女孩刚刚新婚就进来了，而我也刚失去一段刻骨铭心的情感。那时，我们的情绪都很低落，命运仿佛很灰暗，非常怀念曾有的温馨的日子。就是在这样的心境下，我和她谈了"性"问题，谈得很彻底，甚至包括做爱的感觉、性爱过程的细节，以及喜欢什么样的感觉。但那样的谈话仅一次，在平时，我觉得谈"性"难以启齿，不可能坦然地和别人交流这种问题。

我觉得现在未婚性关系很普遍，人们的"贞操观"已经有所改变了。未婚性爱只要不是出于游戏目的，而是两人真情流露、水到渠成的结果，就不应该视为放荡。其实，我在第一次发生性关系之前，对"性"一无所知，以前，父母从未对我讲过这方面知识，也未看过所谓的"毛片"，仅有的一点知识是从《家庭生活大全》之类的医学科普书上了解到的。

我觉得青春期的孩子就应该进行性教育了，千万不能避而不谈，因为越神秘越容易出问题。

李×，女，26岁，某外企公关

我从来没有和别人正儿八经地谈过"性"，顶多是听别人说说"黄色"段子，但我不喜欢那些露骨的"黄"段子，有男有女的坐在一起，听了多尴尬。可有的段子构思挺妙，能意会，我就蛮爱听。

至于婚前性行为，个人有个人的价值尺度和道德标准，关键是否值得这样做。我觉得婚前性行为未必要以结婚为目的，这是两相情愿、自然而然的事情。

我的父母从没对我讲过这方面的事，我仅有的性知识来源是那些保健类杂志以及中学时的生理卫生课，但那时的生理卫生课实在是不痛不痒。对孩子进行性教育有一个技巧问题，弄不好，甚至会误导和适得其反。

你问我有没有性体验？那当然有了，都这么大年纪了。

随机采访·己婚或离异组

董×，中年男性，某机关保安

我与妻子原来是一个单位的，结婚之后几乎是 24 小时不分离，在厂里她挡车我维修，在家中她下厨我洗衣服。我对她太熟悉了，几乎是无话不谈。在路上说的是居家过日子的事，在床上便是由我说些让她脸红也让她心跳的"笑话"。她比较守旧，但我经常询问她的性感觉如何，诸如频率节奏、时间长短是否合适等。在我的循循善诱之后，在性事上她也能日渐放开手脚轻松自如起来。有一次，性事完毕之后，她居然会拉着我的手，在我耳边轻轻地问：你想知道我的感觉吗？我的灵魂仿佛被刺了一个洞，穿破头顶突跳而去似的。

偶尔翻开女儿买来的时尚画报，妻子会让我指点其中哪些算是美人，而我指的美人，都是窄肩细腰肥臀丰乳的性感女人，且还边挑边评：胸部丰满可不能有累赘之感，臀部丰满不能有下坠之势。

因为我们无话不谈，包括性的感觉与审美观的沟通，我们心里便少有诸如"惆怅"与"遗憾"的感觉，一个表情、一个手势，都令对方心领神会。进入中年以后，在性事上她显然有力不从心之感，若她有什么表示，我便"打住"，不让她为难。我一旦需要，她是不会拒绝我的。

夫妻是生活伴侣，更是终身的性伴侣，倘若在性事上不能沟通感觉，不能"如鱼得水"，那将是个很大的遗憾。

张××，中年女性，离异，原是某企业销售科长，现居美国

从结婚到离婚我们从不谈性，真是"纯洁"得不可思议啊！

我嫁给了一个比我大 10 岁的老派男人。他是典型的中产阶级格调，讲究表面一套，可就是情感冷漠。

他不苟言笑，一本正经地做事，一本正经地做人，也一本正经地做爱。我常常在看着他一声不吭地例行性事时，心里生起嫌恶感。在我们夫妻尚躺在一张床上时，"性事"对我而言只是一件机械的"活儿"，它无激情、无愉悦，因而也是无人性的。这样的婚姻当然是不会长久的，分居达 6 年之后，我们正式离婚了。

我们曾很体面地结婚，很冷漠地做爱，然后很理智地分手，怎么会是这样的呢？我也弄不明白。

朱×，青年女性，艺术体操教师

新婚伊始，人们都说我气色红润，身段更俏，说得我有些不好意思，仿佛我们"爱"的所作所为都被人窥破似的。

是呀，这样的婚姻才是我一直渴求的，在看电视时、在厨房中、在外出逛街时，他常会赞美我的"魔鬼身材"，我挺拔的胸部，我富有弹性的肌肤。更多的话语，是他对我们珠联璧合的性配合的感慨。

我笑他自作多情，可他却说道：做是一回事，说又是一回事，说就是品味啊，总是在品味中，那情那景才更有意思，更撩人性情……

随机采访·亲子组

张×和王×，中年夫妇，上海某工厂普通工人

问：你们对孩子进行性教育吗？

母：什么叫性教育？我告诉我女儿不要让男孩子对她乱来算不算？她今年22岁了，正和一位男同事在谈恋爱，我经常担心她糊里糊涂干了傻事。中国人对"贞操"还是很看重的。我们从不和女儿谈有关这方面的事，也禁止她看这方面的书——她知道？到了一定的年龄，自然就懂了呗！像我自己，当初结婚，我母亲也只隐约跟我暗示过一点点，至于我女儿，我顶多在她结婚前一天告诉她流血了不要害怕……

问：你们做父母的为什么反对对子女谈"性"，也禁止她（他）看这方面的书呢？

母：理所当然吧！我们自己就是这么过来的。全家人坐一起看电视，有亲热镜头时，我们做父母的都很窘，很想站起来把电视关了。我觉得孩子懂得太多要出事的，而且，"性"是很隐秘的东西，怎么可以放在饭桌上摊开来谈呢？

问：你忌讳让你女儿看见你的身体吗？

父：当然忌讳。有一次我洗澡，女儿闯进来，当时我简直是气急败坏，后来有好几天和女儿见面都很尴尬。我觉得父母有父母的尊严，赤身裸体被他们看见了，实在有失体统。

问：假如你来对你女儿进行性教育，你会怎么说？

父：我来对她？这怎么可能？这是她妈妈的事。如果有儿

子，我或许还会对他说点，我会告诉他年轻的时候不要全凭冲动办事，男人对这种事要负责的。

靳 ×，男，11 岁女孩的父亲，× 杂志美术编辑

关于性教育问题我是回避的，因为是女儿，这个问题应该由她妈妈来谈，比如初潮，比如其他生理问题，由父亲来说就不是很方便了。但假如女儿问我的话，我一定会实话实说，不过究竟讲到什么程度，我难以把握。

彭 ×，10 岁男孩的父亲，出版社编辑

"性"是孩子不可避免的问题，做大人的也没必要刻意回避。我们家能收到境外某卫视，里面有个节目有时会说到黄色笑话，我儿子不理解，就问我们是什么意思，我就用比较正面而健康的方式给他解释，但要说得好就有些难度。

儿子现在上四年级，他告诉我班上同学有时讨论恋爱问题，谁谁爱上谁谁了。你惊讶吗？这么小的孩子就说这类问题了，可我相信他们似懂非懂，更大程度上是在盲目模仿。碰到这种事，我不会刻板地教他该怎么做不该怎么做，他还没到彻底弄明白的年龄，我只是不武断制止他，而是委婉地提醒他不要随意和女孩打闹之类。

（本文由《现代家庭》编辑部策划，
将来、王汉芳、肖慕莉、邵庄、张衍执笔）

在韩国过年

　　年年岁岁花相似，岁岁年年人不同。春节怎么过？编辑部同仁合议去韩国一游。于是，大年初一，我们登上了隶属中海集团的上海仁川国际渡轮有限公司的海华轮。

温馨的海上之家

　　据介绍，1972 年由比利时建造的客货两用的海华轮是一条"低投入、高适应"的"收益型"船舶。由于造得好，当年，它曾获"诺贝尔银奖"。这条 1.5 万吨的船日夜奔驰，在为外国老板赚了满坑满谷的钞票之后，于 1989 年被卖到了上海。如今，又是 10 年过去了，走上这条老船，不禁想到："廉颇老矣，尚能饭否？"没有豪华，没有奢靡，但 100 多位游客在船舷旁看到了迎着寒风列队相迎的身着笔挺制服的乘务员。这是一张张真诚的笑脸，随着"新年好"的亲切问候，他们抢上前来扶老携幼，提包带路。

　　经过装修的客房正努力向"星级"靠拢，卧具纤尘不染，浴巾柔软洁白，就看牙刷、牙膏、梳子、肥皂这些小玩意，亦均为不赖的"名牌"。轮船携带了 500 吨的巨量淡水，24 小时的热水澡是绝对保证的。

更想不到的是，顿顿正餐都是美肴，特别是那两顿自助餐，几乎水陆俱陈，菜蔬糕点之繁，可与城隍庙的小吃媲美。

不过，娱乐设施只能因地制宜、因陋就简了。游泳池的面积比不过澡堂的大池，而冬天水冷，根本无法下水。舞池更小，只有三对舞伴的空间，且舞池上灯光敞亮，孤独的舞者犹如在台上作秀，众目睽睽之下，交谊舞已失去了本来的随意与轻松。

还好，你可以去打乒乓球、打扑克和搓麻将，也可以去借书，去唱卡拉OK或在老虎机前试试运气。其实，风平浪静、阳光明媚的白天更是观海的良机，吃喝玩乐在陆地上都可以进行，唯有在水天一色的浩渺中与海鸥同行才是一种独特的享受。

同事灵机一动，把躺椅搬上铺着腈纶地毯的甲板，成为船上最会享受的一族。在和煦的阳光下，剥着花生，嗑着瓜子，我们很自然很愉快地结识了许多新的朋友。同舟过年也是一种缘，在平时匆匆的都市生活中，哪有这种闲适惬意尽情尽兴的唠嗑呢？聊天时，谁也不把果壳纸屑烟蒂抛入公海，因为大家听说，为了保护海洋，船上所有的污水，包括洗菜刷锅的水都只能排入污水舱。食堂里暂时没有直通污水舱的排污管，大菜师傅们硬是把一桶桶的污水拎到了污水舱。海洋的蔚蓝需要人们的"海洋意识"，而此时的海上游客，竟一下子萌发了"世界公民"的自觉性。

又听说，这些观海躺椅都是船员们自制的；又看到，一个船员正为一个游客修皮鞋，两个船员正在向一个朝鲜族的同事学韩语。路过餐厅，发现里面的服务员正在进行托盘训练及斟酒与折叠口巾花的比赛……需要这么认真吗？海华轮政委倪秋仁做了肯定："我们是硬件不足软件补，设备欠佳感情补。而且，海华轮是一艘老劳模杨怀远曾经工作并带过徒弟的'中海'标兵船。当然,另一个更重要的原因是,市场经济优胜劣汰,'毫不留情'——如今,人必须竞争上岗,船必须竞争上线!在我国与韩国通航的七条航线中,海华轮是唯一的由中国人管理的船舶!"当定位仪将航线与转位都输入电脑后,海华轮正"自动"地驶向与我国山东威海隔海相望的韩国仁川。上海至仁川505海里,老船"海华"不紧不慢地跑了42个小时;返程,海华轮赶到济州岛"接驾",从济州岛到上海,又航行了22个小时。往返有三天泡在了船上,但是,没有听到哪一位游客抱怨说,海华轮浪费了他们宝贵的旅行时间。

(辛培/文)

从仁川到汉城

尴尬的"交流" 经过不短的海上航行,大年初三近午时分,海华轮终于停泊在了韩国仁川港口。

以后的几天,我们将由韩方旅行社派出的导游——矮壮敦实的王先生负责安排行程。

正值午餐时间,吃韩食就成了赴韩后的第一个节目。早听说韩国人的家居特征是"暖炕式"结构,我们就餐的这家小店,也是将地板做高二三十厘米,底下铺设暖气管道。因此,虽是寒冷的冬天,脱鞋走在地板上,仍能感到脚底热烘烘的。

我们按照韩国人的传统习惯,盘腿席地而坐。刚开始还觉得新鲜好玩,可稍一坐久,却受不了了。几位女士一会儿跪起,一会儿又坐下,不停地调整着姿势,忙个不停。餐桌上令人注目的是一个大烤炉，上面堆着调好味的鲜肉，边上摆着四样小菜和一份例汤，主食是大米饭。一向喜欢尝新的李捷文对韩国菜肴赞不绝口，边上却有一位先生溜了出去，苦苦抱怨这些没油水的食物不对胃口。好在我们都还随和，尤其那爱吃辣的几位算有了"用武之地"。正吃得起劲时，餐馆的小姐过来加汤，为表示礼貌，我拿着国内出版的旅游指南，对照韩语鹦鹉学舌："干姆洒哈姆尼达（谢谢）。"小姐一听满面茫然，指指手中菜篮内的生菜连连说："康秋，康秋。"引来一屋子的哄堂大笑。

滑雪场和游乐场　午饭后，便驱车前往阳智滑雪场，这个人工堆造的滑雪场，有一陡一缓两个滑道。山脚下平缓处，人头攒动，越往上人越少。套上滑雪板便觉寸步难行，自以为有溜冰经验的我一上场便一个跟斗，所有的滑雪器械摔个七零八落。倒是胆小的女士一步一个脚印，在平缓的雪地上小心学步，哪怕摔倒也能保持一个优雅的姿势。这时，只见主编潘雄赳赳气昂昂地扛着滑雪板踏着积雪走向陡坡，一副胸有成竹的样子，不由得心生敬佩。在山脚下连摔几大跟斗后，我心一横：一样是摔，不如摔得壮烈点。气喘吁吁地扛着滑雪板也走上半山坡，只见主编潘正好整以暇地摆弄装备，气定神闲，一派高手风范。心急之下，我忙不迭地套上滑雪板，长吸一气，用滑雪杆一撑，就向山坡下滑过去了。虽说近百米的距离连摔了三四个跟斗，但好歹也算是成功，兴高采烈地重上山腰，愕然发现主编潘居然还在平坦处摇摇摆摆地学步，想笑却不敢。

回到车上，本想炫耀一下自己的战绩，不料却听说美编靳伟居然是坐了缆车上山后从山顶上滑下来的。面对如此辉煌的成果，我当然只有噤口不语。

就在那晚还有一插曲，在汉城的乐天游乐场，编辑部的"四大金刚"与被保护的"四大美女"不幸失散，遍寻无着后，我们只得随着散场人流向出口处走去，将到出口时却发现走错了方向。无奈中拿了游乐场的地图向保安人员询问，才知道我们真正是"南辕北辙"了。令我们意外的是那位保安向同伴打了招呼后，就率先前行领着我们穿过迷宫似的通道走向大门口，临别时还热情地向我们鞠躬致礼，让我们不胜感慨。本以为小姐们肯定也"在劫难逃"，可回到旅行车上却发现她们已笑眯眯地坐在了座位上，令我们这些男士直呼惭愧。

感觉汉城　从仁川到汉城只有一小时左右的车程。汉城有1200多万人口，是世界第十大都市。经过治理的汉江两岸美丽如画，入晚，闪烁的霓虹将汉城装点得分外迷人，极富现代气息。

然而韩国又是一个非常珍视本民族文化传统的国家，在有韩国"故宫"之称的景福宫，无论是雕梁画栋，还是地下的青石砖，都保存得非常完好。路上时见穿着民族服装的韩国妇女。汉城林林总总的店堂招牌，几乎全用韩文书写，即使是在以驻地美军和外国游客为主要消费对象的梨泰院商业区，也鲜有例外。很多商铺的柜台上都放有店主的名片，在我收集的名片里，也从未发现有韩文之外的文字。奇怪的是，在一个别墅式住宅小区内，我们却发现独门独院的家家门牌上，清一色是用汉字标写屋主姓名，偶有韩文，也是不太起眼的较小字体，令人费解。

这几天也是韩国的春节，他们称"民俗日"。与中国一样，节前家家都要准备大量的佳肴，除夕之夜，全家人都要坐在炕上守岁，以防备传说中的"夜光鬼"入屋偷鞋，保一年的平安。正月初一是韩国人全家团聚和祭祀祖先的日子，晚饭后家中成员按辈向长者叩头拜年，长辈则向家中的小孩发放"压岁钱"。压岁钱一般数目不大，约为韩币 2000 元，折合人民币 16 元左右。

在汉城旅游时，我们发现双双对对的男女情侣中，男孩子的表情一般都比较严肃，而女孩子却对男的比较迁就，不仅说话细声细气，而且眼神总很专注很温柔地看着男方，似乎很在乎男孩子的表情。这个发现令编辑部的男士们羡慕不已。导游王先生说若韩国菜市场出现一个男子挎篮买菜，会让市场内的所有妇女惊奇不已，像看到外星怪兽一样。要知道，在韩国如果让男子操持家务是很让主妇没面子的，所以越是有成就的女人越会殷勤地服侍丈夫。

（张衍／文）

浓缩的四季：济州岛

若是旅游观光，济州岛无疑是最好的去处了。岛上有山有水有花有果，运气好的话，甚至能在一天里经历从冬到春的四季。结束济州岛行程，我们得出一致的结论：结婚来济州岛度"蜜月"恐怕是最合适不过了。

黑石头 从飞机舷窗望出去，济州岛的轮廓被一圈乌黑的"淤泥"包围着，那是一种冷峻的黑，黑得彻骨。出得机场，当车将我们送至海边的时候，才恍悟那黑色的不是淤泥，而是大片嶙峋的礁石。从没见过这般颜色的礁石，黑得让人心惊，心中揣测那是济州岛上多火山的缘故。此时，飘起了细而疏的雨丝，脸上凉丝丝的，不知是雨水还是飞溅过来的海水。

已是黄昏时分，我们朝着龙头岩走。那油黑的奇岩从地下冒出 10 米，貌如望天叹息的龙头，有一群游人在那儿留影。人们常常牵强地赋予自然景观某种特殊的含义，令我感兴趣的不是这巨大的突兀的岩石，而是在避风处卖海鲜的两个当地妇女，贝类是在海滩上就地采集的，三个日本游客以石当桌，自斟自饮，大啖新鲜的牡蛎，一边冲我伸出大拇指，夸赞他们的美味。据说济州岛还保留着女耕男织的母系社会痕迹，男人照料家务，女人则从事田间劳动或出海捕鱼。济州岛的妇女年幼便开始学习游泳、潜水，潜水作业的妇女能在 12~18 米深的水下待三四分钟。就连岸上土产店的老板，也多半是妇女，我们在一位看上去憨厚朴实的妇女那里买下了几十包海苔，讨价还价了一番，以 4000 韩元一大袋成交。海苔比国内食品店里买来的新鲜、爽口，上面撒了晶莹的细细的盐粒，很好吃（当然，后来我们买到了更便宜的，这在旅游胜地是常事，购买土特产最好别操之过急，还是货比三家为好，这是大家的经验）。

拎着大袋的海苔上车，却见潘主编和靳美编正摆弄手中的"黑石头"，对两位搞美术出身的男士而言，石头无疑比"海苔"更具吸引力，原来他们刚刚下了海，和那些采贝类的妇女一起做了一回"淘石者"。

"定情"耽罗木石苑　济州岛多石，坐落在原始森林之中的耽罗木石苑向人们展示了用树根制作的 1000 多件艺术品和 500 多个状似人头的石头。身临其中，深感怪诞、诡异和古朴的氛围。出口处的石桩上挂着三根旌椰，这是一种挂在家门两旁石柱窟窿上的长木条。导游解释说，挂一根木条表示主人暂时到邻居家串门去了，挂两根木条则表示主人晚上才回家，这种奇特而美好的风俗恐怕只有在没有乞丐、小偷，不需大门的济州岛才能见到。

木石苑是深受新婚夫妇喜爱的景点，据说若能站在两块相距数尺的圆石上接吻，便能心心相印。我和任雪蕊站上去试了试，不过只能鼻尖碰鼻尖，不然，就是"同性恋"了。而其他人则挤在"解忧所"（厕所）门口合影，别笑，如此风格朴拙独特的建筑在国内真的罕有，难怪大家少见多怪。

永远的 NO.1 城山日出峰是世界上最大的凸出于海岸的火山口，山脚旷远壮美，有辽阔的草甸和成群彩色屋顶的度假别墅区。当我们的车从汉拿山的雪地中一路行来，移路易景，白雪上的簇簇绿叶步步后撤，扑入眼帘的是株株高大棕榈树和不知名的热带植物，及至来到城山日出峰脚下，心情又倏地开朗起来。

从山脚登上山峰约需 30 分钟时间，一路上游人三三两两，间或有中国人擦肩而过，还有不少单身游客。身上的羽绒服此时已显赘重，只能敞开衣襟，迎风而上。没有兜售旅游纪念品的小商小贩，也无须在人群的缝隙中穿梭，这样的登山轻松而惬意。我走在头里，紧随身后的是一手拄拐杖、精神矍铄的白发韩国老翁，编辑部的同事却不见踪影。当一阵夹杂着海水气味的巨大山风迎面拂来，出现在视线中的是一万多平方米的盆地草原，中央突兀着一株孤独的松柏，这就是火山口了。韩国老翁走前一步，举起拐杖，高呼："NO.1！ NO.1！"这时候，同事们不知怎么相继冒了出来，八个人站在这壮阔的火山口上，任凭海风拂面，仿佛听到了时间和希望奔跑着向前的足音。

（殷健灵／文）

购物花絮

　　女人天生热衷购物，临行前，编辑部四位女性参照了以往赴韩人士的经验，加上旅行社权威意见，确定有三样东西值得买：一是皮装，是那种上海买不到的修身皮风衣，皮质柔软水滑。二是耐克气垫运动鞋。旅行社曾在出发前特别说明此鞋在韩国买比较正宗，且价格比上海便宜二三百元还多。三是"蝶庄"化妆品。此为韩国的产品，至少可以省去进口税。

　　临到韩国，出乎意料的是，在汉城的购物时间仓促得令人愤怒，只有象征性的 30 分钟。不过现在想来，当时的窘迫、懊恼也成情趣。

　　走马观花梨泰院　梨泰院是汉城著名的商业区，有点类似北京使馆区一带的秀水街或上海的城隍庙。这里很有点民间艺术的味道，连皮鞋店里出售的靴子也是手工制作，当然价格也令人咋舌。如果时间允许，慢慢地"淘"，肯定是有心仪之物的，至少能买到许多装饰居室的玩意儿。可我们只有半个小时，只能在路口店潦潦草草地扫一眼。人们一窝蜂地涌进一家运动鞋店，满墙的耐克让人兴奋，只听到一片上海话在折算着韩元与人民币的比价。我一看标价 90000 韩元。合人民币，一双耐克也得 700 多元呢。

　　饰品店，我挑了五六枚胸针，讨价还价后，一算还得上百美元。看我把东西放回原处，漂亮的女店主脸色顿时晴转多云。听导游说过，韩国人做生意很顶真，只要你跟他还了价，最后不买，他会觉得你耍了他。我不好意思赶紧选了一个发卡，两美元。发卡倒有点韩国风格，上面装饰着一枚枚如同制服上的银纽扣，同事戏谑坐公交车零钱不够时，可以掰下来应急。

梨泰院的许多店里都挂着"韩国假面"，是一种镶在木框里的木刻肖像。我不知其中典故，但相信必是韩国著名的工艺品。后来知道韩国留学生送中国老师礼物通常是这种"假面"。我在梨泰院买下一帧假面，店主开价15000韩元，在计算器上我们互相撅了好几个回合，总算还到10000。正当我得意炫耀时，同事张衍拿出了同样假面，竟然人家开价才8000韩币。

彩虹衫·黑披风 最悠闲的一次逛街就数在济州岛了。晚餐后我们一行数人转悠在酒店附近的商店。那里的时装店、鞋店的格局和上海的路边店大同小异，只是更干净更安静些，营业员似乎没有上海店家殷勤。一件五颜六色的横条羊毛衫吸引了我，随手拉来比划在同行的美编靳先生身上，跳跃的色彩与他做美术的气质十分吻合，便一边劝他买下，一边同店家谈价。老板娘一口咬定8000韩元，不能还价。其实，我心里晓得这件毛衣并不贵，折人民币才60多元。

在另一家店，我发现了一件连帽黑披风，手感如羊绒，款型古典又时尚，标价50000韩元，我不假思索在计算器上撅了个40000，小姐一看笑笑，利索地点了下头，我顿时后悔或许该撅个30000。虽然上海到处有卖韩国衣物，论价钱我在韩国买的这件黑坡风也不算很便宜，但质地、做工显然精致得多。

心心念念粉底霜　韩国的女孩子看上去皮肤都不错，有一种荞麦色的质感，使整个妆面有极舒适的底色。看多了，我们几个女性终于得出结论，原来她们用了很好的粉底霜。我们立刻高涨起买韩国粉底霜的欲望。钻进一家化妆品专卖店，粉底霜品种极多，面对那些蝌蚪似的文字，我们面面相觑不知所措。想试试用妆，可女店主摇摇头，那一刻我就无限怀念国内的商店，走进任何一家商店的化妆品柜台，小姐就会主动拉过你的手，在上面涂这涂那。走了几家店，终未买到粉底霜。

当在汉城机场即将飞离时，一队空姐走过，那一排荞麦色的脸令我们再一次议论起粉底霜。

（王宇秀／文）

周瑞金：义胆仁心是大侠

——《宁做痛苦的清醒者》编辑散记

2003 年春天，一日，时任文汇出版社社长兼总编辑肖关鸿，安排我去拜见《人民日报》原副总编辑周瑞金，商谈周老的图书出版事宜。

第一次去周瑞金老师家，心里着实有点忐忑，想象中，能在媒体上"笔战群儒"的"皇甫平"，应该是性烈如火、脾气不好的倔老头——恐怕很难打交道啊。

开门的正是周老。

个子不算高，上身着一件鸭绒背心，脚下穿一双棉拖鞋，笑嘻嘻地说："是文汇的小张编辑吧？快请进！"

可亲如邻家老伯。

我正准备脱鞋，周老忙拦着："不用了，快进来，外面冷！"

坐定，周老又是倒茶，又是弄小点心，忙个不亦乐乎。

心头一热，所有的拘谨刹那间烟消云散。

在图书编辑和出版过程中，因为工作需要，常和周瑞金老师交流，也成了他家的常客。在他那一间靠阳台的书房里，小山般的图书画册堆积四周，各种常青绿色植物环绕，书香、清香沁人心脾，品着香茗，整理并编辑书稿，听周老师谈古说今，真的是一种难得的享受。

《宁做痛苦的清醒者》一书就是在这样的愉快工作过程中出版了。

这本书中收录了周瑞金老师在不同时期发表的60篇文章。

第一辑"人物散记篇"，作者回忆了与《人民日报》原副总编辑王若水、著名人士千家驹、国学大师南怀瑾、书法大师顾廷龙、恩师郑拾风、林书立、美籍华人学者赵浩生，老一辈无产阶级革命家王定国，浙南著名学者刘绍宽等的交往和采访，也有数篇作者访问他国的情思和感兴。

第二辑"时政评论篇"收录了作者发表过的社论、时评文章，尤其是引起轩然大波的署名"皇甫平"的四篇重磅文章，如今重读，依然让人感到那种沉甸甸的分量。

第三辑"皇甫平'风云篇'"，首次完整地还原了"皇甫平"文章发表后引起的强烈冲击和反响，至今读来仍可感受到那种激烈交锋的"刀光剑影"。

第四辑"附录篇"，收录了三篇采访周老的文章，让读者从另一个侧面了解周老的为文为人。

图书一上市，即引起强烈的反响，来信来函购书者络绎不绝。当时，为保险起见，我把起印数定为5100册，事实很快证明了我的保守，不到一个月，图书即告售罄，只能紧急加印……

好几年过去了，一直想再去拜见周老，由于编务繁忙，竟未能成。前段时间，《中国农民调查》的作者陈桂棣、吴春桃来沪，言欢之中，说起他们很敬仰周瑞金，我也想趁此机会完成心愿，只可惜桂棣春桃夫妇行程匆匆，未能安排，至今仍觉遗憾。

或许，在周老不太忙的时候……

我眼中的谢晋

我与谢晋大师结缘于 20 世纪 80 年代。

1988 年，我在华东师范大学求学，与钱海毅、张扬、杨昕共同发起成立了"华东师范大学影视爱好者协会"，经常邀请上海电影界的导演和演员到学校进行演讲。我记得那时我就曾邀请过谢晋、吴贻弓、宋崇等导演，著名配音演员乔臻等来校举办讲座，每次都受到学生的热烈欢迎，我们还经常组织学生看电影、写影评，甚至到电影制片厂跑龙套当群众演员。我记得那时我们组织的就有吴贻弓的《流亡大学》、张建亚的《是玫瑰总会开花的》，每当有这种机会，前来报名的同学很多很多。

同年，华东师范大学、复旦大学、上海师范大学等大学的"影视爱好者协会"共同发起成立"上海市高校影视爱好者协会联合会"，受到社会各界的广泛关注，同样也得到了上海电影制片厂等单位的大力支持和培养。那时，只要上海电影制片厂的小礼堂放映观摩片，总会给各个高校分配数张观摩券。

印象最深的是谢晋大师执导的《高山下的花环》。那天，我们接到通知，让各个高校的"影协"安排数位学生到上海电影制片厂的小礼堂观摩样片，去了之后很惊喜，原来是《高山下的花环》首映式暨座谈会，上海电影界的头头脑脑和知名人士几乎都来了，加上我们 10 多个学生代表，济济一堂。

电影放映结束后，谢晋导演上台的第一句话就是："今天到会的大学生代表，你们很幸运，你们看到的是这部电影的第一个拷贝，连中央领导都还没看到呢。"全场响起一片善意的笑声。

那天的座谈会开得很热烈，大家都一致肯定了这是一部好片子，轮到我们大学生点评时，更是争先恐后，踊跃发言，当然，也不乏外行的评论或过分的赞美，每当此时，会场里总会响起善意的笑声。

座谈会结束后，我们还围着谢导说个不停，直到有人提醒，谢晋才和我们大家一一握手道别。

谢晋那时正是事业的巅峰，但毫无架子，可亲可敬。

2006 年 4 月，我在编辑由上海东方电视台、上海图书馆、上海市社会科学界联合会共同主编的《东方大讲坛Ⅲ》的书稿时，收到谢晋导演的一封来信，委托我为他的演讲稿进行编辑，2006 年 8 月此书出版后，谢老还让其公司的张帆女士专致谢意。大师的谦逊高尚之风，可见一斑。

黄豆豆：不能没有舞蹈

第一次采访黄豆豆，是在上海歌舞团他那间不到10平方米的单人宿舍。

屋内陈设简单而且稍显零乱，除了一台冰箱、一台电视机和录像机稍微打眼外，似乎就没什么其他可称"家具"的摆设了。一张单人床是他父亲黄沪睡的，而豆豆则睡在一张席梦思床垫上，白天不用时可翻起腾出点空间，有客时放下还可当座椅。触目皆是照片——有他自己的剧照，也有别人的精彩瞬间，之外就是大量的录像带，豆豆笑着说："这些可是我的宝贝。"为了欣赏这些记载了大量国内外优秀艺术家精彩表演的影带，豆豆居然先后看坏了3台录像机。

与生活上的清贫形成大反差的是黄豆豆在事业上的丰硕收获。今天的黄豆豆毫无疑问是中国舞蹈艺术界升起的最亮丽的新星，他那出神入化的形体技巧以及对舞蹈的独特而深邃的艺术把握与阐释，不仅使他获得"本世纪最具天才资质"的美誉，而且使中国现代舞蜚声国际舞坛。

吊出来的舞蹈家

然而，黄豆豆却几乎与舞蹈艺术无缘。按规定，在选拔舞蹈苗子时，演员的下身必须比上身至少长 10 厘米，可豆豆只长了 7 厘米，这在很多人看来不成问题的问题却判了豆豆艺术生命的"死刑"。第一次报考北京舞蹈学校，招考的老师看了看他就打发他回家了。豆豆伤心地哭了，同样痴爱舞蹈艺术的父母亲偏不信邪，他们一边安慰和鼓励豆豆，一边每天给他压腿、按摩。听说把人倒吊起来会使下肢增长，这天方夜谭式的传说父母亲却信之不疑，于是 9 岁的豆豆在每天的刻苦训练之外又多了一门作业——在屋内房梁的吊环上倒挂数分钟，"就像蝙蝠侠。"豆豆调皮地作势比划。

这一吊就是整整两年，由于头部一直朝下，脸上毛细血管经常爆裂，皮肤上渗出很多血点，像发麻疹一样可怕，后来知道这样不仅会引发脑充血，而且易造成更严重的后果，全家人才感到脊背发凉。所谓心诚则灵，奇迹居然出现了，黄豆豆下肢果真被拉长了 3 厘米。1985 年，黄豆豆被前来温州招生的上海舞蹈学校校长一眼相中。豆豆的那份灵气，那种极强烈的舞蹈表演欲望，深深地打动了他，他力排众议，打消了其他老师对豆豆形体的质疑，拍板录用了豆豆。一年的预备班学习期满后，戏剧性场面出现了：芭蕾班和民族舞蹈班争相向豆豆敞开了大门。

一个未来的舞蹈家，就这样被以一种极原始的方式"吊"了出来。

鞋成了"易损品"

上海以其膏腴的文化土壤和浓厚的艺术气息接纳了豆豆的投入。在上海舞蹈学校求学的时候，豆豆或许不是学生中最聪明的一个，但绝对是最刻苦的一个。

寒冷的冬天，他一早就掀开暖暖的被子，让冷风逼迫自己起床；夏天清晨，一听鸟鸣他就使劲掐自己的大腿根。他总是最早出现在校园里，又是最晚一个离开练功房。有趣的是几年来，每天半夜时有老师经过练功房外，总会扯开嗓门喊一句："豆豆，走时别忘了关灯啊！"而回应的，也总是豆豆那脆脆的声音。

有一次，为了练一个高难的技术动作，豆豆不幸崴了脚，软组织和跟腱都受了伤，医生诊断后叹息："这孩子可能再也无法跳舞了。"豆豆的犟脾气又上来了，他下决心无论如何也要回到舞台上去。在温州休养时，他坚持慢慢地踮着伤脚站立，经常疼得汗水雨一般往下落，父母亲看了心疼，背地里哭，可在儿子面前却笑得依然灿烂——没有人比他们更懂儿子了。还有一次排演时，由于群舞演员没能配合好，豆豆从空中摔向地面，左臀部严重受伤。那时正是冬天，为了尽快恢复，他不停地用冰水洗抹伤处，直到没有知觉……这样的事例太多了，以至豆豆妈常对人讲："幸亏你没让孩子去学舞蹈，否则你要心痛的。"

豆豆最大的烦恼是鞋子，一双练功鞋别人穿半个月一个月，可他往往穿一个多星期就烂了。18元一双的练功鞋，像旁人那样穿个一年半载当然不贵，可对豆豆来说一年该是多少个乘以18啊。鞋子对豆豆而言是"易损品"，成了他日常最大的开支和负担。所以让他感动的是在北京舞蹈学院进修时，上海文化局的领导和学校的老师每次来看他，带的最贴心的礼物就是鞋。

师恩父母情

豆豆当然也有淘气的时候，在读书时，调皮捣蛋恶作剧的事也让老师们常感头痛。最危险的一次是在三年级的一个春天，学校规定每天早上所有学生必须从校内出发沿虹桥路跑步到四站路外的上海动物园折回。有一天豆豆忽然厌倦了这门功课，趁骑自行车督队的老师不注意，他飞快地追上一辆疾驰的大卡车，吊在车厢板上溜了回来。在同学们面前当了一回英雄，却被班主任陆松林老师知道后骂成了"狗熊"，还罚他绕着学校跑了30圈，累得他脱筋卸骨地趴在了地上。

陆松林带了豆豆整整6年，他留给学生的不仅有敬畏，而且还有深深的歉疚。18岁那年，豆豆到广州第一次参加比赛，此前一个月，陆松林老师脚骨折了，一直拄着拐杖在给学生上课，为了让爱徒心定，他硬是不顾人们的反对，动手拆掉了石膏，和豆豆一起背着道具前往广州，豆豆不负众望，拿了个金奖。还有一年夏天，豆豆第一次参加一个全国性的重大比赛，正巧陆老师的那个比豆豆小两岁的独生爱女也要参加高中考试，在上海，这可是头等的大事，但陆老师却把时间全花在了豆豆身上。在豆豆拿到全国比赛金奖的同时，女儿因差几分落榜的通知也摆在了陆老师的面前。"全怪我，全怪我，要不然……"采访中豆豆动情地不断自责，他是个很重感情的人，在谈话中，他不断地提到那些帮助和关爱过他的人，如"爷爷"贾作光、"大姐"杨丽萍、老师苏娇等。

当然不能不提到豆豆的父母亲，从某种程度上来说，正是因为他们俩对舞蹈艺术的热爱和痴迷，才影响甚至决定了豆豆一生的选择。他们俩也是因了舞而相识相知相恋，并且这舞蹈情结从此就贯穿他们的生活乃至生命，舞蹈对他们已不仅是一种寄托，更像是奔流的血成为他们生命的一部分。由于时代的局限，他们已无法实现自己驰骋舞台的梦想，豆豆是他们的梦想和精神的延续。所以，当母亲送豆豆到上海求学时，那一天，站在上海舞蹈学校门口，看到那一群展翅的白天鹅钢雕，豆豆的母亲忍不住痛哭失声。

为了让儿子寒暑假回温州时不致荒疏了练功，父母亲一咬牙，卖光了家中所有的笨重家什，腾出 12 平方米的大房间，安上镜子，装上拉杠，铺上地板，生生弄出了一个练功房，而一家三口则挤在 6 平方米的小房间里。为了保持形体，父母从小就很少让豆豆吃肉，由于长期的营养不良和饮食不定，豆豆得了严重的胃病，为了让儿子能全身心地扑在事业上，身为温州刀剪厂副厂长的黄沪毅然办理了提前退休手续，来到儿子身边担当"总管"。面对这样的父母，豆豆深情无言。

艺惊洛桑

1997 年 7 月 26 日，第五届全国青少年"桃李杯"比赛在羊城拉开了帷幕。专程前来观摩的洛桑国际芭蕾舞比赛评委主席菲利浦·布鲁茨威格看到豆豆表演的《秦俑颂》时，激动不已，他来到后台，握住豆豆的手说："太棒了，不让全世界知道有你这么优秀的舞蹈演员将是我的失职。"不久，一份正式邀请函寄到了中国文化部。作为国际公认的最具权威的大赛之一，瑞士洛桑在每一个舞蹈演员心目中的分量都是沉甸甸的，其邀约表演的嘉宾更是重量级的大腕——必须是历届芭蕾舞金奖的得主。因此，当个头矮小穿着随便既不是跳芭蕾舞又没得过什么奖的豆豆出现时，其他三个嘉宾满肚子不服气：凭什么你来演压台戏，中国现代民族舞不就是甩甩红绸、挥挥扇子、舞舞狮子嘛！

精彩纷呈的演出一个接着一个，终于轮到豆豆了。所有的紧张和胆怯随着幕布的开启而烟消云散，豆豆仿佛自身已进入了千年前的古战场，在历史的纵深处，他翻滚、跳跃、厮杀、呼吼，全身的血脉仿佛在燃烧、在沸腾，他仿佛置身于千军万马之中，置身于历史的旋涡中……当他停顿下来时，面对静寂的剧场，忽然心虚了，他不知道自己演绎的东方故事和激情是否触动得了西方人的神经。猛然，雷鸣般的掌声响起，在大剧院的空间激荡回撞，仿佛就是刚才那金戈铁马声的延续。

中国舞给老外们深深地上了一课，黄豆豆用他那无与伦比的天才舞蹈技巧，诠释了东方文化哲学理念及厚重的历史，让他们看到了中国文化的精深博大和深邃，也使那些真正热爱艺术的人获得了享受——对美好的心灵而言，舞蹈没有国界。演出结束后，黄豆豆陷入了媒体和崇拜者的包围之中，由于这次大赛日本派了20多名选手参赛，亚洲其他国家也派了不少好手，因此，有人问豆豆到底是哪国人，豆豆用英语大声地说："我是中国人！"

豆豆说："这是我有生以来说得底气最足的一句话！"

走近孙美娜

　　想象中的孙美娜该是纯真至柔的带着些许漂泊的憔悴，及至见面一瞅，心底却兀自吃了一惊，那种爽朗和大气，怎么也无法与想象中的她叠合起来。

　　孙美娜出生于上海奉贤区，父亲孙明德是位酷爱文学的机关干部，母亲是邮电职工，可她从小却显示了极强的表演天赋。八九岁时，家中只剩下姐弟俩，玩什么呢？小美娜大眼睛一转，先哄着用红头绳给弟弟扎起两个冲天小辫，又学着电影里的样拿块毛巾包在头上，再用口水蘸湿红纸，在弟弟和自己脸上乱抹一气，大床被当作了戏台，帐子一收一放就成了幕布，姐弟俩你一句我一段唱唱跳跳地玩疯了。小学三年级时，当地举办群众文艺会演，父母带上小美娜去"轧闹猛"，不料她却吵着非要上台不可，拗不过她，父亲只得托人穿插了一档。没想到小美娜一曲《北京的金山上》连歌带舞，一下子就镇住了全场，观众掌声、笑声如潮，居然把演出推到了最高潮。

　　对于小美娜在音乐上显出来的才华，父母亲当时并不在意，只是在美娜读高中时，看到数理化成绩平平的女儿，父亲愁得脑门发亮，听说女儿一门心思要去学唱歌，夫妻俩硬是不同意：那能算学问吗？父亲也倔：你自己的前程自己做主，我们不管了！

真能不管吗？当女儿前往市区参加上海师范大学艺术系复试的时候，夫妻俩还是鞍前马后忙个不亦乐乎，孙明德与妻子还省吃俭用花了千余元买了一台当时绝对可称"大件"的收录机。

如愿进入上师大后，校园里便多了一个刻苦勤奋的身影，别人弹钢琴一小时，孙美娜弹三小时；别人睡觉了，她点起蜡烛还在琴房里苦练；手指弹肿了，缠上胶布继续弹。一年后，孙美娜的钢琴课成绩已名列前茅。

孙美娜豪爽、率真，谈到高兴处，她往往会笑得前仰后合，并且放肆地在你肩头上拍拍，所以，一些熟悉的朋友有时就以"孙兄"呼之。"孙兄"常有"马虎"事发生。有一次在广州，她逛街买了两大袋衣服，一路上沉浸在收获的喜悦中，满脑子想着穿上新装的样子，车到宾馆就急匆匆地冲进大门，等四肢摊开在床上放松下来时，才猛然想起两大袋子衣物全忘在了出租车上，高一脚低一脚地追出门去，哪还有车的影子。孙美娜跺脚搓手直后悔没有养成开发票的习惯。

也怪，"马虎人"还偏遇"马虎人"。一次孙美娜随演出团赴日访问，下飞机后在行李传送带上怎么也找不到自己那只装满演出服的考克箱，等所有的行李拿完后，剩下的只有一只与美娜所带的一模一样的箱子，这时大家才肯定是被人拿错了。有人劝美娜将错就错算了，反正几套演出服也值不了多少钱，说不定……可美娜却不，她现在是为对方着急了，万一里面有贵重的东西，岂不误人大事？在美娜的坚持下，众人足足等了一个多小时，才见一矮小的日本人提着美娜的考克箱一头大汗地闯了进来，得知原委后，向孙美娜和众人连连鞠躬不止。美娜说："瞧，我在国外还当了一回雷锋。"

在革命老区沂蒙山金寨县演出时，孙美娜得了一个"妹妹"。那次演出结束后，当地政府组织艺术家与一所希望小学结成"帮扶"对子，在名单中，孙美娜选了个叫"刘莉"的女孩子。那天，在学校简陋的操场边，孙美娜忽然心里慌得很，她一会儿怕"妹妹"不漂亮，一会儿又担心"妹妹"不活泼不聪明。可是当面黄肌瘦衣衫破旧的刘莉走到她面前时，她却全然忘了刚才的所忧所虑，心里只感到酸酸的，她一把握住孩子的手，动情地说："好妹妹，好好学习，我会帮你的。"

次年暑假，上海方面邀请这群艺术家的帮扶对子们来沪探亲，刘莉一见孙美娜，就把奖状和成绩单递到孙美娜的手中，望着"妹妹"优秀的成绩，美娜欣慰地笑了。几天的相处，"姐妹"俩感情更深了一层，临别前夕，美娜从徐家汇到南京路跑了一整天，精心为"妹妹"购买了一大堆衣物和学习用品，其认真程度，连商店里的营业员都说她是位少见的挑剔的姐姐。

作为上海歌舞团的一名主要独唱演员，孙美娜对事业的追求非常执着。近几年来，她的足迹踏遍了祖国的千山万水，曾代表中国参加过第八届亚洲音乐会，并为《封神榜》《聊斋》《天梦》等几十部影视剧配唱了主题歌，她在香港回归日演唱的原创歌曲《千百个梦》至今仍为许多歌迷津津乐道。

独身的孙美娜其实是个感情非常脆弱的女人，只不过她是用外表的坚强来养护曾被深深伤害的心。她相信爱情是一种缘，是一种艰难而甜蜜的坚持和守望。

女兵朱彦霖

　　女兵朱彦霖（原名朱彦婷）是那种坏人见了不怕，好人看到喜欢的女孩，即便一身戎装披挂，你也别想在她身上找到穆桂英或花木兰式的威武气概。但不管怎么说，军装还是给柔美的朱彦霖平添了几许英气。

　　俗话说，"女属羊，喜洋洋"。可属羊的朱彦霖却差一点不能来到这个世界。1980 年元月 25 日，在两次吸引产均告失败，已听不到婴儿胎息的情况下，医生们放弃了"母子皆保"的决定，转而全力抢救大人。所以，朱彦霖是被产钳夹出人世的，出生后的朱彦霖仍是无声无息，医生给她打了一针强心剂才哭出声来。由于产钳夹伤了右眼骨，小霖霖的头上鼓起了一个大血瘤。妈妈朱美英说，她就一直担心这会伤了孩子的脑子。

　　"丑孩子"朱彦霖慢慢地成长着，让母亲头痛的是这小孩特别"皮"，上树下河，撵鸡逐狗，毫无"淑女"风范。

　　所谓"女大十八变"，十三四岁的霖霖忽然变得文静起来，喜欢独自闷着头看书。那年临近期末大考的夏夜，霖霖的房中 12 点多还亮着灯，妈妈心疼，进去将女儿的书本夺了下来，不料翻开一看，让女儿如此入迷的竟是某个女明星的自传，气得她当场将书从 5 楼丢了下去，霖霖哭叫着推开母亲奔下楼去。朱美英冲女儿的背影喊了句"出去了就别回来",然后反身回房躺下了。她并不知道,才一转身,门就被晚风吹上了。捡起书本回到楼上的霖霖一看进不了房门,以为是母亲故意惩罚她,倔强的她一咬牙,居然从走道的窗户上爬了出去,双手双脚抓着、蹬着凸出墙面六七厘米宽的窗沿,一挪一挪地移到客厅的窗户跳了进去。听到响声的朱美英出来一看,一下吓瘫在地上。

朱美英终于意识到女儿长大了。第二天,她推心置腹地与女儿做了一番长谈,母亲这种平等而亲和的交流和劝告让霖霖口服心服,同时也开启了她的心智,从此,霖霖成了一个勤奋而刻苦的好学生。

1995 年,朱彦霖以优秀的成绩考入上海戏剧学校,就读于首届话剧影视班,这时候的丑小鸭早已变成了美丽的白天鹅。1996 年暑假,朱彦霖报名参加了全国第三届推新人影视表演大赛,荣获全国十优的佳绩。第一次参加全国大赛,获奖对她固然重要,但最关键的却是比赛期间的所见所闻,让她学到了许多舞台之外的东西,真正明白了时间、纪律和做人对演员的重要。朱彦霖说,当演员其实是很委屈的,不肯做出牺牲,绝对当不了一个好演员。这话说来淡淡,可真要做到却不那么容易了。

毕业公演时,领导让朱彦霖扮演一个抗日女英雄,根据剧情需要必须剪去一头亮丽乌黑的长发。朱彦霖实在是心痛啊,头发剪完,她的眼泪也流了一大串。事后她说,当时我认为自己的头发一辈子都长不起来了。

1997 年 8 月,正是这一袭飘逸的披肩长发,才帮助朱彦霖从数万名少女中脱颖而出,成为八运会采火护火的天使少女之一。那一天，当穿着白衣白裙白鞋圣女服的朱彦霖从女排著名运动员王怡手中接过熊熊燃烧的圣火并定格 10 秒时，800 只鸽子腾空而起，全场欢声雷动，朱彦霖激动得热泪盈眶，她说，这是她一生中最大的荣耀。

1998 年 4 月，朱彦霖报考了上海戏剧学院主持和表演两个本科专业，成绩名列前茅，正当她做着大学梦的时候，一记耳光改变了她一生的命运。

毕业公演，有个场景是女主角给了叛变当汉奸的男友一个大巴掌，可善良的朱彦霖却"敌我不分"，每次都是纤手从对方脸上轻轻抚过，急得导演和男演员直跺脚却毫无办法。正式演出那一天，全情投入的朱彦霖终于"觉悟"了，一记耳光打得"叛徒"满脸生花，那同学的一边脸肿了好几天。然而，这个让她负疚的耳光却使南京军区前线话剧团的潘西平和李建平导演印象深刻，他们一次次地做着朱彦霖母女的思想工作，甚至不惜到戏校老师那儿去"施压"，希望能把朱彦霖罗致麾下。可对朱彦霖而言，进入上海戏剧学院，可能意味着更多成功的机会。

让朱彦霖改变想法的是那场百年不遇的大洪灾，解放军战士奋不顾身一心为民的英勇壮举深深感动了她。1998 年 9 月 1 日，朱彦霖毅然告别了繁华的大上海，走进了军营。

一穿上军装，朱彦霖马上就投入赈灾义演的行列中去，下基层上连队，常常是一身汗一身泥地与战士们在一起。为了演出的真实，朱彦霖排练和演出都极其投入，真摔真打。有一次脚拇指发炎，她偷偷地到医院拔掉了指甲，坚持排练和演出。实在忍不住，偷空躲一边哭一场，回过头咬咬牙再上。刚进部队的时候，作为唯一的沪籍演员，许多人都认为她肯定很娇气，可时间一长，老演员们跷起大拇指，说声"上海姑娘厉害"。朱彦霖说，你想想，战士们都烂裆了，我们还有什么不舍得的！一个月后，朱彦霖在参加中央台举办的义演中，当听到9岁的小江姗说出"谢谢解放军"时，朱彦霖明白了自己这一身军装的分量，她毫不犹豫地捐出了自己的第一笔工资。采访那天，陪在一边的朱美英笑着说，她捐给了灾区，回过头又打来电话要求我给她"紧急扶贫"。

实际上，军营为朱彦霖提供了更为广阔的舞台和发展空间。1999年，朱彦霖参加了《大江东去》《厄尔尼诺的报告》等大型话剧的演出，同时，还参加了《红伶奇冤》《我儿我女》《人生有缘》等多部影视剧的拍摄。1999年8月，在部队领导的支持下，她作为唯一的军人参赛者，参加了"朵而"女性新主持人大赛，并当选为"朵而"小姐。

女兵朱彦霖的业余爱好几乎包括了女孩子的所有兴趣，所不同的是她还怀揣一个"作家梦"，这不，现在的她已开始收集生活中的点点滴滴素材，第一本嘛，当然是一个小女兵的自传喽。

在这个纷攘的浊世，出色如朱彦霖这样的女孩其实面临许多的诱惑。当"朵而"形象广告播出后，各种邀请接踵而至，但理智的她均一一加以回绝，并非她崇高到藐视金钱，而是她深切知道，自己的灵魂已深深地根植于舞台上。

朱彦霖并不否认生活中遇到过许多出色的男子，但一直未有让她芳心为之"一动"的"白马"。对于未来能与之牵手的那一位，朱彦霖信奉一个"缘"字。她说有责任心是第一位的，事业要有成，不一定有很多钱，但要能保护她，忠诚而有才华。"当然"，朱彦霖笑了笑补充道，"最关键的还是要爱干净。"

邢建平：跨越临界高度

金融危机下的"陶质惊叹号"

1997 年，一场猝不及防的亚洲金融危机，就像一台庞大滞重的压路机，几乎把所有的商业行为挤压得支离破碎，萧条的市场消费，让经营者们都有一种战战兢兢如履薄冰的感觉。谁都不知道明天升起的太阳下还有几张舒坦的笑脸。

全国第一家"陶吧"就是在这种危机四伏的背景下诞生在上海一条冷僻的马路上，包括创始人邢建平本身，当时都没有意识到会由此引爆持久而强劲的"都市酒吧休闲"热潮。短短 3 年，华尔石陶吧已从上海一家发展到全国 20 多家连锁店加盟，从单一功能的制陶玩泥，到布艺、击剑、营养滋补等丰富的休闲内容，邢建平创造了许多令人看不懂的"惊叹"！

在今天，我们之所以对邢建平仍保有一份难得的敬重，并非因他在历来竞争残酷的上海商圈获得怎样的成功，关键在于他所创办的"陶吧"，确实为都市钢筋混凝土中蜗居寄生的我们，带来一种真正的情感和精神上的欢畅，尽管这种愉悦依然附着于后工业时代所特有的商业形式上。但至少，"陶吧"所刻意营造的自然氛围及泥土带给我们的享受是真实的。

当轻柔的泥土在你的指掌间柔润地滑动，你是否会体会到一种孕育和创造的激情？

游历江湖的自由人

在我们的记忆中，成功人物往往有着锐利的目光，不苟言笑的表情，又让你觉得莫测高深；他们永远行动如风，日程表排得满满的，让你对自己的空闲时常感到羞愧。而年届不惑的邢建平却普通得像你早上出门碰到的路人，平直的短发，缺少棱角的五官和嘿嘿的几声傻笑，为他平添了几分可爱。

问过邢建平，你的性格并不张扬，是什么让你获得今日的这份成功？

邢建平回答，欲望、自由和胆量。

20世纪80年代初，从上海工艺美校毕业后的邢建平被分配在一家效益不错的家具厂。那时，没什么行业竞争，工作轻闲而又自在，一套设计完成后，可以管用几个月甚至一两年。当别的人都在为富余的时间寻求消遣时，邢建平却想方设法兜揽各种可以产生"利润"的活计。他画过广告T恤，做过人像石膏，利用边角木料制作精巧摆设，甚至寒冬腊月带上自己制作的丝绒画远赴外地小城临街售卖。这种改善生活的本能冲动，使他无意间积累了相当的商战经验，而更重要的是增加了游历"江湖"的勇气。

邢建平自称一生最大的成功，是在别人尚且安于现状或犹豫不决时敢于打破既定的生存模式，以一种破茧般的冒险和勇气，追求个性的自由。他说，我只想对平淡生活做一些改变。

1984 年，邢建平毅然自砸"铁饭碗"，踏上了"自由人"的不归路。他在连云港承接过宾馆的装修设计工程；在江阴承包经营过大型酒楼，组建过工程队；遭遇过车祸也经历过被敲诈……当所有的坎坷曲折被一一化解过后，邢建平忽然有一种无根漂浮的感觉。他回望上海方向，那是他的家，他的牵挂。邢建平想，应该为自己的事业和人生建立一个支点了。

1992 年，邢建平回到了上海，经过反复市场调查、摸索和论证，最终决定拿出自己所有的积蓄组建一家建筑装饰材料公司，并在其后成功完成了如巴黎春天的外墙浮雕、静安图书馆的外立面装饰等大型工程，由于别出心裁地将雕塑运用到建筑装饰上，所以迅速在上海打响了自己的品牌。

务实的经营理念

邢建平说，建筑装饰业的成功，虽然为我带来可观的商业利润，但我明白它不是我要寻求的那个支点。我需要的是一份能激发我热情的事业，以满足我对艺术亲近的强烈渴望。

学美术出身的邢建平尤其偏爱雕塑艺术，很小的时候就喜欢用泥巴捏一些人模鬼样的东西。

开办"陶吧"的创意纯属偶然又属必然。

1997 年夏天，邢建平在从外地回沪的飞机上，回想自己幼时的梦想，忽然灵光闪现：公司现在使用的装饰材料是陶土，雕塑的原质材料也是陶土，何不在陶土上做做文章？他越想越兴奋，飞机到达上海时，构想已呼之欲出了。

然而，所有的朋友都对他的设想表示反对："衣冠楚楚的都市人怎么还会去玩泥巴呢？"但邢建平坚持自己对市场的感悟，他探访了宜兴和景德镇，潜心学习制陶工艺，并把传统的制作设备进行了适合都市人的技术改良。在"吧"的风格上，则尽量考虑自然、古朴和野趣，营造一种返璞归真的天然氛围，让人们在闻到泥土芳香的气息时，会情不自禁地放开呼吸。

正是一切以人为本，"陶吧"一开张就赢得了市场的广泛认同和欢迎。

邢建平不经意间在上海引发了"陶吧"的热潮，普及了"陶艺"文化，使任何人都有了成为"艺术家"的可能，他把遥不可及的"陶"从艺术的硬质还原成材料的随意，让所有渴望创造的心灵重新塑造属于自己的"艺术作品"。

"陶吧"的成功引来了各地都办"陶吧"的连锁反应，然而隔不了多久其中大部分却纷纷偃旗息鼓。邢建平曾实地考察过北方的一家"陶吧"，很快发现了倒闭的原因所在。这家"陶吧"场地规模挺大，市场位置也不错，可一进去，却发现制陶玩陶的面积居然占了60%~70%，而"吧"的成分却极少，顾客进门就像进入了实验室一样。邢建平说，这首先是一种心态上的不对等，在文化上对顾客造成一种居高临下的侵害。既然开的是陶吧，你首先必须注意两个要素：一、来的都是"艺术家"，你只须给予他们最基本的工艺指导，然后欣赏他们天才的灵感创造；二、为他们提供最舒适最自由的创作空间，除此之外，你无须再做什么。

这种经营理念当然不只是对定位的理解不同，许多时候，许多场合，我们不无悲哀地看到那些把文化像草木一样胡乱嫁接的失败经营。

没有结束的"陶式新闻"

问邢建平：你怎样看待文化艺术与商业的联姻？

回答：商业市场为文化提供庞大的生存发展空间，文化为商业市场注入丰富的品质内涵和强劲生命力。

或许正是这个原因，"陶吧"才会在这个苛刻严酷的现代都市拥有市场，才会在 20 世纪 90 年代末金融危机重压下成为时髦消费，才会被历来挑剔的媒体惊呼 1998 年是"陶吧年"而进行铺天盖地的报道和探究。

而对邢建平来说，已有的荣耀早已成为一生履历中的背景，不安分的他把目光投向了更为宽广的世界。最近邢建平正忙于办理烦琐的赴美签证，如果一切顺利，那么年底华尔石陶吧第一家海外连锁加盟店将诞生在纽约的街头。邢建平说，中国有个古老的神话，说人是始祖女娲根据自己的形体揉捏创造的，而追溯西方文化的源头，我们不无惊讶地发现也有类似的传说，我希望能将中国最古老最朴实的东方陶艺普及到世界。我相信我会成功，因为我相信人类对泥土的感情。

曾问过邢建平：理想中的陶吧王国将是什么规模？

邢建平笑笑说：像肯德基那样吧，20 年后你将看到一个庞大的文化快餐连锁帝国。

或许是野心，或许不是。

有泥土就有对火的需求，有了火就有陶的产生之必然。人与泥土有着天然的柔和感情，所以制陶是最本真的人生感悟。邢建平把制陶带给了我们，把人的本质发掘了出来。他的成功，更多地含有一种文化层面上的深长意味。

"陶吧" 背后的爱情故事

最先开办"陶吧"的时候，邢建平并未想到会引发沪上持久而火爆的陶艺热。客观地说，他没有期望在这上面赚多少钱，潜意识里是想通过营造的这种浪漫和轻柔的氛围，为自己艰难而赤裸的爱情寻找一种补偿和回归。

邢建平和杜海莲爱得很苦。

1985 年，从某企业辞职后在上海科协"打工"的邢建平被单位派往连云港接洽一个工程，这是中国科协在当地兴建的一个大型活动中心，工艺美术学校毕业的邢建平为这个工程倾注了所有的才能和热情。当工程完美地结束后，他被作为开张邀约的第一个客人请进了宾馆。那个早晨由此在邢建平的生命中留下了深深的刻痕，他第一次看见了站在宾馆门口右排第一个的杜海莲，怦然心动，他没想到美丽真具有如此强大的杀伤力。那两天，他有事没事总往服务台跑，只为多看伊人一眼，多听听那云雀般的笑声。回到上海后，邢建平心里忽然产生了一种空落落的感觉，这时他才知道自己已被一支叫"一见钟情"的黄金小箭射中了。他最终未敢表露自己的这一份情，因为感情的伤口尚未痊愈，因为前途和事业还在漂泊。24 岁的邢建平把 18 岁的杜海莲藏在了心里。

邢建平从小爱玩泥巴，早在上海老北站石库门居住时，当别的孩子热衷于举着木刀、弹弓打打杀杀，他却总在天井的老树下挖一把泥土，独自揉揉搓搓，捏出一些人形和兽形，捏出一些自己都不明所以的玩意儿。所以，邻里那位当过算命先生的老头总不无怜悯地说："格小囡，五行缺土，命贱！"

命贱的邢建平捏着泥巴磕磕绊绊地走着自己的人生。恢复高考后，邢建平考进了上海工艺美术学校。在那里，他吃惊于艺术世界的博大与精深，大师们的作品令他油然而生一种沉溺的感觉，这种精神上的崇敬很快成了他求学的动力，无论是《思想者》，还是《拉奥孔》，都让他的感动深入骨髓。

学校毕业后邢建平进了一家挺不错的企业，这个时候一位漂亮的上海姑娘进入了他的生活，邢建平开始了他的初恋。姑娘爱玩，也挺会玩，满腹无忧地生活在她的花季世界里，这与邢建平沉静上进的性格形成反差，龃龉由此产生，虽不致霹雳闪电却也不乏沙来石往。女友的撒手锏一一使过，可邢建平道行也深，毫不为所动，女友渐渐地也放弃了改造的想法。

盛夏的一天，邢建平在锯床上制作一个精心构思的雕花，不留神中指和食指被锯盘咬了一下，两指当场掉了下来。在家休养的时候，女友万分柔情地收敛起玩心，贤淑地陪伴受伤的情人。半个多月后，邢建平过意不去，托人买了两张紧俏的电影票，闷久了的女友高兴得跳了起来。不料晚上临出门时，单位同事送来一批图纸，邢建平的心思又全转到工作上去了，女友什么时候走的他也不知道，只仿佛听到一声很长的叹息声。几天后，当邢建平忙完活来到女友家时，却正见她挽着另一个一直追求着她的男生走出门，看到他，怔怔地一立，眼里雾慢慢弥漫，终于还是扭过头走了。心伤了，多少眼泪都无法滋润。

失恋后的邢建平拼命工作，不久，一家设计院看中了他，可企业却死活不让他调，无奈之下，邢建平愤而辞了职，毅然走上"自由人"的不归路，正是这段时间，他遇到了杜海莲。青春的海莲那种开朗和不羁，深深地打动了邢建平的心。

两人再次相见已是 5 年之后了。5 年中，邢建平开过饭馆，经营过舞厅，自己招几个人承包一些小工程的装修装潢，这时候的忙碌，生存的意味浓于创业。在江湖游历的过程中，邢建平以他的本分和机智闪避于"黑道白道"之间。1990 年，中国科协活动中心重新装修，邢建平作为当初的工程负责人再次被请到了连云港。那天中午，正一身浊汗忙碌的邢建平无意间一回头，发现一个熟悉的倩影一闪而过，他忙放下手中的活，追过去一看，俏俏的杜海莲活生生地立于眼前，所有的情感河流般汹涌而出，他脱口说出了在心底萦绕了自己好几年的心思。杜海莲愣住了，这个被小姐妹们暗地里称为"三浦友和"的英俊上海小伙子对自己竟怀有一份如此浓烈的深情，她为之感动和陶醉。

或许是命中注定这一对恋人的爱情必得遭受一番磨难，海莲的父母首先对两人的关系说"不"。固执的老杜夫妇甚至连这个可能的未来女婿面都未见就表示拒绝，他们听了太多"上海人"的不是，本能地感觉女儿嫁给花头花脑的上海人会吃苦一生，因此女儿嫁南嫁北都行，就是不能嫁到上海。建平回到上海不久，海莲也调动了工作，两人终于失去了联系，所有打往连云港家中的电话都被老杜夫妇坚决地挂断，所有写往连云港的信都石沉大海。建平的母亲也不乐意了，儿子一表人才，找个漂亮的上海媳妇也不是难事，干吗非要找个外地女人，好不好相处不说，以后生个孙子还是外地户口，多别扭！

邢建平也想过放手，但这种念头一出现，心里就痛痛的。几个月后，当他自费去国外考察回来后，再也克制不住了。1993年元宵节，邢建平一下飞机，招了辆"的士"回家放下行李后，马上赶到汽车站坐上了5点多钟的长途客车赶往连云港，经过10多个小时的颠簸，次日早上6点钟左右他出现在海莲的家门口。此时，天还未亮，寒风裹着雪花飞舞，怕她家人未起，建平跺脚搓手地等到了8点多钟才忐忑不安地敲响了杜家大门。老杜拉开门缝一见是他，板着脸没好气地说了句"海莲不想见你，你以后别来了"，就砰地撞上大门。建平不甘心啊，他扯开嗓门大声呼叫海莲，老杜气得提了扫把冲将出来，邢建平只有落荒而逃。

万般无奈中，邢建平只好先找了家旅馆开个房间，然后满世界寻找心上人。他先去了海莲的原单位，没有消息，仍不死心，好不容易找到海莲的弟弟，央他转告姐姐自己在找她，无论如何都要打个照面。这天中午，当海莲敲开旅馆房门时，一对情侣门里门外四目相对，所有的思念和酸甜苦辣涌上心头，两人狠狠地搂抱在一起号啕痛哭。哭过了，建平扳过海莲的肩头，只一句"跟我走"让海莲再一次不能自禁，她默默地点点头，面对这一份痴情她还能再说什么？

邢建平和杜海莲就这样演了一出当代私奔戏。据海莲弟妹说，那天暴怒的老爸拎着棍棒找遍了市内所有的旅馆和车站，发誓要打断拐骗良家妇女的"上海流氓"的狗腿。回上海后，海莲打电话回家，老杜根本不听女儿的辩解，骂了一通就狠狠摔下了电话。邢建平默默地拥着海莲，他知道说什么都是多余的。8年的苦恋啊，虽有了结果，却少了长辈的祝福。

接下来的几年，邢建平的事业有了极大的发展，他创办的雕塑装潢公司在北京和上海都有了较大的业务，现今不仅买了房，还买了车，小两口日子过得红红火火。但事业再忙，夫妻俩还是未放弃与父母的沟通，尽管受尽委屈。结婚时，父母没有出席女儿的婚礼，甚至连只言片语都没有；一年后，当小夫妻回到连云港时，建平克制不住心虚，留在了旅馆里，只身回家的海莲却被母亲扭打着赶出了家门，带去的礼物也全被砸丢在门外。海莲是一路哭着回的上海。

邢建平并不怨恨不通人情的岳父母，一有空就和海莲打电话去连云港，一次不接二次再打，慢慢地，他的真情融化了老人心中的坚冰，他们渐渐地改变了对上海女婿的偏见。当父母亲第一次出现在上海火车站出口时，海莲又一次哭了，不过，这次是因为高兴。

爱情的幸福和事业的成功给了邢建平一份闲情和从容。那时，电影《人鬼情未了》的浪漫爱情故事在人们情感上激起的涟漪还未退尽，《东边日出西边雨》又火爆一时，看着其中的主人公制陶片段，一直与陶泥和黏土打着交道的邢建平不由得心中一动，于是把石门二路的办公房重新装修和设计，在极土与极洋的风格对峙中，诞生了上海第一家"陶吧"。人们以一种热烈的激情回应了这种创意，在拉坯机前，男女老少排起了长队，为了尽可能多地满足人们的爱好，邢建平开了第二家、第三家⋯⋯

　　每当看到一对对情侣玩陶时那种欢快和幸福，邢建平和杜海莲的心头总会漾起一片温馨。在海莲脉脉注视下，邢建平依然行色匆匆⋯⋯

"雷辣婆"：生命中有爱就有阳光

"雷辣婆"，其实是个名叫雷鹂的年轻貌美的川妹子。

采访那天，雷鹂瘦小的身子缩在宽大的圈椅里，红扑扑的圆脸稍显腼腆地微笑着，看人时眼神很专注，鼻翼不时地一抽一抽显出几分孩子气。如果不是常有人进来恭敬地向她请示时她显露出来的那种果断和精明，你很难想象这是一个有着千万身家的传奇女子。

"你知道火锅的由来吗？"雷鹂笑吟吟地给我出了个难题。虽说我也曾在西南地区工作过 10 多年，也无数次到过重庆并爱吃那又麻又辣又烫的火锅，但除了知道火锅发源于四川外对其渊源却一无所知。

原来，火锅最先是江上船民的伙食，因船上面积小，为省事和方便，船民们便往往只生一盆火，然后架上一口锅，并在其内放置一切可煮的食物趁热进食，添加辣椒和花椒，既是为提味，更重要的还是驱逐江上带来的寒气。后来船民们迁居岸上，仍偏食此味，因此才渐渐流传开来。

很久以前，川东江边有个姓雷的船老板，生意做得挺大，雷家大女儿为人泼辣干练，还调制得一口好火锅，所以船民们都称她为"雷家辣婆子"，后来，她爽性开了一家"雷辣婆"火锅店，并一传就传了几百年。"到我重新接承的时候，已是第七代传人了。"雷鹏颇感自豪地说。

对于这样一个年轻而富于个性、漂亮同时富有的女子，我们所关注的当然不仅是她商业上的冒险经历和事业上的成功，真正让我感兴趣的，是她干练的外表背后那极富女人本相的一面。在我们渐趋融洽的交谈中，雷鹏舒缓地讲述着自己的故事，透过所有的商业冒险行为，我们看到的是一个女人如何以自己的机巧和本分，在浊世中辛勤地编织自己一生的幸福。

雷鹏出生于1968年。出生的那一天，在川东一个山区林场当知青的母亲内心充满了幸福，她当然不敢奢望女儿日后有何大贵，女儿能快乐地过此一生于心即感足矣，于是她给女儿选了一个自己喜爱的鸟的名字。4岁时雷鹏就被送到重庆的外婆身边，从小养成了极其独立的性格。与同龄女孩不同的是，初中时雷鹏就对卡耐基的传记及其著作非常着迷，曾无数次梦想日后成为一个成功的女企业家。高考时，她选择了外语学院，期盼有朝一日能走出国门学一些先进的企业管理知识。

几年的大学苦读，雷鹏终于以优异的成绩完成了自己的学业，并被分配到重庆市内的一家中学当老师。她相信自己可以成为一名优秀的人民教师，但这个职业毕竟与心底深藏的梦想相去甚远。1990年，雷鹏还是按捺不住内心强烈的骚动，怀着一份忐忑，辞去了公职，义无反顾地踏上了前往海南的路途。

当时的海南刚刚成为"特区"，号称10万知识分子下海南，满街是怀揣各种文凭和证书的"精英"人才，工作非常难找。折腾了好久，雷鹏好不容易加入《红楼梦》总编剧周雷先生创办的海南国际影视公司，担任一些琐碎的行政工作，由于表现出色，5个月后即被提升为总经理助理。对雷鹂而言，收入的多寡她并不十分在意，但这个公司的文化氛围却让她感到非常开心和放松。

这种悠闲的日子过得一久，雷鹂却忽然对自己日后的生活感到了担忧，她知道自己远离故土所拒绝和排斥的其实正是这种平淡和庸常，她希望面对一些更为强烈的挑战，不一定要取得怎样的成功，在社会的大天平上，她只想知道自己究竟有多大的能力。她希望自己能忙起来，在不断的工作体验中寻找最适合自己发展的位置。正巧，一家大型的证券公司招聘文员，雷鹂适时地把握了这次机会。

一开始，她是在公司办的内刊做编辑，专门收集上市公司的资料，由于刊物不能经营广告业务，因此，如何搞活刊物就成了大家共同忧心的问题。在一次全体人员的工作会议上，面对众人的悲观情绪，雷鹂出语惊人："我一个星期能让30万资金到位！"在人们惊异和嘲弄的目光中，雷鹂拿出了自己的设想：让上市公司出资协办！奇招一出，效果立显，以后几期，登门要求协办的公司络绎不绝。雷鹂很快被提拔为刊物负责人，不久，又被总公司抽调去做一级市场的财务分析。

天生的潜质就在这时发挥了作用。由于一直接触资料，雷鹂对信息和情报的收集与研究发生了浓厚的兴趣。很快，这种优势转化为胜势，对一级市场的敏锐把握与对未上市公司内部结构和产品分析的独到见解，使雷鹂在当时毫无规则且呈无序状态下的股票市场声名渐起，很多公司的老总纷纷找上门委托她代购和推销股票。雷鹏相信资本和水一样有流动才会有生命，因此，在有了一定的个人积蓄后，她也大胆地开始了自己的投资冒险。

没过多久，股票热席卷全国，而这时，雷鹏却产生了迷惑，1993 年底，雷鹏终于下决心远离股市。这之后，她做过房地产中介、开过公司、办过一家不大不小的鲜花工艺画厂，国内国外飞来飞去，输输赢赢中，日子过得忙碌而实在……

在外人眼里，开着名牌私家车，行动做事风风火火的雷鹏无疑是所谓的女强人，然而，雷鹏其实仍是一个情感丰富的女人，长夜轻抚古筝、闲击钢琴虽能带来片刻的宁静，可内心那种丝丝绵绵的柔弱却令她常产生一种想找依靠的感觉。这个时候，阳刚气十足的王炯冒冒失失地闯进了她的生活，并最终让她体味到了作为一个女人的幸福。

那是 1994 年底，在省经贸会上，雷鹏的鲜花工艺画也设立了一个展台。曾有过一面之缘，现在省政府某机关工作的王炯看到展台上的名片后，就让小姐打电话给雷鹏，说有个大客户想包下所有的画。雷鹏接电后开了车飞快赶去，两人一见面，都非常高兴，王炯摇了摇掌中雷鹏的纤手，说："骨瘦如柴啊！"雷鹏接着说："女子手如柴，无柴也有才。"这句乡俚俗语一下子拉近了彼此分隔好几年的距离。

第二天，王炯的电话就打到了雷鹏的家里，正巧雷鹏出去了，正愁女儿"难嫁"的母亲接电后，等女儿一回家就大肆盘问，当知道小伙子又是读书人，又是国家机关干部后，老人家莫名其妙地就产生了好感，并在王炯再次打来电话邀约共进晚餐时，"霸道"地替女儿一口应承了下来。

接下来的一段时间，王炯几乎每天打来电话，请了午饭再请晚餐，每一次邀请都有一个似乎非常充足的理由，而雷鹏的每一次犹豫或拒绝的想法都全被母亲的催促所粉碎。有意思的是任何一次约见，雷鹏都会带上自己的母亲，相见时王炯也偏偏与雷母聊得最起劲，向老人家谈自己的工作、经历、抱负，还有七七八八琐碎的事情，所以雷母从心底先于女儿接受了这个未来的女婿。"那一个月，"雷鹏笑着说，"好像一直是三个人在谈恋爱。"

王炯是那种书卷气十足却又豪爽直率言谈机智幽默的男人，他那种单刀直入式的明快和坚决让雷鹏平静的心感到慌乱和措手不及。

雷鹏当然没有轻易就范，商场上的历练使她对任何事物都抱有一份戒备和小心，何况关乎自己并不坚强的情感。事情的转机发生在此后的不久，那一天，雷鹏带领画厂的员工去做体检，所有的人都没事，偏偏她自己被查出泌乳素高于常人三倍。在医生的建议下，她又做了CT，结果却被诊断为脑垂体肿瘤，极可能引起双目失明。雷鹏一下子蒙了。王炯知道后坚决表示不信，拉着她连着跑了几家医院，可结果仍然一样。雷鹏说，以前我从不知什么叫绝望，但那时我却体验到了：那是一种强烈的想留住想抓住却一点点从你手指上滑脱的感觉。本来认为自己的身体挺棒，每一个部件都优秀而出色地工作着，可现在雷鹏却感觉头也昏了，双目视力更是急剧下降，连车都不敢开了。也正是这段时间，王炯那宽厚的慰藉和无微不至的呵护，让雷鹏由衷地感到了依恋。

在王炯的劝说下，雷鹏终于下狠心暂时从商务中脱开一段时间，随着请了长假的他四处游历，湖南、广西、贵州、香港、澳门、曼谷，国内国外满世界疯玩了半年。王炯笑着说，这叫旅游疗法，包医百病。后来听说王炯家有个亲戚在深圳一家大医院当医生，两人便来到了深圳重新检查，并在风景优美的海边买了一套房子，定下心来接受治疗。每天一大早，王炯就开了车出去买菜，然后回来变着花样烹饪，日子就这样平平淡淡但充满温馨地流逝着。

让雷鹏更增痛苦的是这时她的脸上又莫名其妙地长了许多的红斑，老闷在家里让好动的雷鹏有种窒息的感觉，那些日子她翻得最多的是报上各种招聘广告。一方面是无聊，另一方面也想证实一下自己的能力，雷鹏选了几家最热门的公司投寄了资料。在不停的口试、笔试、面试后，最终一家跨国公司在几千人的应聘者中相中了她，聘她为驻东亚某国的中方谈判代表，签证、护照都办下来后，她才告诉了王炯，不料却遭到王炯的坚决反对，理由只有一条，该国政局不稳，缺乏安全感，雷母也站在了王炯的一边。雷鹏只能放弃，果然其后不久，该国燃起了战火。

1995 年中，由于合作上的分歧，雷鹏关闭了工艺画厂，转而投资热得发烫的期货，不料却遭受了一次大败。这次经历让她最终对务虚的商业行为产生了厌倦，再加上那段时间她的日光性皮炎又被误诊为红斑狼疮（白血病的一种），情绪极度低落，因此几乎停止了一切商业活动。在王炯坚强的支撑和细微体贴的呵护下，雷鹏终于感觉到了婚姻的重要和必要。

婚后两年甜蜜但相对平静的日子里，上海这个地方渐渐地吸引了雷鹏的目光，那种厚重的文化底蕴和商业传统以及雄厚的产业基础，使雷鹏在征得丈夫同意后决定到上海来开拓和发展自己的事业。

两年前，雷鹏是在上海处理一些私人事务时很偶然得知闵行区一家企业招商的信息，在与对方约好后，第二天她开了一辆摩托车赶到了那里。当时，如今贯穿公司门口的那条宽阔笔直的大马路尚未通车，不远处的高架正在修建，四处都是农舍和农田。本以为将接待的是个很有气派的大老板，可不料却是个长发飘拂一副学生模样的小丫头，企业大大小小的领导惊讶之情溢于言表，可很快，雷鹏那老练的谈吐就打消了他们的顾虑。在听了镇政府领导介绍的近期规划后，连着几天，雷鹏都在附近转悠，详细考察了周围人员素质结构、人流量车流量、饮食习惯等，甚至徒步到地铁口走了几个来回，测算所花时间和距离。一个星期后，尘土满面的雷鹏与那家企业敲定了投资和合作的意向。

雷鹏紧接着又专程赶回了重庆，一阵翻箱倒柜的折腾后，在奶奶的鞋样里终于找到了那张发黄的载有火锅秘方的纸片。雷鹏如获至宝，很快在上海市内、市郊开出了两家火锅店，一开张，生意就出奇地好。雷鹏对我说，什么时候请你尝尝我的火锅，味道不要太好哦！

火锅店的成功给了雷鹏极大的信心，她又追加投资，开办了康乐浴有限公司、酒店管理公司等实体，生意红红火火。雷鹏由衷地感叹：上海确实是做事业的好地方。

一次，从莲花路地铁口出来后，她坐上了一辆残疾三轮车，问司机是否知道"雷辣婆"，那汉子马上接口道："雷辣婆嘛，知道知道。我跟老板很熟的，老板娘老漂亮的，勿要太结棍哦！格家店生意勿要太好哦！"雷鹏孩子气地用生硬的沪语学说了以上这段话，惹得我俩大笑不已。

如今，雷鹏打算高薪聘请一个总经理，好多有些属于自己的时间。在每一个云舒云卷的日子里，雷鹏认认真真地过着每一天。

林虹：爱情里装满幸福宝石

采访林虹并非易事。八九次约见，她不是远在西藏，就是正准备前往武汉和广州。电话里她自称是一个漂泊而忙碌的苦命女人，可掩不住的笑声让她的快乐和充实显露无遗。

正式见面是两个月后，在一家典雅的日式小咖啡馆里，林虹1.7 米的个头首先让我小小地吃了一惊。林虹看出了我脸上的惊讶，笑笑说，我可是标准的北方大妞啊，年轻时还是国家田径队的运动健将呢。那天她扎着一把清清爽爽的大马尾辫，脸上不施粉黛，一身浅蓝色套装衬得她极显精神，浑身上下除了手指上一枚精致的蓝宝石结婚戒指外，再无多余的饰件，很职业的形象。林虹说她尤其偏爱蓝色，那是天和海的色调，也是珠宝的本真之色，高贵不艳，纯洁坦荡，就像是好人的品质。

刚满 30 岁的林虹，虽说年纪不大，可在珠宝行业中名气不小，除了广西那间规模颇大的珠宝加工厂外，她和她先生还在上海、北京、武汉等大中城市开了数十家连锁经营店。

我们的谈话当然是围绕着珠宝开始的。这个话题对她显然是个兴奋点，在所有的商业性、技术性、鉴赏性的叙述与解说中，林虹频繁地提到了何晓康这个名字。

我终于忍不住问她："何晓康是谁？"

"他是全世界最好的男人。"林虹的眼神忽然温柔了许多，顿了顿轻轻地补充说，"他是我丈夫。"

能让结婚数年的妻子仍然如此欣赏和自豪，何晓康无疑是一个出色的丈夫。对林虹而言，珠宝带给她的是快乐，何晓康给她的则是一生的幸福。

北京爱情故事

1970年，林虹出生在齐齐哈尔市近郊的一个县城里，父亲是省篮球队的运动员，母亲是一名普通职工，姐弟四人，林虹是老大。落后、贫穷而封闭的家乡，自古就信奉"金窝银窝不如自己的穷窝"，因此，老少都鲜有出走的冲动。

林虹说她最感谢的是她的父母。他们文化不高，但极具开明的意识，是他们把"出走"的勇气从小根植于几个子女的心间，所以成长后的姐弟四人几乎都在家乡之外的世界发展事业。少女时的林虹就怀有"流浪"的梦想，正是这种"奢侈"的信念支持，才使她初中一毕业就报考了警校附中。她相信自己会是一名出色的女警官，在天南地北的追击罪犯生涯中建立功业。

许是继承了父亲的遗传因子，运动的天赋在林虹身上渐渐凸显，她多次在省内的运动比赛上夺取女子400米、800米和1500米冠军。16岁那一年，她加入了国家田径队，她那良好的运动潜质和出色的爆发力，让教练员欣赏不已。

与何晓康的一次偶遇彻底改变了她的一生。

1989年春，年轻靓丽的女运动员应邀参加一个朋友的小型私人聚会，认识了广西来京做生意的"何经理"。本以为生意人个个市侩粗俗，可"何经理"木讷的谈吐、斯文的外表让涉世不深的林虹都大感意外，不过，全部的印象也仅止于好感这一表层，19岁的她虽从未有过什么"爱"的经验，但凭女性的天然敏感，林虹依然洞察了那一双灼热的眼神充满了"不怀好意"。

第二天，何晓康邀约共进晚餐的电话就跟踪而至。电话里那种老友般的漫不经心让傲气的林虹深感气愤。要知道，追求她的男生可编几个加强班呢，谁敢用这种口气对她说话？可还未来得及拒绝，对方已挂上了电话。

犹豫再三，林虹"出于礼貌"还是如期赴约。何晓康的欣喜是藏都藏不住的，他叫了满满的一桌菜。林虹的脸迅速冷了下来，她想，你一个小小的经理，一顿饭就吃掉一个月的工资，跟了你，还不喝西北风啊。那一晚，林虹的冷漠让何晓康彻底失眠。

让我们就此省略中间过程的所有笔墨，最重要的是，何晓康最终以自己的厚道和本分，让林虹感到了可靠，而最终让她动心，则缘于一个朋友的好心劝说："你知道吗，何老板已经今不如昔了呀！"林虹这才知道。"何经理"原来曾是一个做名人字画生意的大老板，可近来却在商业上遭受了一次较大的挫折。林虹想，在如此重大打击面前依然平静沉稳并对爱情充满渴望的，该是一个怎样的男人啊！多年后，林虹告诉我，正是那一晚，我才忽然感觉了成熟。

1989年6月，盛夏的北京并不平静，何晓康对林虹说，跟我回桂林吧。林虹深情地注视着心上人，毫不犹豫地点了点头。她知道这意味着什么，可她愿意为了这份爱放弃所有。

在桂林

虽然对即将面临的困难做了最坏的估计，可林虹依然吃惊于条件的艰苦。

何晓康将她带到自己的宿舍，那是他下海前作为"单位职工"享受的"福利待遇"，除了一张床、写字台和沙发，就是满地的烟头，林虹顾不上旅途的劳累，将何晓康支使出去。立马捋袖清理了起来，一切都亮堂后，林虹心情好了许多。她抹了抹汗，坐在写字台边开始整理抽屉，无意中翻出一本驾照，一看年龄，吓了一跳，以为眼花，再细细一看，确确实实是1956年。林虹说，那时我真是气晕过去了，醒来后哭得昏天黑地。你想想。50年代和70年代相差了整整20年啊！怪不得以前与小姐妹一起猜他的年龄，他总以外交辞令作答：你看多少岁就多少岁吧。

等何晓康回来，林虹哭啊闹的。等她稍微平静后，何晓康一脸歉疚地说："虹，我并非有意骗你的，我真的怕失去你。如果你觉得年龄确是个障碍，我也不勉强你，只是……"他哽咽了。面对这个坚强男人的真情，林虹知道自己彻底"完了"。

第二天，林虹跟着何晓康去见公婆。他父亲一打照面，二话没说就将儿子拉入里屋。看看厅内没人，林虹蹑手蹑脚地挨近门缝"偷听"。父亲说："这个女孩不错。"儿子说："就是年龄太小。"老头拔高了嗓门："小？她就是16岁你都要把她娶回家。"

林虹的母亲却坚决反对这门亲事，可远在千里，又奈其何？不过后来见了婚后专程北上的女婿，老太太还是心里乐开了花。

这样过了几天，田径队的教练员到处打电话找林虹催她归队，何晓康当然不会同意，于是托人安排林虹去一家香港人开的珠宝厂打工。那是林虹第一次接触珠宝，她很快就被迷住了，所以坚决要求从宝石的初磨、抛光到打磨开始学起。双手经常被金刚片、磨盘碰得血肉模糊，身上脸上也被飞溅的碎屑击得斑斑点点。回到小屋，何晓康往往心痛得长吁短叹。

在小屋共同生活的近半年中，何晓康始终对林虹执礼如宾，不染纤尘，这让林虹更多了一份敬重。这年11月，两人终于决定结婚，由于没钱举行婚礼，就在小屋里请了何晓康的七八个朋友热闹了一下。林虹至今仍然清晰记得当初的每一个细节，她说那时她感觉拥有了整个世界。

婚后没几天，林虹又回到珠宝厂，接着学习检验和识别珠宝以及管理流程。到了1990年初，由于国际珠宝需求量日益增大，林虹也萌生了开办珠宝加工厂的念头，回来后和丈夫一商量，得到何晓康的全力支持。接下来一段时间，夫妻两人分头跑市场、选厂址，联系贷款，最后终于得到何父工作过的县城领导支持，由县科委拨了5万元的扶持贷款，建起了一个20人左右的小珠宝加工厂。

创业之初，百废待兴，由于工人大多由山区农家子弟组成，文化低，所有的一切都由林虹亲手指点帮教；第一批产品外商不满意，林虹亲自操作，并请来行家对工人进行培训；原料短缺，半夜满世界找车然后进城调剂……

短短的几个月，由于质量可靠、信用度高，林虹的珠宝加工很快得到外商的一致认可，订单源源不断。两年过后，工厂的规模扩大了，员工增加到 200 多人。

林虹毫不扭捏地告诉我，是爱情给她带来了幸福的宝石。

北上东进

随着企业的迅速发展，林虹和何晓康已不再满足偏隅广西一角，无论是交通运输，还是资讯信息，由此所能提供的空间相对已狭小。经过一番深思熟虑，夫妻决定依托自办厂成本低、货源足、产品质量能够保证的优势，发展大规模的批零兼营业务。

1997 年，何晓康携资北上，选中长城附近的一块地方，租下 1000 多平方米的商场专营珠宝。站稳脚跟后，年内又在北京连开了数十家连锁店。林虹却把目光转向上海，那是她从小向往却无缘亲近的一个神奇城市。这一年，她频繁往来于广西和上海之间，与丈夫比赛似的在上海 20 多家大商场内开辟了珠宝专柜。1998 年，她终于决定在上海买房安家，做一个真正的上海人。林虹说她真的被上海这个城市迷住了，不仅是巨大的商业市场给作为投资者的她带来丰厚的利润回报，更多的是上海那厚重的文化底蕴让她有一种"定锚"的感觉。

何晓康是个非常顾家的男人，无论多忙，每天都会打个电话向妻子女儿问候一声。过不了四五天，必得赶回家中一趟。在家中，林虹什么事都不让丈夫做，她说家是她的全部，丈夫和女儿是她生命中最为珍贵的东西。对她而言，为妻为母不是负担，而是她至高的享受，因此，林虹从不混淆主妇和老板的角色。

新千年伊始，国内珠宝行业竞争进入了白热化状态，林虹没有留恋那种浅层的商业搏杀，而是以自己女性的敏感和商人的精明，迅速撤去各大商场的所有专柜，转而精选了上海锦江乐园、野生动物园和奥利安娜游轮等八大旅游景点建立了自己的战场。事实证明这是超前的一步。

现在的林虹又将视线投向了武汉。她雄心勃勃地试图在国内各大中城市建立一个庞大的珠宝连锁王国，还准备投巨资建立一条游乐滑道，投资环保、生物等高科技产品，最大的理想则是40岁以后办一家一流的老年公寓。当女儿为喜爱的大熊猫即将断粮伤心时，林虹毫不犹豫地捐款5万元给上海动物园。

小心地问林虹，与丈夫聚少离多是否影响感情？林虹自信地笑笑说："当我各方面都做得很好的时候，丈夫怎么还能舍得离开我！"

谁说不是呢！

妮娜·左熙宁的梦

两年前一个无雪的冬日，在美国西雅图的 Redmond，微软公司总部依然像往常一样紧张而快节奏地忙碌着。妮娜·左熙宁默默地收拾好自己的私人物件，走出了办公室，吃惊地发现几乎所有的同事都等在了门口，她微笑着与他们一一握别。电梯徐徐下降的时候，她想，自己只不过是这个大机器上偶然松脱的一颗小小的螺帽罢了。

拉开车门的一刹那，送她下来的公司老板猛地扳过她的肩头，伤感地说："妮娜，我们真的都舍不得你走。留下吧！"妮娜轻轻但坚决地摇了摇头。她驾车绕着公司的大楼转了一圈又一圈。当她远远地看到老板抬手抹向面门的时候，妮娜知道自己真的必须走了。

疯狂地驰出一段路后，妮娜停住了车，呆呆地想：为了少女时一个遥远而模糊的演员梦，我真的离开了真实的微软吗？可微软毕竟改变了自己的一生啊！忍了许久的泪水终于滚滚而下……

正如她的中文名字一样，左熙宁出身于繁华的古都南京的一个书香门第。父亲早年留苏，后任河海大学第四任校长，母亲是南京大学的一位资深教授，夫妇俩事业心极强，40 多岁时才有了这么个宝贝女儿。良好的家庭背景，使左熙宁从小就接受了严格而全面的教育，或许是遗传的关系，聪明的她天生就具有接受新知识的感知能力，无论英语、音乐、绘画，学什么都挺快，成绩一直名列前茅。

在身为学者的父母心中，出色而优秀的女儿当然将承继他们的衣钵，成为科学的信徒。然而出乎他们意料的是，左熙宁最大的梦想却是当一名出色的演员。

冲突由此产生。眼看着女儿一天天长大却一天天痴迷和沉醉在各种"不务正业"的表演中，教授夫妇心急如焚却无计可施。

颇具讽刺意味的恰恰是一个导演打碎了左熙宁的梦，极富个性和自尊的她始终相信自己的能力和实力，她无法接受那种充满屈辱的交换。结果在父母嘉许的眼光中，她全力冲刺，终于以优异的托福成绩全奖考入美国一著名商学院。

一踏上那块陌生的土地，还未来得及幻想，生存的压力就扑面而来，在这个失去母体可做依靠的外域世界，她知道，往后一切的日子都在脚下。

她洗过盘子，干过杂役，做过招待，让她至今仍深为感动的是，在那段最苦的日子里，是那些同样艰苦的留学生，给了她一份最贴切最温暖的关怀和保护。

就这样过了两年，由于学习刻苦，成绩优秀，从大三开始学校免收了她的学费。与大多数商学院学生一样，妮娜开始迫切地希望毕业后能进入一家世界500强企业，所以空下来她开始在大公司投简历、应聘，却一次次碰壁。

妮娜谋到的第一份白领工作是在西雅图一家特大型商场里担任信用卡推销员，在这个全部由当地美国人出任的职位中，妮娜只用了短短的 3 个月就做到了销售业绩的第一名，让老板和同行刮目相看。妮娜说，她的成功在于始终以一份真诚去换取客户的信任。有一次，一个客人（事后才知他是某公司的总裁）像风一样地刮进来，大声嚷着要求 5 分钟内替他把所需购买的物品搞定。其他职员一问消费才区区 500 美元，都摊了摊手，可妮娜却走过去接下单子，迅速地楼上楼下奔波，然后喘着气微笑地将东西交给客人。对方接下后，一声谢都没有就转身离去，可临出大门时，又折返身，买下了一大笔信用卡，他说，小姐，我并不需要这些，而且我的时间很宝贵，但我愿意为你再逗留 5 分钟。

妮娜说："这应该归功于父亲对我的教诲。"10 岁那一年，有一次澳洲老师上课时，布置了一道英文竞赛题，好强的妮娜——那时的左熙宁高高举手要求发言，可老师却点了另一位同学，一气之下妮娜跑出了教室。父亲知道后狠狠地批评了她一通。过几天，她欢蹦乱跳地回来告诉父亲考试得了第一名，可父亲却淡淡地说："孩子，这不稀奇，因为在众人的心目中，你前些天的表现是倒数第一名。"这件小事使左熙宁明白，很多时候，做人的成功，才是人生真正意义上的大成功。

干了一年的推销员后，妮娜觉得这份工作虽然能给她带来丰厚的金钱回报，却并不需要一个商学院高才生的头脑。之后，她做过豪华车行的代理，又出任过丰田汽车公司的形象代表等，但种种的选择，都让她有一种失重和漂浮的感觉，就像是一叶浮萍，根须伸得再长，却没有一方可供扎根的厚实土壤。

一个偶然的机会，微软公司一位熟识的职员很认真地对她说，你为什么不去微软试试，你很适合那里。虽然这种建议她已经听到很多次，但以前从没有放在心上，潜意识里她对高科技行业怀有一种心虚和排斥，何况对于电脑，她除了能熟练打字外，其余可谓一窍不通。而这一次，她却被莫名地打动了。

可真要进入微软这个美国人心目中的强者之王的庞大帝国又谈何容易，多少精英才子都被这道高高的门槛挡在门外。但妮娜还是凭借自己的实力在众多的竞争者中脱颖而出，幸运地成了微软公司的一员。

一开始，公司的女主管对她并不信任，认为她的加入不过是人事部门的一次失误，可很快，妮娜出色的事务处理能力和应变技巧让同事和老板们大为惊叹，短短的时间内，妮娜就升任为总部 10 个高级助理之一，而且是唯一的华裔和女性，不仅涨了几倍工资，还拥有了公司发给高级管理人员的股份。

在微软这样一个只认强者的世界里，每一个雇员都顶着极其强大的压力。公司有一个规定，每逢一位高级职员去世，都要下半旗志哀，有一年的整整半年，公司门前的旗帜没有一天能升上去。妮娜说，外人只看到微软公司有 4000 多个年轻的百万富翁，可又有谁知道他们成功背后所付出的超常辛苦和努力。作为微软公司直接面对外部世界的窗口，总部助理的一言一行都代表着公司的形象，无论是接受客户服务、安排采访、核对和落实捐助，以及重大信息发布，都绝对不允许有丝毫的差错。曾经有位助理就因为一句失言，而使微软公司在欧洲某国陷入了极大的被动之中。妮娜说，这种工作不仅需要你有出色的工作能力，面对雪片般飞来的电话和电子邮件，你还必须具备坚强的神经。

清纯漂亮富于东方魅力的妮娜给沉闷严肃的公司总部带去了

一股强劲的青春气息,同事们都昵称她为"微软之星"。她出席公司的高层会议,近距离聆听比尔·盖茨充满激情的演讲;她频繁地受邀参加各种高级聚会;在她的身边,总围绕一群杰出的殷勤男士;在她的电子信箱中,总塞满了各种火热的情书;而在她办公室的案头,则长年盛开着鲜红的玫瑰……

然而,这种生活并不是妮娜所真正在乎的。由于工作上的便利,她能经常浏览国内的影视网站,儿时那个美丽的梦想渐渐地清晰浮现,为了确切地理解信息,她请人专门给自己的电脑安装上中文程序,并开始给大陆的导演们发 E-mail,写挂号信,述说自己的愿望,大胆地推荐自己。1998 年底,在接到上海一位导演的邀请后,她终于下定了辞职的决心。

公司里所有的人都认为她疯了……

1999 年 1 月,妮娜·左熙宁回到了上海,开始她闯荡影视圈的冒险尝试,她并不认识演艺圈内任何人,倔强自信的她却始终相信自己的实力和能力。对她而言,成功固然重要,但追求的过程更是一种浓缩生命痛苦和喜悦的体验。她喜欢挑战给予自己的亢奋和昂扬的激情,那是一种带咸带涩却回味甘甜的滋味。

所以,妮娜·左熙宁会接受小到只有背影的群众演员这样的角色,会一个电话打给素不相识的导演推销自己,会带着照片敲开一家家媒体的大门,会在一次次受伤后舔干血迹再次微笑着走向蓝天……

她或许并不知道,无论结果如何,其实在她的身上,已具备了一个出色演员所该具有的——

谦虚、执着及献身的勇气。

郑旻：在 K 线上劲舞

上海浦东陆家嘴金融中心，夜幕低垂下的证券大厦依然灯火通明。

清瘦的郑旻坐在办公室拐角的一个小小隔间里，聚精会神地敲击着电脑。这天是星期五，沪深大盘经过近两个月的重挫之后，终于又拉出了一根令股民雀跃的长阳。此时已是下午 5 点 40 分，可对郑旻而言，硝烟并没有散尽，她刚从电视台做完当日的股评节目，又忙着为几家报纸和网站撰写股评——全是火烧眉毛的要紧事！

坐下来接受采访已是一个小时之后的事了。郑旻一边忙着为记者沏茶，一边不断地致歉。她说她做这一行挺累，每写一字都感觉身后有千百双眼睛盯着，那是一种掺杂着快乐和沉重的灼痛。

这么说着的时候，郑旻的眼睛显得很亮，那是我非常欣赏的一种表情。我相信，只有当一个人真正将自己的生命融入钟爱的事业，激情才会如此放肆地燃烧……

股海里飘下的小叶子

郑旻戏称自己从小就是个"聪明的差生"，拿起课本就头痛，可学起作词作曲、吹拉弹唱兴致极高。

　　高中毕业后郑旻考入武汉水利电力大学机械系焊接专业，班里 25 名男生，就她一个女生，上课提不起劲，课余搞播音、办联欢会、组织娱乐活动却有滋有味。大一大二时郑旻最怕的就是公布考试成绩，倒数第一名的总是她。大三开学前，老师找到她长长地谈了一次话。郑旻咬着唇不吭气，可性格中那种天生的好胜心被激发了起来，学年结束后，郑旻的成绩跃升为第二名，让所有人都吃了一惊。

　　郑旻常自嘲是股海里不经意间"飘入的一片小叶子"。

　　大四放寒假时，郑旻回到上海。妹妹中专毕业后在一家证券公司做红马夹，正好场内缺一个报单员，她就介绍姐姐去试工。不料，这一次无意的"介入"，使郑旻从此对证券业"情根深种"。那时，沪市大盘经过长时间盘整后从 300 点飙升到 900 点，股市热得发烫。每天 7 点多钟股民就黑压压地挤在了大门口，8 点半一开门，人群就像饥饿的狼一样扑向各个柜台。那种疯狂的场面，郑旻多年以后谈起来还心有余悸地连说"惊心动魄"。实习结束后，郑旻望着大屏幕上跳跃变幻的数字想："多可爱的小精灵，那是欢迎我的眼神啊！我一定会回来的。"

　　生活当然不是掌中的玩具魔方。大学一毕业，郑旻被分配到上海高桥的一家电厂，由于单位地处郊区，离家太远，郑旻一赌气没去报到。过了不久，正当她面临户口被发回武汉的危险时，一家市内企业急需焊接技术员，适时地替她"解了套"。

　　工作了个把月，郑旻就四处找机会满足自己的"证券情结"。经人介绍，她工余偷偷地到台湾人开办的一家期货市场去"兼职"。在那里，她第一次接触了技术分析，学着在方格纸上画咖啡、小麦、黄豆等的K线图，没多久，发现这居然是个未经政府批准的地下交易所，吓得连忙离开了。

20世纪90年代的中国金融业，"摸着石头过河"的新鲜事物层出不穷，国债期货市场也开始启动。自恃有过几星期证券"从业经验"的郑旻跃跃欲试。可苦于刚毕业，没有资金，她就竭力说服一个朋友拿出5000元钱由她代为操作。对方磨不开面子，同意了。

由于还要上班，郑旻只能利用每天午休的时候溜出去，乘上两站路的车去进行交易。第一个星期她看"多"，轻松地赚了200余元，这在当时相当于她一个月的工资了，郑旻很开心。第二周她一看现券价很低，只有87元多，而期货价很高，就做了"空"，心想跌了肯定还会跌，可恰恰忘了现券早跌破100元的发行价，而市场的价值回归过程又是非常迅速的，所以反弹起来很快。没过几天，工作人员就来电通知郑旻必须追加保证金，否则仓位将被"挤爆"。无奈之下，郑旻只能去跟客户商量，客户心里也虚着呢，好说歹说，才又追加了3000元，郑旻马上回头做多。这一次判断相当精准，两个星期后资金总额翻了一番。此次交易的成功，让郑旻尝到了搏击的快乐和胜利的甘甜，也对自己的能力有了过高的估计。她当然不会想到，变幻莫测的市场笑脸背后，是一张血腥的大口。

大鳄，小鱼·虾米

1993年11月，早厌倦了"电焊工"职业的郑旻一狠心辞了职，应聘到外地驻沪的一家证券交易所当红马夹。

上班伊始，郑旻就向老总提出了一连串的建议，并大胆自荐为公司做自营业务，"替公司赢取市场最大利润"。或许是她的那一份自信，老总居然相信了这个初出茅庐的小丫头，将国债期货的自营业务重担压在了郑旻的肩头。历史的原因，那时的国债期货市场规模并不大，500元可开一口，50口就可在市场上呼风唤雨，加上没人做，郑旻常叹找不到对手。

这一天，郑旻对着1992年10年期的312品种开了10口"多"单，眨眼工夫筹码就被吞掉了。郑旻精神一振：终于碰上劲敌了。她想，爽性"挤爆"对方再说。没想到所有的攻击都似泥牛入海。郑旻开始有点发慌，却已欲罢不能，不知不觉中"弹药"消耗殆尽。可连对方的一点儿皮毛都没伤着，暗地里一打听，才吓了一跳：本以为对方是条小鱼，没想到却是条超级大鳄！搭档见郑旻被人轧多，很仗义地帮地在302品种上开了空，指望能"围魏救赵"，弥补点亏空，想不到所有的"援兵"也中了埋伏。闯下这么大的祸，两人如末世降临般感到惶恐，可又没有勇气向老总坦白。老总还是从报上披露的券商持仓成本消息上发现的，急忙动用上亿资金才将损失减少到最小。

郑旻说，那时我其实连最起码的金融常识都不具备，就胆大，可在这个全靠智力拼斗的市场，光有胆量是危险的，所以郑旻辞职后第一次对证券市场有了点心虚，她尝试换一个行当，于是应聘到一家公司去当"秘书"，可心里怎么也放不下那个让她大喜大悲的神秘天地。每天一上班，郑旻就打开收音机听广播，报纸一到抢先翻看股市信息，并天天煽动同事、上司入市去买

"陆家嘴""外高桥"。当然没有谁会听她的。常有人向老板汇报这个"股疯子"怎么不务正业。两个月后，郑旻提出辞职，老板客客气气地表示自己"正好也有此意"，差点把郑旻噎个半死。

郑旻清楚地知道自己已离不开证券业，她开始痛感自己金融知识的贫乏，于是自费去补习外语，以求日后报考金融专业研究生。同时，又应聘进入一家证券公司，仍做自营。

经历前几次风浪之后，郑旻小心和谨慎了许多。1995 年年初的 327 品种事件中，多空双方实力相当，盘面呈胶着状，可郑旻感觉市场平静的外表下孕育着更大的风浪，所以干脆做起了"滑头"——1 分钟平仓 3 次，赚取最微小的利差。有一天，一个大户向她透露一个"绝密"消息：空头准备认输了。郑旻看看盘后，说："不可能吧？"将信将疑中，她还是在下午 2 点 40 分开了多仓，但心里仍不踏实，一查成交，发现下面没什么接盘，当机立断平掉了。仅仅过了 6 秒钟，空方开始发力，之后每隔半分钟就举起 2000 口抛单往下打，看得郑旻心惊肉跳、手脚发抖。以前她从未开过大单，这次也不管了，价位刚下跌 2 角就回补2000 手。半分钟不到赚了 4 万多。这次狂泻，打爆了无数的仓位，郑旻目睹了许多拥有数百万元资金的大户，在短短几分钟内一贫如洗后所表现出来的那种痛苦的表情。郑旻说，那一刻，我才知道什么是绝望，只是没想到自己也会如此快地亲历其痛。

这年 6 月份，郑旻决绝地辞掉了红马夹的工作，攥着几年积攒的 10 万元钱杀入了期货市场。

1995 年 7 月 20 日，这是郑旻终生铭记的一个日子。交易一开始，各个三夹板品种就开始跳水大跌。郑旻一看机会来了，连忙开了空，而且开得很"恶"，10万元资金满仓全推了进去。刚开好没多久、价格却着魔似的又迅速反弹，由于郑旻打入的不是主打品种，因此连平仓的机会都没有。到休市时，郑旻的仓位就基本被打爆了，期货公司紧急通知她追加保证金，可此时的郑旻已身无分文，只能眼睁睁地看着自己的账户被强行平仓。只有2分钟啊，多年的血汗钱就化为泡影，郑旻人都傻了。那天，她根本不知道是怎么回的家，脑子里唯一明白的就是自己"破户"了，彻底输了。

K线上轻舞飞扬

好长一段时间，郑旻都没有从这次打击中恢复过来。朋友出于同情，介绍她去一家公司任秘书，可人家嫌她为人木讷，不会察言观色，半个月后就炒了她的"鱿鱼"。

这一下又刺痛了郑旻性格中潜藏的傲气和自尊，她重新审视了以前所经历的一切，痛感知识的匮乏才是屡屡失败的根源，读书的渴望是那么强烈地诱惑着她，翻开久违的书本，郑旻感到从未有过的饥渴。

1996年初，在上海证券交易所内担任红马夹的妹妹告诉郑旻，她旁边的93跑道——法国惠嘉远东证券空出了一个交易员的位置，让她去试试。香港来的女报单员非常挑剔，对郑旻递上来的材料看都不看就扔在了一边。到了4月，妹妹说那个职位仍空着，鼓励姐姐再碰碰运气。这次对方答应给个机会面谈。4月20日，郑旻一大早赶到了波特曼大酒店，正在服务台询问"莉迪亚到上海没有"，莉迪亚恰巧也提了个大箱子前来办理入住手续。因刚下飞机还没吃早餐，莉迪亚让郑旻陪着闲聊，在这种轻松的氛围下，郑旻充分向对方展示了自己的经历、才华和学识。早餐还未结束，郑旻就从对方的脸上知道了结果。

就是从那时开始，郑旻开始接触 B 股，并一做就是 5 年。

莉迪亚调走后，新来的报单员是个 30 多岁的单身香港女人，脾气极坏，根本不把内地雇员放在眼里。给她读报，快了慢了要骂，给她解释文章意思，多了少了要骂，听懂了听不懂也要骂；几十只股票的买卖盘，任何一点微小的变化都要向她汇报，稍一疏忽更要挨骂，天天有女孩被她骂得痛哭。性格刚烈的郑旻却不买账，常为工作跟她吵个天翻地覆，吵完了，回家就枕着丈夫的肩膀哭，每天一睁眼，就开始盘算今天怎么跟"上司"吵，神经绷得紧紧的。看到妻子不开心，丈夫心里也难受，有次他开玩笑地说，你口才又好，表演欲又强，股评文章写得也不错，不如去当股评家算了。

郑旻听后心中不由得一动。

偶然的一个机会，郑旻终于见到了神交已久的股评家陈宪，在他的支持和帮助下，郑旻再次辞去了红马夹的工作，全力参加证券从业资格考试，并获得了注册分析师的资格。1999 年初，郑旻如愿考上了复旦大学经济系研究生，圆了自己深造的梦。这段时间，她一边如饥似渴地研修学业，一边孜孜不倦地埋头于上市公司的各种报表、数据、技术指标的分析和研判中，结结实实地为自己"恶补"了一番，同时，一篇篇颇有见地的股评文章频频发表，很快在国内媒体界和股民中建立了良好的声誉。

新千年 3 月初，郑旻开始接受中央和上海各大电视台财经频道的邀请，参与录制股评节目，同时，深入各个证券交易所与股民进行面对面的交流，独到的见解和充满自信的神采，使她很快成为散户股民心中的明星。郑旻告诉记者，正因为自己曾有过惨痛的失败经历，所以她对散户股民朋友更多了一份切肤的理解和同情。她说她希望自己是股民朋友的第三只眼睛，尽可能地去为他们洞察和揭示所有的陷阱与秘密。

郑旻每天的工作时间都在 10 小时以上，她没有把股评当作"天气预报"，而是当成博大高深的学术来对待，为了让普通散户更易于接受和明白，她常常用一些形象的比喻来阐述观点。比如针对股市中资产重组股长盛不衰、热点频频的现象，郑旻翻看了70 多只股票进行研究，发现它们有个共同的特点都是盘子较小，由此大胆提出了"小盘股理论"。她说，股本结构就像人的身高，是刚性的，小股本可以变大，大股本却不可能变小；业绩是一个人的面孔，长得"难看"可以"美容"；而小股本是稀缺资源，便于重组和想象……2000 年"5·19"井喷式行情启动后，市场盛捧绩优股，可郑旻却通过自己的冷静观察和分析，在《人民日报·海外版》上撰文《中期难掀业绩浪，人舍我取预亏股》，文章发表后，引来一片怀疑和嘲笑声，可很快，事实证明了她的判断。

小心地问郑旻，曾有股民将股评家与三陪女相提并论，你有什么感觉？

郑旻笑笑，如果那是事实，股评家应该摸一摸道德的胸口；如果那是误会，我们的辛勤终将换回股民的理解；如果那是侮辱，我只能对之报以最轻蔑的一笑。

　　临分别时，郑旻告诉记者，她最大的心愿是当个全世界最好的基金经理人。

　　郑旻实在是一个野心很大的"不安分"的女人。

Three Generations by the Huangpu River
黄浦江畔的三代人

三代女性的不同经历，勾勒出社会生活变化的轨迹。

Born in 1912, Yu Dejin is one of six children in a broker's family. After graduating from an all-girls middle school, she refused an arranged marriage by her parents and found a job in a foreign company in Shanghai. Soon she was promoted to director of her department.

俞德金出生于 1912 年，是一个经纪人家庭的六个孩子之一。从一所女子中学毕业后，她拒绝了父母的包办婚姻，在上海的一家外国公司找到了一份工作。不久，她被提升为部门主任。

Like all white-collar single women, Yu Dejin was very fashion-conscious. She often invited some of her friends to take photos, an activity that was quite in vogue at the time. At lunchtime, she went to the western-style restaurant on the other side of the street. She did not like western-style food very much, but she enjoyed the clean and tidy surroundings and the relaxed atmosphere there. On holidays, she would choose some special places to go sight-seeing. Yu was always very interested in clothing and would buy whatever she liked regardless of whether the clothes suited her or not.

　　和所有单身白领女性一样，俞德金也非常注重时尚。她经常邀请一些朋友拍照，这在当时很流行。午餐时间，她去了街对面的一家西式餐厅。她不太喜欢西餐，但她喜欢那里干净整洁的环境和轻松的气氛。在节假日，她会选择一些特别的地方去观光。她一直对服装很感兴趣，不管衣服合不合适，她都会买自己喜欢的东西。

　　88 岁的俞德金老人曾经是 20 世纪 30 年代的一位白领丽人，现正在安度幸福的晚年。

Later Yu Dejin was transferred to the Shanghai Women's Store. Following the birth of four daughters after her wedding, Yu's family was finding it hard to keep up with the growing expenses. During three years of natural disaster（1960—1962）, Yu Dejin was meticulous in planning the use of every coin and had to sell some of her clothes that were still in good shape. Despite the difficult circumstances, the whole family was optimistic about their future.

　　后来俞德金被调到上海妇女商店工作。结婚后，她生了四个女儿，家里的开销越来越大。在三年困难时期（1960—1962），俞德金对每一枚硬币的使用都非常谨慎，还不得不卖掉一些仍然完好的衣服。尽管处境艰难，但全家都对自己的未来感到乐观。

Now, their four daughters are all married and live separately. But Yu Dejin and her husband are reluctant to move their daughters' beds out. They hope the family could have happy get-togethers on weekends.

　　现在，他们的四个女儿都结婚了，各自生活。但俞德金和丈夫不愿意把女儿们的床搬出去。他们希望一家人周末能聚在一起。

Sun Mozhen is Yu's youngest daughter. After graduating from a high school she found a job as a sewer in a neighborhood factory making children's clothing. In 1981, she married a fellow employee who was working in the neighborhood factory, too. Neither she nor her husband had many savings, so they had a simple wedding ceremony and spent their honeymoon visiting scenic spots nearby.

孙默珍是俞德金的小女儿。高中毕业后，她在附近一家生产童装的工厂找到了一份裁缝的工作。1981 年，她嫁给了一位在附近工厂工作的同事，她和丈夫都没有多少积蓄，所以他们举行了一个简单的婚礼，并在附近的景点度过了蜜月。

As an ordinary worker but quite ambitious, Sun Mozhen's husband never stopped learning foreign languages and passed the entrance examination to the Chinese Department in East China Normal University. After graduation, he immersed himself in writing and translating. When their daughter Wang Lianying was born in 1982, Sun Mozhen resigned from her post. Besides doing housework, she helped her husband in copying drafts. In those days, they tried hard to make ends meet.

作为一名普通的工人，孙默珍的丈夫却雄心勃勃，他从未停止学习外语，并通过了华东师范大学中文系的入学考试。毕业后，他全身心地投入写作和翻译中。1982 年，当他们的女儿王莲英出生时，孙默珍辞去了她的工作。除了做家务，她还帮丈夫抄草稿，在那些日子里，他们努力维持生计。

小女儿孙默珍一家住进了装饰得典雅、现代的新居，电脑成了他们家庭生活中不可缺少的伙伴。

Their life gradually improved after her husband became editor-director at Shanghai Television.

在她的丈夫成为上海电视台的编导后，他们的生活逐渐改善。

They now live in an apartment located in a peaceful surrounding in the western part of the city. Their rooms are decorated in a scholar, jet-modern style. During her day, Sun Mozhen now buys and sells stocks on the computer. When the trading closes, she helps her husband edit articles. When he comes back home from work in the evening, her husband often works on the computer and enjoys surfing on the Internet very much.

他们现在住在城市西部一处宁静的公寓里。他们的房间装饰成学者式的现代风格。孙默珍白天在电脑上买卖股票，交易结束后，她帮助丈夫编辑文章。晚上下班回家时，她的丈夫经常在电脑上工作，非常喜欢上网。

Their daughter Wang Lianying, 17, is a Grade Three student in a key senior high school. She is a beautiful girl and enjoys wonderful academic marks in her class. In a time of abundance of material items, she can certainly feel free from any worries about food and clothing.

他们 17 岁的女儿王莲英是一所重点高中的三年级学生。她是一个美丽的女孩，在班上取得了优异的学业成绩。在物质充裕的时代，她当然可以感到衣食无忧。

However, Wang Lianying is going through the troubles of her

generation. When she was in Grade One, she fell in love with a boy. From that moment on, both she and the boy could not concentrate on learning and did not do well in their studies for some time. Later, Wang Lianying's father had a friendly talk with the boy and helped him realize the possible consequences of this situation. He then corrected the relationship with Wang Lianying, and consequently the two began to devote more effort to their study and both have made great progress.

然而，王莲英正在经历她那一代人的烦恼。当她在一年级的时候，爱上了一个男孩。从那一刻起，她和男孩都无法集中精力学习，有一段时间学习不好。后来，王莲英的父亲与男孩进行了友好的交谈，并帮助他意识到这种情况可能带来的后果。后来，他调整了与王莲英的关系，两人开始更加努力地学习，都取得了很大的进步。

外孙女王莲英觉得，她和长辈之间没有"代沟"，只不过在音乐鉴赏方面有所不同。

Wang Lianying, open-minded and energetic, is in charge of art and entertainment activities inher class. She often organizes some recreational activities among students and teachers such as dancing and stage play. Like other girls of her age, she enjoys eating various foreign snacks like Kentucky Fried Chicken and listening to her Walkman.

王莲英思想开放，精力充沛，负责班里的文艺娱乐活动。她经常为学生和老师组织一些娱乐活动，如跳舞和舞台剧。和其他同龄的女孩一样，她喜欢吃各种外国小吃，比如肯德基。

In her spare time, she logs on the Internet, visits some campus sites, goes bowling or to a bookstore, and has heart-to-heart talks with her friends in the park. The generation gap doesnot exist between Wang Lianying and her parents except in their appreciation of music, she says.

在业余时间，她上网，浏览一些校园网站，打保龄球或去书店，并在公园里与朋友谈心。王莲英说，除了对音乐的欣赏之外，她和父母之间并不存在代沟。

Now Wang Lianying is all out preparing for the national examination. She wishes to be a university student in the Department of Laws Concerning Foreign Affairs at the Shanghai Institute of Foreign Languages. She wants to be a lawyer and is striving for her goal.

现在王莲英正在全力以赴地准备高考。她希望成为上海外国语学院涉外法律系的一名大学生。她想成为一名律师，正在为自己的目标而奋斗。

（Text by ZHANG YAN 撰文：张衍 Photos Supplied by Editorial Office of Modern Family. 图片提供:《现代家庭》杂志社 ）

速朽的艺术——沙雕

作为一门新兴的边缘艺术，沙雕的诞生虽然只有短短的20年历史，但因为其豪放、热烈、随意和即兴等特点，近几年来，在世界各个著名的滨海城市日益流行并广受欢迎，逐渐成为一项热门的旅游时尚项目。在美、日、比利时等国，甚至还建有沙雕主题公园，"国际沙雕协会（WSSA）"每年都在一些国家举行盛大的沙雕比赛，每一次都吸引了成千上万的游客。

沙雕注重参与，以人为本，与雕塑、绘画、建筑、体育和户外娱乐相融合，形式丰富、情趣盎然。但沙雕同时也是一门最具环保色彩的现代运动，制作时只能用沙和水，不允许使用任何化学材料和电动工具，也不能在内部使用任何支撑物，更有意思的是，所有作品都将在事后很短时间内被平整掉或自行消解，因此被称为速朽的艺术。

制作上沙雕基本以金字塔造型为建筑基础，人人都可以参与，但堆、挖、雕、掏、镂空等手法的高低却直接决定了作品的效果。如今，许多著名的艺术大师都乐于参加这种近乎游戏的创作，在国际沙雕节上，世界各国的沙雕高手们大显身手，制作并再现了万里长城、金字塔、巴比伦空中花园等世界十大奇观和希腊罗马等文明艺术珍品，场面甚大，气势恢宏，让人叹为观止。

第三辑

时装店奇遇

那一天，陪女友逛街，在一家豪华的时装店内，女友忽然内急，匆匆走向洗手间，我信步在商店内转悠。一位漂亮的小姐走到我面前，红着脸轻声对我说："先生，我想给丈夫买件衣服，他身材与您差不多，您能否帮我试试？"我想左右无事，帮个小忙并不碍事，就同意了。

那小姐把我领进了柜台内，先挑了一件高档女衣穿在身上，回头向我嫣然一笑："你看，我穿上这件衣服好看吗？"说实话，她穿上那件衣服后更显得妩媚动人、容光焕发。我点点头，由衷地赞道："很漂亮！"她高兴地说："那我就买下了。"然后轻巧地转了个身，取下一件高档男装让我穿上，退后几步欣赏了一下："哦，非常合身。"接着转脸对候立在一旁的服务员说："这件衣服好像给我丈夫定做的一样，不过太贵了，能不能再便宜点？"服务员一脸谄笑："这么好的做工和面料您到哪儿去找？本店都是薄利多销，再少，我们就亏了。您瞧，啧啧，这衣服多棒，也只有您先生这样的身材和派头才配得上！我保证，您不买肯定要后悔的。"我莞尔一笑，正想脱下衣服离开，那小姐却走了过来，在我身上这里摸摸，那里抻抻，一边挑剔，一边继续和服务员砍价。

　　这时，我女友找了过来，一看这情景，脸唰地就白了，我忙过去想跟她解释，不料她泪流满面，边退边叫："我恨你！"然后扭头跑出了大门。我想这下要糟，不知要费多少口舌才能解开这误会。我正想追出去时，那位漂亮小姐也冲出了柜台，一记耳光打得我满脸灿烂，并用大得吓死人的声音骂道："那女人是谁？你说。我在家辛辛苦苦，你却在外面风流，这日子过不下去了！"说完，捂脸哭着冲出了围观的人群。

　　我摸着发烫的脸颊，一时还没反应过来是怎么回事。服务员一脸同情地凑到我身边，充满理解地说："现在当太太的脾气真大，怎能说打就打呢？不过这种事以后可得小心点！"我回头瞪他一大眼："你胡说些什么呀！"他连忙弯腰赔笑说："是，是，我什么也没看见，什么也没说。"然后递过一张发票，"您太太刚穿走的那件衣服是3000元，您身上的这套还要不要？"

　　我傻了！

谁骗了谁

车厢里极其闷热。

这是 8 月底，俗称"秋老虎"。尽管所有的车窗都全部打开了，电风扇也任劳任怨地不停旋转，可还是什么用都没有，这身上的汗就像坏了阀门的水龙头不停地流着。经过一天一夜的旅行，所有的人都像晒干的鱼一样，没了精神。

我是 17 号中铺，坐上下铺的是一对年龄悬殊的男女，这么热的天，两人却仿佛缺少热感神经似的，从一上车开始就黏乎在一起，其种种旁若无人的亲昵之态，连对铺那一对带孩子的小夫妻也面红耳赤。记不起哪位哲人曾说过，面对爱情，年龄、职业、地域、语言、国籍，都无法阻止两颗炽热的心撞出火花。

此言确矣。我苦笑着摇摇头：只不知这两人是小蜜傍大款式的萍水之欢还是……

车将到 H 市，我正躺在铺上假寐，耳听得下铺传来的咪咪笑声、亲昵的嬉闹声，备觉厌烦，好不容易迷糊过去，却被一阵阵越来越大的吵闹声吵醒。我欠身探头一看，正好看见那女的圆瞪杏眼一把推开还试图蹭过来的男的，顺手甩过去两个小耳光。男的愣愣地摸着脸颊，脸上显出一副迷茫愠怒的神情，女的则在那儿恶骂男的是个骗子。围观众人也不知原委，反正车上左右无事，恰可看看热闹图个消遣。乘警过来问了几句，也没闹明白是咋回事，马马虎虎地丢下几句场面话也就不管了。

男的一脸尴尬，女的痛不欲生，就这么车到了 H 市，等通道上的人走得差不多了，女的忽然停止了抽泣，哽咽着问那男的，你到底答不答应？男的闷声不响。女的咬了咬嘴唇，既然如此，那我就下车了。男的依然没有接腔，暗地里却似长出了一口气。女的猛然性起，抓起桌上的一杯凉茶全泼在了男的脸上，切齿骂道，你是个十足的王八蛋！然后从行李架上取下一个精致的皮箱，哭着向车下奔去。从车窗上望着女子弱小的身影，许多人都向那男的投去不屑的目光。

车开之后很久，那男的经过一阵手忙脚乱，才把脸上、身上、耳上收拾干净，发觉大家都注意着自己，他不自然地活动了一下四肢，解嘲似的笑骂了一句，这臭女人，真厉害！我赔着小心问了一句，贵夫人？！他哈哈一笑：真有这种老婆睡觉都不踏实。看我露出迷惑的神情，他不以为然地补充了一句：江湖之人嘛，逢场作戏罢了。

大概发觉我愈显糊涂了，他凑过来说，老哥，看你这不开化的样，我爽性跟你全说了吧，免得你老拿那种眼光看我。我是 S 市某公司的销售经理，这次去 G 市公干，偶然认识了这个女子，就好上了。唉，你别再拿这种眼神看我，我知道你不太理解，周瑜打黄盖嘛。况且，咱这也是搞活经济……好好好，不争这些了。话说回来，我在 G 市待的时间够长了，不得不回去了。这女人哭哭啼啼地说很舍不得我，一定要跟我去 S 市，并保证不破坏我的家庭，只要给她找个住处，找个轻松的工作，抽空时我能常去看看她……这么好的条件我当然乐意了。只是没想到她会突然变卦逼我离婚娶她，这咋可能……说我是骗子……

　　说着说着，他的眼睛无意中朝行李架上一瞥，猛地像烫了屁股似的蹦了起来，在行李架上、卧铺底下到处查看，嘴里嚷着：我的皮箱呢？我的皮箱呢？我问他是不是那个银灰色的号码箱，他仿佛抓到稻草似的攥住我的手臂：老兄弟，你知道在哪儿，是不是？快告诉我，告诉我……我说是那个女的下车时拎走了，他听罢，一屁股跌坐在铺上，一脸苍白：妈呀，公司 10 多万账款呢！这个骗子，这个骗子，骗子……

喷　嚏

在东去的列车上，坐我对面的是一个黑矮的小伙子，看起来很健谈，在和我稍微熟悉一点之后，他拿出了一瓶啤酒和一小包花生米，就着我在小站上买的烧鸡，边吃边对我神侃起来。

"你相信一个喷嚏会决定一个人的姻缘吗？不信？我知道你也不信，我现在就给你说说一个神奇的喷嚏的故事。

"那一年，我研究生毕业，被分配到某学院任教，一个偶然的机会，我爱上了校园图书馆那位漂亮的女孩，接下来的一段时间，我就在图书馆里潜心研究并实践各种爱情的理论和战术。当春天来临的时候，我终于迈出了万里长征的第一步。

"可没想到女孩的父亲是我们学院的院长，这个古怪的老书呆子，居然不同意他女儿和我谈恋爱。你问什么原因？我也不清楚，或许是他心目中另有女婿人选，或许他不喜欢我的长相，反正这都已不重要了。我和女友艰难的抗战从此拉开了序幕。系里的老师们以各自认为最恰如其分的方式向我展示了利害得失，其中当然不乏深意的暗示。面对强大的压力，我和女友不得不改变战略，依据《论持久战》的原则，由公开转入地下进行游击战。

"事物的发展总有其自身的规律和走向，也许你嫌我啰唆，但没有前面这些伏笔自然显不出后来我对你说的喷嚏的重要性，即使是喷嚏也不能单独地脱离任何联系而存在，其病理依据早先于……你又提喷嚏，看来你老兄也是个急性子。

"好吧，且说放暑假前几星期，国内某著名学者将来我校演讲，为显隆重，学院特准备在演讲后举办一个座谈会。由于我平素对这位名人研究颇多，所以系里让我也出席并发言。对我来说，这无疑是个表现才能的很好的机会，因此，我埋头苦苦奋战了好几天，集中所有的才思完成了一篇精当而出色的发言稿。

"那天早上起床后我就觉得不太舒服，但这些小病我自然不会放在心上，于是胡乱找了几片药服下。

"名人的演讲非常成功，连珠的精言妙语引来一阵阵掌声。在提问结束之后，根据广大师生的强烈要求，座谈会就在礼堂当场举行，我荣幸地被安排在第一个发言。我以一种自认为最有风度的步态走上讲台，在名人谦逊的礼让下大方地坐在他和院长之间，定了定神开始发言：'老师们、同学们，今天我们有幸在这里充分享受了大学者智慧的——阿嚏！'真要命，在这关键的时候，我忽觉鼻内一阵难受，克制不住地将一个大喷嚏痛快淋漓地喷了出来，这时，震耳的哄笑声从四面八方响起，尽管主持人一再要求大家安静，可会场还是一片大乱。名人绷着脸愤而离席，留下我面对笑得东倒西歪的人群发愣。

"一晚上，我那'智慧的喷嚏'就传遍了全院，我至今都不知道自己是如何度过那一夜的。第二天，系里通知我院长召见，我忐忑不安地来到他办公室。老头板着脸坐着，见我进来，以一种古怪的眼神从头到脚打量了我好几分钟，看得我浑身的汗毛都竖了起来。我想事情既然已经发生，所有的辩解都于事无补，所以只有以沉默对沉默。

　　"老头终于开口了：'你别紧张，我只是想好好看一下你到底是一个怎样奇怪的家伙。你胆子可真不小，从来没有人敢以这种放肆的幽默当众当面发表自己不同的见解。'我吃不准他是什么意思，所以没有贸然接茬。院长若有所思地点了点头，忽然挥手示意我离开，当我正准备带上门时，他又喊住了我：'谢谢你做出了我早想做的事。另外，我想知道一下，你准备什么时候向我女儿求婚？'"

　　他仰头灌了一大口啤酒，舒服地往椅背上一靠：

　　"你瞧，这就是我那个惹祸的喷嚏，它带给了我一生中最大的幸福。"

面子问题

"各位领导，我是×长，不知纪检组的领导找我想了解什么情况？

"反腐败？知道，目前中央正在大力抓党风建设，从中央到地方正开展一场轰轰烈烈的反贪污反腐败运动，作为一个老党员，我坚决拥护。确实，在社会主义经济建设中，有些领导同志失去了人民的公仆意识，时时事事把个人利益放在前头，被……对，对，您提醒得对，不是请我做报告……

"什么？谈谈我自己的问题？这个……我承认，在工作中，我是有些问题，比如工作态度粗暴，不关心……不是这些？群众检举我有腐败行为？这怎么可能！这是诬陷！作为老党员……什么？负责发包工程时为自己搞装修……这，这……是，是有这么回事，但这是承包单位主动提出来的，推不掉嘛，何况我也是付了钱的……您问付了多少？哦……大概1000吧……什么？谁说花了30多万的装修费？这是造谣！是陷害！老实说最多不超过10万……哦，不，最多6万……最多万把……最多……最多……真热，这天气……

"回扣？没有……绝对没有，我拿党性做担保……是……是，我想想……您瞧这记性，抽烟吗？不抽。好，好，抽烟有害健

康……哦，上次下属单位为感谢我们对他们工作的支持，送来了
2万元的劳务费，我作为奖金分给同志们了，这是我的不对，但
我也是为了工作，为了大家嘛……谁说不止这么多？啊？对方检
举我强行索要20万元……我再想想……这火怎么老点不着……
剩下的钱我以私人名义存起来了，我绝不是要据为己有……是，
是代为保管……是想……想以后再分给大家……

　　"对不起，能不能再开点窗，太热了……其他问题？没有！
我以一个老党员的党性保证……什么？……贷款问题？……车子
问题？……其他三套房子问题？……这天真热啊，是……是……
我知道政策……坦白从宽，抗拒……从严，我交代……彻底
交代……

　　"什么？建议我看一篇小说，什么小说？屠格涅夫的《面子
问题》……啊……"

灵　感

我向来对自己充满了自信。

在重新对我自己有了一番认识之后，我觉得我这个人无论从气质还是性格方面而言，最适合的莫过于搞文学创作了，于是我决定第八次改变自学计划，放弃了学了半年多的日语。

晚饭后，我在房门口贴了一张写有"静"字的大纸，打开台灯，铺上稿纸，灌满钢笔，最后拿出一包"红塔山"往桌上一搁（我知道，灵感女神往往是驾着烟"云"翩然而至的，君不见鲁迅先生的烟瘾和他的名气一样大）。

一切准备就绪，我开始进行构思……一小时后，桌上已滚满了雪球样的纸团，烟蒂也逐渐地占满了烟灰缸。慢慢地，我觉得浑身燥热。天，今天下班时刚洗的澡，这鬼天气，闷热得可怕（尽管外面冷风飕飕）……隔壁传来父亲打雷般的鼾声。这无异是严重干扰。

"写作环境恶劣啊！"我感叹道。哪个作家没有书房？唉，灵惑女神，你在何方？

也许真的触发了灵感，我忽然想起那些名作家的写作经验来：海明威写作时是站着写的。对呀，我茅塞顿开，朦胧的睡意也全消了，于是忙左脚勾起，右脚直立，重又拿起了笔（也许有部老影片《独立大队》的剧本就是这么写成的吧）。半小时过去了，我的脚都麻木了，可除了往纸团里再添几个"雪球"外，稿子上还是空空的。可能是站得脚颠倒了吧，我暗自思忖，忙换了脚……

　　还是不行，也许我不适合海明威的写作风格，我猜测着……然而几种方法一一试下来，什么掏鼻孔、揪耳朵、闻臭袜子等，可脑子里还是什么都没有。最后我忽然想起：巴尔扎克总是从午夜 12 点开始写作的，我……哎哟，现在都已 1 点过了，我叹了口气，除去鞋袜钻进了被窝，迷迷糊糊中，我想起古代有位诗人必得先睡一觉起来才能下笔成文。

　　我想，我……也……一定……是……这样……的……

　　呼……

最后一场比赛

比赛哨音一响，柳天脑海里就只有一个念头：进球，一定要进这关键的一球！

这是全国联赛的一场关键之战，柳天所在的球队已到了生死存亡的关头，除了获胜没有其他出路。对柳天而言，这场球赛还有另一层意义，它不仅是柳天退役前的最后一场比赛，也是决定他能否在重大赛事中踢进第 100 个球的比赛，作为国内一名优秀的前锋，他希望自己能在而立之年为自己的运动生涯画上一个圆满的句号。

比赛激烈地进行着，体育场内 3 万多名观众尽情地呐喊着，只要柳天一触球，全场的观众就大声叫着他的名字为他助威。这几天新闻媒体早将柳天要退役的消息炒得火热，所有的球迷都希望自己热爱的球星能留下灿烂的一"脚"。对手是一支北方球队，与柳天所在的球队处于可能降级的同一阴影之下，所以也摆出了一副背水一战的架势，而且特别派出两名队员防守柳天，使柳天的几次极具威胁的进攻都被消弭于无形。柳天也有些急躁，只要是在前场一得球，就立马提脚射门，而不管自己的队友是否处在更有利的位置。

休息时，主教练在重新布置了战术之后，严肃地批评了柳天，柳天沉默不语，教练苦笑了一下，体谅地拍拍柳天的肩膀。下半时易地再战，场上气氛更加激烈，主裁判对几次粗野的冲撞频频亮出黄牌。第 80 分钟时，柳天和队友一次巧妙的配合，反越位成功，柳天带球直奔禁区，形成单刀赴会局面，对方后卫飞奔而至，在来不及正面拦截的情况下，不得不战术犯规，从后面将正准备射门的柳天铲倒在地。

全场一片哗然。

主裁判一声哨响，毫不客气地亮出了红牌。柳天蜷缩着身子，等待那一阵钻心的疼痛过去，主裁判俯身看了看柳天充满痛苦的脸，举手示意把担架抬上来。"我决不能倒下！"柳天咬紧牙关艰难地站了起来，"我一定要踢完这最后的一场比赛！"他慢慢地走到球边，这是一个极佳的任意球位置，就在罚球弧顶偏右一点。柳天和队友交换了一下眼色，然后在同伴跑动掩护下一脚将球射向球门。皮球划了个弧线，穿过人墙，擦着门柱飞出界外。"难道我真的不能踢进这第 100 个球吗？"柳天在向后场回撤的时候，心里忽然生出一种空落落的感觉，真想就此走出场外。

激战继续进行着。

还剩最后的一分多钟，这时，己方队员在后场断球成功，大脚传向中场，柳天左脚一勾，然后向外一拨，晃过对方一名队员，带球疾奔对方禁区。观众如雷般的欢呼声响起，柳天热血沸腾，他听见自己的名字在成千上万人的口中传递，他感觉最好的状态回来了，奇迹般连连晃过对方几名后卫的封堵，正准备射门时，抬眼发现守门员已将球路封死，而同时助攻的队友身影从右侧闪过，正处于最佳攻击位置，柳天稍一犹豫，然后将球背一磕，皮球越过对方迅速回防的一名队员，在队友的凌空抽射下飞进网窝！

全场一片欢腾。

终场哨音吹响，比赛结束了，在球迷的欢呼中，柳天匍匐在地，深情地亲吻自己曾经留下欢乐也留下痛苦的草地。他最终没能踢进那梦寐以求的第100个球，但他却以自己的行动，体现了真正的体育精神，同时，也为自己的运动生涯，留下了真正灿烂的"一脚"。

铁　裁

这是全国联赛的最后一场比赛，场上对阵的飞狼队和摩托车手队都处在同样的绝境中，无论是谁，只要输掉了这场球，就逃脱不了降级的厄运。

所以，从哨声一响，场上的火药味就特浓。

主裁判陆涯夫 33 岁，是国家级足球裁判，跑位迅速准确，判罚果断严厉，素有"铁裁"之称，被公认是国内最好的和最有前途的年轻裁判。然而今天，细心人都可以发现陆涯夫发挥极不正常，奔跑缓慢滞后，判罚犹豫不决，跟他平素的表现大相径庭，几次较为明显的错判漏判，引得主场飞狼队的运动员和 3 万多名观众大为不满。时间一秒一秒地过去，场上比赛更趋紧张和激烈，甚至出现了几次较为粗野的冲撞，陆涯夫不停地拭着额头的汗水，感觉度时如年。"这该死的比赛！"陆涯夫暗自咒骂，第一次从心底厌恶起自己曾经痴爱的运动来，巴不得马上吹响终场的哨音……

一切发生得那么突然。

一月前，寄养在 N 市姥姥家的女儿珊珊放学路上被一飞车不幸撞到，肇事者趁乱逃之夭夭。然而等陆涯夫夫妇赶到 N 市时，面对昂贵的医疗费却傻了眼，对只有微薄工资收入的他们来说，这笔费用无疑是天文数字。望着昏迷中女儿痛苦的面容，这个铁骨铮铮的汉子不禁泪流满面。第二天，正当陆涯夫准备回去四处借钱时，妻子在Ｎ市某大公司任职的同学闻讯赶来，毫不犹豫地借出了所有的费用，并声明不计利息，什么时候归还都可以。陆涯夫夫妇自然感激不尽，对这大恩人千谢万谢。临分手时，那位老同学随手取了一张白纸，折了一下，说是朋友的小孩子代求"铁裁"签名，陆涯夫当然没有拒绝。手术很成功，当陆涯夫离开Ｎ市前来主裁这场比赛时，女儿已脱离危险，正进入康复期。

然而，昨天晚上，却有一陌生男子找到陆涯夫，开门见山就提出希望"铁裁"在比赛时帮摩托车手队一个"小忙"，在被陆涯夫严词拒绝后，他颇有深意地微微一笑，留下了一张复印的纸条。陆涯夫展开一看，发现是一张借据，声称因欠某人赌博款若干万，下面赫然是"铁裁"的亲笔签名。"好一个煞费苦心的陷阱！好一个天衣无缝的精妙骗局！"陆涯夫差点气昏过去……

这时飞狼队一次快速的反击攻入对方的后场，16号带球沉入底线，在两名对方后卫的夹击下大脚传中，飞狼队17号抢点头球攻门，球打中门楣弹在球门线内旋出，摩托车手队后卫大脚破坏，陆涯夫稍一犹豫，没有吹响口哨。三名飞狼队队员冲到"铁裁"面前大声理辩，看台上观众一片哗然，陆涯夫沉着脸挥手示意比赛继续进行。

比赛进入关键的最后5分钟，比赛还是0∶0，陆涯夫感觉心脏绞痛得难受。在他的一生中，这是他第一次把自己的良心砍出鲜血，无边的负罪感向他压来，他恨不得自己就是那个皮球，让所有的人都狠命地踢过来踹过去。他机械地奔跑着，凭感觉裁判着比赛。

还有最后的一分多钟，飞狼队又一次绝妙的配合，16 号在罚球线弧顶接球突入禁区，在对方后卫的封堵下用脚尖一挑，然后迅速绕到对方身后，球飞起……在这千钧一发之际，对方后卫本能地用手肘一拐，用一个极微小的动作把球挡了回去，接着一脚踢飞。这自然逃不过"铁裁"的眼睛，他顿了顿，然后坚决地吹响了哨音：手球犯规，点球！这一刹那，陆涯夫感觉心灵一阵轻松。

比赛结束了，飞狼队主场 1：0 击败摩托车手队保级成功，在全场 3 万多名球迷的欢呼声中，陆涯夫百感交集，他知道这已是他最后在绿茵场上的一次主裁，稍后，他将到公安局上交那张纸条，同时，向足协和体委详细汇报所发生的一切。陆涯夫抬起头，望着西沉的绚丽霞光，热泪盈眶，虽然以后他将为还清女儿的沉重债务而奔命，但他却不后悔，因为他用自己的良心和道德，裁判了他一生中最出色最惊心动魄的一场比赛。

艺术观点

"黑森林"夜总会。

陈教授独自坐在舞台一侧的小桌旁，不时翻腕看着手表，已是 21:30 了，按理，那位歌手早该出场演唱了，可现在半场已过，仍未见他的身影。

此时，场内迪斯科震耳欲聋，轰鸣的乐曲声正强烈刺激着舞池内那些神经和心脏特别坚强的人。陈教授并不古板，作为音乐学院的作曲系主任，国内颇具声望的音乐专家，他总认为各种艺术形式——当然是真正的艺术——都有其各自生存的自由和理由，并且他也挺喜欢这种源自非洲部落的音乐和舞蹈，以他这种年纪来说，迪斯科还跳得挺棒呢！但是，他现在没有任何跳舞的激情，只是心心念念地等待一位青年歌手的出场。

陈教授强捺内心的不安，摸出一支烟点上，百无聊赖地看着闪烁的灯光下显得光怪陆离的人影，思绪却忽悠悠地飘转到了正创作的《棠棣之花》上，这是一部根据郭沫若先生的同名剧本改编的，歌颂我国古代伟大的爱国诗人屈原的大型历史歌舞剧。社会各界对此非常重视，而且还被省里列为"五个一"工程参选作品。创作过程一直很顺利，可在最后的部分却卡了壳。

上星期，陈教授偶然陪几个外地客人来"黑森林"夜总会消遣，不料却被那个青年歌手的表演给迷住了，一连几天，陈教授都要独自掏钱来这里观看"演出"——确切地说，是观看那个青年歌手的演出。

想必服务员小姐也觉得奇怪了：这老头每天一个人来，又不跳，又不……想到这儿，陈教授不由得苦笑地摇了摇头。

不知什么时候，迪斯科的乐曲声已停了，幽咽的萨克斯管独奏如泣如诉，为朦胧的舞厅营造了几许浪漫迷人的温馨。借着昏黄的硫烛，陈教授再次看了看表，暗自思忖：灯亮后一定去服务员小姐那儿打听一下，如果歌手今天不来，就没必要再等下去了……

正这么想时，只听一阵急促的鼓点。灯光大明，舞台上，一个身披大红风衣扎着小辫的青年男子手持话筒青蛙般蹦上台来。一番半普半广的开场白之后，猛地把身子一挫，开始表演起来。陈教授眼睛一亮，是他！只见歌手忽而半空腾跳，忽而满地打滚，忽而低吟如饮泣，忽而高歌做嘶吼，其声情形貌之切切，令观者无不动容。陈教授灵感狂涌，推开纸笔，疾书如风，歌手几曲歌罢舞罢，教授竟不能自已，跟至后台紧握歌手双手，连连致谢。

当歌手知道自己面对的是音乐界的权威时，惊宠、得意、知遇、感激诸情并起，连话也说不出来了，直到教授准备离开时，他才稍稍平静了一下心情，哽咽着对教授说："教授，我刻苦地学习和奋斗了这么几年，只有您老是我的知音和伯乐，只有您才能欣赏我的表演艺术，希望您以后多多指教和提携。""艺术？"教授忽然大笑起来，边笑边摇头："你这也叫艺术？"他忽地收敛了笑容，严肃地说："也许我们的艺术观点不同，但我想告诉你的是，你的表演替我打开了灵感之门，使我知道如何创作一部歌剧中地狱里妖魔狂舞的情节。"顿了顿，他意味深长地说："艺术不是任人随意打扮的娼妓，希望这番话会对你有所启发。"

望着老人离去的背影，歌手红着脸愣住了。

半块玉佩

　　奶奶去世的时候，我还很小，很多事情都记不起来了，但有件事却给我留下了极其深刻的印象。奶奶临终前，从脖子上取下一根褪了色的红线拴着的半块玉佩，颤巍巍地交给了母亲，并慎重地反复叮咛母亲要永远戴着它，因为它是我家唯一的传家宝和护身符，而且还藏着我家的一个秘密。奶奶似乎还有话说，可当她看到母亲戴上那块玉佩之后，却怔怔地出了神，苍白的脸上忽然现出了一种动人的光彩，那一刻，奶奶显得很美丽。半夜时，老人家就去世了，死得很安详很从容，仿佛所有的批斗和折磨都不曾在她的生命中留下任何印记。

　　几十年过去了，母亲也成了我孩子的外祖母。那一年，我循例赴美去为留学的丈夫"伴读"。临走前，母亲很仔细地取下了那半块玉佩，亲手把这祖传的护身符戴在了我脖子上。本以为被奶奶如此看重的东西，一定所值不菲，可后来拿到珠宝店鉴定，才知是块普通的玉石。但我仍始终戴着它，因为那上面凝聚了母亲的牵挂和对远行子女的深情。偶尔我也会为奶奶所说的"秘密"而遐思飞扬，但我知道，即使有什么秘密，也早随奶奶的去世而永难解谜了。

　　转年春末的一个周末，下午，我和丈夫带着孩子在城边公园内玩。临近黄昏的时候，我们一家在中央草坪上小憩，这时游人已显稀少，三三两两的流浪汉模样的人夹着一小包家当在公园内的座椅边悠荡。丈夫忽然口渴，于是起身去买饮料，而女儿却对我的玉佩发生了兴趣，非要戴一戴不可，拗不过她，我只好同意了。看着女儿雀跃的身影，我感到了陶醉和幸福。

忽然，那小小的人儿绊了一跤，当我赶过去时，一位亚裔老人已扶起了女儿，正拿着断了线的半块玉佩发愣。我感激地道了谢，并礼貌地索要那块玉佩。老人现出一种古怪的神色，很不舍地还给了我，但要求我讲讲玉佩的来历，并说他以前是个古董迷，希望我能卖给他，他肯出好价钱。看着他那身明显的装束，我自然一口拒绝了。老人很固执地跟在我身后一再恳求，为了早点摆脱麻烦，我简单地讲述了奶奶的故事。老人看起来很感动，脸上的表情显得很古怪，我忽然隐隐觉得这半块玉佩或许和老人有着某种联系，甚至关联着奶奶的"秘密"。所以，当老人要求我留下姓名和地址时，我竟然无法对这个陌生的老人再表示拒绝。

几天后，我果然收到了一份邮件，里面是一张巨额支票和另外半块玉佩，当然还有如下一封信：

"亲爱的夫人，请原谅一个陌生老人的唐突。与您的相遇，或许是一个奇迹，使我在晚年时，能完成我毕生的一个夙愿。在这里我想讲述一个故事：

"解放前，有个苦命的孩子为了谋生，从乡下来到 S 市，人生地疏，又找不到工作，几天后又饿又乏，晕倒在一家小店铺门前。善良的店老板救了他，并收留他当伙计。小伙子勤快能干，很得老板赏识。也不知这穷小子前生敲破了几只木鱼，修来了一身好运气，老板的女儿居然也爱上了他。过程不必细述了，反正两人私订了终身。

"但老板却想把独生爱女许配给另一大商号的公子。知道两人的私情后，把小伙子赶出了店门，临走时，小伙子将家传的一只普通玉佩一剖为二，偷偷地托人交给了自己的情人，并发誓发不了财绝不回来。没想到半路上小伙子被抓了壮丁，不久随队溃败去了我国宝岛台湾，后又辗转到了美国。几十年省吃俭用，积下了一笔血泪钱。

"祖国大陆开放后曾几次回国，却不料物是人非，得不到任何消息和线索……那小伙子——当然已是老头，自知此生无望，又无颜葬身故国，于是以流浪为生来惩罚自己，前些年郁郁而终。临死前给了我这半块玉佩和钱财，希望我的福气比他大，能达成他的心愿。总算老天有眼，让我终于找到了他的后人……"

这封信让我流了好几天的泪。

信末没有落款，也没有姓名和地址，我虽然解开了奶奶的秘密，但无法知道那位老人是否就是我爷爷。为了祖辈伟大而执着的爱情，我请人把玉佩完美地镶在了一起，并在女儿生日时，慎重地传给了她，同时，也讲述了这个故事。

我知道她现在未必懂得什么，但我相信，当她长大以后，这个玉佩或许能帮她在迷乱的世情面前，找到属于自己的真正的爱情。

日　出

开始，我并没有注意到我身边的这一对情侣。

印象中，似乎在前往泰山的旅游车上，就有这么一对情侣了，坐在距我前面几排的座位。女的极其温柔地靠着男的，一路上浅笑低语；男的好像有点情绪低落，大部分时间扭头望着窗外。后来在登山的石级上，也似乎曾见过两人的身影，总在队伍的最后，偎依着不徐不疾地前行。现在回想起来，总觉得两人有点怪怪的，好像男的是个倔强的小淘气，由一个过分小心的大姐姐或小妈妈牵着出来游玩似的……

"太阳还没出来吗？"男的有点不耐烦地问道。

"快了，你看，天边都透出鱼肚白了。"女的柔声回答，话音里藏着不安。

男的安静下来，仰头默默地看着天边。

天边依然黑沉沉的，不见一丝日出的迹象，山上黑压压的人群发出嗡嗡的嘈杂声。

一个四川口音的汉子粗声道："格老子运气不好，看来今天是莫得日出喽！"另一人接腔："不见得哦，还莫到点哟。""我看是难喽，黑漆漆的，一点点太阳的毛毛都还莫见到。"人群发出了一阵善意的笑声。

"是不是今天天气不好，看不到日出了？"男的话语里透出担心。

"不，不，今天天气很好。"女的语气很肯定。

我回过头去，在熹微的晨光下，隐约看到男的长得很英俊，脸上棱角分明，紧抿的嘴唇显得很有性格。奇怪的是，大黑天的还架着一副大墨镜，想起来了。昨天一整天他好像也一直戴着墨镜。

早已过了日出的时刻，天光已经放亮，人群发出了一片惋惜声、骂天声，不少人纷纷转身离开。

男的忍不住了："是不是太阳不出来了？是不是大家都要走了？"

"没有啊！"女的轻声回答。

忽然，她指着远远的天空，惊喜地说："你看，天边已变成了绯红，初升的霞光就像是跳动的火苗，正在云层慢慢燃烧。火越来越大了，整个天边一片通红，那么绚丽，那么灿烂，太阳正在升起，你看到没有。太阳的背脊正在冒出云层，升起来了，升起来了……"

"这女人的眼睛倒厉害，我们啷格就看不到哟！"四川口音的汉子忍不住调侃起来，人群中响起一阵低低的浅笑。女人眼里满贮着泪水，无助地看了看周围的人群："涛，真的，你看日出多辉煌啊，我从没看到过这么美丽的景色……"

"这女人莫不是有点疯……"四川汉子仍愣愣地打岔，我看见女人的泪水绝望地滚滚而下。

"太神奇了！"我对着乌云密布的天空由衷地赞美，"看哪，那朝阳下奔腾的红云，多像阿波罗胯下的坐骑，矫健、刚劲，我仿佛看见大地在它脚下颤抖，仿佛看到大海也被燃烧……"女人用充满感激的目光看着我，柔声地对男的说："涛，你听到没有，你看到没有，现在阳光的手指正拂过你的黑发，她温暖的注视就落在你的额头……"

很多人已回过神来，以一种巨大的感动和敬意望着女人那圣女般美丽的脸庞。

男的一脸忧郁逐渐退去，慢慢地焕发了出兴奋的神采："我看见了，太阳就在我的眼前，我感觉到她的跳动和温暖了。啊，我听到种子正在快乐地拔节，听到鸟翅在阳光下幸福地振动，听到乌云在阳光炙烤下消融的声音，我还听到太阳挣脱地平线的巨大响声，看啊，太阳在我们的头顶，用她博大的爱照耀我们……"

男的忘情了。我相信，此刻在他的心中，正有一轮彤红的旭日，朗照着他的生命。还未散尽的人们似乎也已陶醉在日出的壮丽中，尽情地笑着、跳着，泰山顶上一片温馨。

许久之后，女的回过身来，向我、向山上的众人感激地笑了笑，那沾满泪水的笑容阳光般灿烂，我相信我已看到了真正的日出。

智　斗

　　开往市郊的中巴车，一出城就几乎坐满了乘客。

　　这是仲夏的某个午后。毒辣辣的阳光肆无忌惮地炙烤着大地上的一切，窗外一闪而过的绿色植物无不带有一种垂头丧气的模样，蝉儿有气无力地鸣叫，更给这燥闷的天气平添了几许燠热。尽管所有的车窗都已打开，可车厢内仍不见一丝凉意，汗臭、腋臭加上偶尔放的屁臭，熏得车内每一个人都有种缺氧般的昏睡感，人人都耷拉着脑袋，在汽车的停停行行中呈现一种似睡非睡的状态。

　　车过三岔坳，猛然一声惊叫打破了车厢内的宁静。众人抬眼一看，只见一个农民打扮的后生正紧紧地捂住自己的前胸口袋，一面怒视着面前的三个青年人。一见事情败露，三人立现狰狞凶相，纷纷掏出铁管、匕首，疯狂叫嚷："今天大爷们刚从山上下来，求各位过路财神撒点小钱，谁不合作，咱们刀头上见红！"青年农民首当其冲，在歹徒们的拳打脚踢中，被抢走了几百元血汗钱。

　　中巴车在歹徒的淫威下继续前行。

　　车内，两个歹徒持械环视众人，另一个歹徒挨个搜抢乘客的现金、手表和首饰。炎热的天气、恐怖的场面、死一样的寂静令人窒息，一位老人忍受不住晕了过去……

　　突然，后座的一个美貌少妇站了起来，冲到车厢中部指着歹徒大义凛然地斥责："光天化日之下拦路抢劫，难道你们不怕王法吗？"几个歹徒一愣，待看清面前只是一个弱女子时，又凶恶起来："你他妈的活腻了不是，小心老子放你的血！不过，瞧你细皮嫩肉的，倒还真舍不得，不如跟着大爷快活去吧。"当先的歹徒边说边涎着脸凑了过来。

　　正危急时，一声大吼传来："都不许动！谁动就毙了谁！"歹徒循声望去，只见后座一个小个子男人正端着黑洞洞的手枪指着他们。歹徒们一惊，当先的那个一把抓住美貌少妇，并用刀架在她脖子上，另两个歹徒一迭声威逼司机停车。三人挟着人质慢慢向车门退去。

　　这时，枪响了，少妇痛苦地捂着胸口，缓缓地滑倒在地，指缝间，一片殷红渐渐渗出，染红了衬衫，所有的人都骇住了。

　　持枪汉子沉声命令呆若木鸡的歹徒："把凶器放下，手抱住头，转过身慢慢地蹲下。"望着冒烟的枪口，歹徒收敛了凶悍服从了。在青年农民和几个胆大乘客的帮助下，三个歹徒被捆得结结实实。

　　这时，持枪汉子走过去扶起一脸苍白的少妇："雪，起来吧，没事了。"在众人惊奇的注视下，"死去"的少妇睁开了眼睛，乏力地依偎在男子的怀中。

　　众人于是莫名惊奇，再三追问。汉子道出了谜底，原来他是某电影厂的道具师，这次是携当演员的妻子归乡省亲，不料遇上这场变故，枪是假的，血自然也不是真的。

抢　座

　　正是下班高峰时刻，当久候的公共汽车一靠站，人们马上像一群饥饿的鸟儿，扑向窄小的前车门。

　　小芳灵巧地推开众人，抢先跳上车厢，刚站定，不远处座位上的一个中年妇女忽然想起什么似的跳起身，不顾众人的指责叫骂向车下挤去。小芳敏捷地一扭腰肢，闪过侧前方一个留着小胡子的青年人，抢先美美地坐下，并略带嘲弄地向他瞥视了一眼。

　　小胡子不动声色，车刚启动，他忽然叫了起来："小姐，后靠背上有虫。"小芳花容失色，尖叫着跳起身，双手忙不迭地在身上乱拍。等惊魂甫定，却发现小胡子已笑眯眯地坐在了椅子上，在众人的哄笑中，小芳才恍然自己受到捉弄。她好不气恼："你这人讲不讲文明，抢人家的座儿，害臊不害臊？"

　　"你的座儿？"小胡子撇撇嘴，"这是你家搬来的，还是你专门定做的？好大的口气！想舒服，的哥等着你呢！不过，瞧你这样，大概也玩不起那档档。"

　　"你……你不要脸！"小芳脸都气歪了，她什么时候受过这种闲气。

　　"唉，别骂人啊，文明就你这模样？要撒野，你可找对人了——你下贱！"对方也不是省油的灯，两大"高手"势均力敌，好一番唇枪舌剑，听得车内众人大摇其头。

"小姐，别吵了，请坐到这儿来吧。"这时，后面座位上的一个男青年慢慢地站起来，很有礼貌地招呼小芳。在众人的劝说下，小芳气鼓鼓地入了座，一场风波暂告平息。

车到终点，小胡子朝小芳讥讽地笑了笑，小芳毫不示弱，挑衅地回瞪一大眼，忽然她发现小胡子的脸上露出了一种奇怪的神情，她讶异地回过头去。啊，脸上立时像挨了一鞭似的火烧火燎起来——那位给她让座的男青年，正吃力地一瘸一拐走向车门。小芳不由自主地跑了过去，轻轻地搀起男青年的胳膊，车下，抢先跳到地上的小胡子也向他们伸出了手臂，三人彼此一笑。

城市的阳光分外灿烂。

第三者

前一阵子，我退休了，在街道居委会关主任发挥余热的号召下，当了一名调解员。

一天，一对青年男女吵吵嚷嚷地进了大门，彼此唇枪舌剑，争得个面红耳赤。凭经验，我知道这两人的事一时完不了，于是泡了两杯茶，劝了几句，先让他们安静了下来。

等他们在桌子那一头坐下后，我问："你们是夫妻吗？"在得到肯定回答之后，我以长者的口气语重心长地说："俗话说，'一日夫妻百日恩'嘛，你们两个现在这样你揭我短我揭你丑的，像样吗？要多想想对方的长处，有什么事慢慢说嘛，何必让人看笑话？"

看来我的话起了一点作用，两人对视一眼，微红着脸低下了头。

我暗自满意地点点头，接着说："现在请你们先说说情况，一个一个地来，不要抢，也不准吵！"

"我们想离婚，不上法庭的那种。"女的似乎性子较急，"我们俩是自由恋爱，自由结婚，刚结婚时感情不错，他对我也很体贴。可是……"她眼圈一红，"自从他有了丽丝之后，就对我逐渐冷淡起来。一天到晚心里就挂着丽丝，对她可以说是百依百顺，而对我，不理不睬还不客气，稍不如意，更是恶言相对。那次丽丝病了，他守在一边整整一天一夜，还眼泪直掉，我生病的时候，从没见他这样过……"

"那么你呢？"男的忍不住了，"自从你有了汤米之后，这个家还有我的位置吗？整日汤米长汤米短的，你就不想想我是什么感觉。那天看你在打毛线衣，以为你还有点关心我，可结果呢，却穿在汤米身上。好了，到后来居然连睡觉都和汤米在一起，难道我还不如那个外国狗杂种吗？"

"不许你侮辱汤米！"女的柳眉直竖。

"我偏骂。狗杂种！狗杂种！"男的暴跳如雷。

我一听情况严重，似乎还牵涉到涉外关系，于是敲敲桌子："都坐下，吵什么！"

两人气呼呼地坐了下来，扭着脖子一个不理一个。

事情看来有点儿棘手。我沉吟了一下，决定还是先把他俩稳住，然后再向上级汇报。于是我斟酌着语句说："不管怎样，你们都是有过较深感情的，古人说，两个人相识，要有100年的缘分；相恋，要有500年的缘分；而结婚，却要有1000年的缘分。成个家不容易啊！你们不要因为有了第三者，为了离婚，就把对方诋毁得一无是处。要多站在对方立场上考虑考虑，多想想对方的好处。另外，一定要自重，不能在还没有离婚的情况下与第三者同居，那是违犯了《婚姻法》的。"

"与第三者同居？"那小两口瞪大眼睛惊奇地反问。

"那个什么汤米、丽丝不是第三者吗？"

我也糊涂了："听起来好像是外国人呢！"

　　那夫妻俩笑得泪花纷飞，在桌子那一头搂成一团，好半天女的才喘息地说："大爷，您误会了。丽丝和汤米是外国来的，但不是'人'，是两只可爱的小猫和小狗。"

小二炒股

　　刘小二自打去年下岗后可算是霉运当头，干什么事都不顺，可着心想发财，但财神爷爷却不想要这个孙子似的，老把脸背着他。这不你瞧瞧，给商店当保安吧，也不知咋睡的，早上起来一屋子狼藉；摆个夜市摊摊吧，挑挑拣拣的人挺多，但随你怎么巧舌如簧，偏偏肯掏腰包的没几个；听说鼓捣些影碟"水货"来钱，好不容易托路子搞来一批，却正好撞上打击盗版，"肉里分"全打了水漂。

　　认命吧！小二没给财神爷爷当上孙子，却被老婆当孙子似的骂来骂去，人整日蔫蔫的，暗地里常发狠：好歹咱也是堂堂七尺儿郎，怎可以受黄脸婆的气，有朝一日咱时来运转，看怎么消遣你，秦琼尚有卖马之日，韩信也有胯下之辱，何况咱……说来心里还是揣着一团发财的火。

　　一日旧友串门，谈及股市火爆，一派神采飞扬，仿佛那地方就像银行大门破了似的，你只要进去，就只管往家里搬钱。小二还不咋信，隔天随朋友往交易厅这么一走，那黑压压的人群，那泛着兴奋的油脸，再耳听这个说买了"黔轮胎"4天涨了6元赚了6000元，那个说这算什么我的"长虹"30元进现在已到了48元看高它70元怎么也得有两三万再脱手。

　　听得小二手心淌汗脚底发软直感慨我的妈呀这不比抢银行还来事，我怎么就早没发现这个大金矿呢？

　　筹钱的过程自然极其艰难，其中的血泪自不待言。反正小二就这样一头扎进了股市，坐了一趟"巴士（股份）"3 天就赚了 1000 多元；回头进了趟"大连商场"，几天又捞了千把元；加入"亚泰集团"小坐数天，账上又美美地多了 2000 元。弯了许久的腰终于挺得笔直，小二的那个神气啊，就赛如秦琼进了瓦岗寨，韩信登上了拜将台，家里的"老太君"早变成了"童养媳"。

　　小二这个忙呀，整天报纸广播地看啊听啊，一到晚上就盼着天亮，常感慨说这股市咋不白天黑夜地连轴转。每天回家就市盈率、日 K 线、上升通道地跟老婆嘀咕，并许诺这一段先搞他个 10 多万咱再买房买车，谁耐烦这破单位你妒我嫉放着这么优秀的人才还让下岗，世界杯外围赛我带你去国外当啦啦队员为国争光，咱富了怎么也得给国家做点贡献，你说是不亲爱的太太。

　　不料世事多变，国家证监委整顿市场，规范资金，股市大扩容，接连几个利空打击，"疯牛"突然变成"笨熊"，股指一落千丈。小二眼睁睁地看着股价"扎猛子"似的往下掉，眼珠子都绿了。

　　俗话说，"屋漏偏遇连阴雨，船破又逢顶头风"，听说股市大跌，当初借钱时就没好脸色的七姑八姨纷纷上门催讨，把个小二急得直说，这不是落井下石把人往死里整吗？你们咋就不讲一些交情，套牢了正常得很，还会反弹这钱我又不是诈骗你们，何况还有比银行还高的利息嘛。但人家也说了，小二你别说这话，我们亲戚朋友的哪会往火里推你，实在没法我们也急等用钱。小孩入托，大人出差，岳母过生日，谁没个急难？这点辛苦钱我们也是牙缝里抠出来的，总不能丢在大海里等水干！利息也不要了，就把本钱还来，求你了行不？

小二吼起来：别嚷嚷，还还还就是了，这世道什么玩意儿，早知道世上没什么救世主，奴隶翻身全靠我们自己！

小二就这样"炒"离了股市。

闲来看看股票还在往下跌，心里还庆幸自己蚀本不多。面对老婆卷土重来的斥骂嘲讽，小二蔫蔫的，心里想：咱也是堂堂七尺儿郎，秦琼还有卖马的时候，韩信也曾受胯下之辱，咱早晚还得回到财神爷爷的怀抱。

到时候，哼……

赤脚走东瀛

　　25 岁一次不经意的失恋，坍塌了女人情感世界所有美丽，女人以一种令人心碎的古典方式抒写着自己的悲痛，在流尽所有脆弱的水分之后，女人走到阳光下晾晒自己的憔悴。此时，在她的爱情世界里，娇美的维纳斯早被女人的玉手揉得面目全非。

　　女人闪电般嫁给了一个日本老头，面对亲友的阻难，女人满脸的坚决。

　　女人选择坐船离开国门。告别时没有表情，然而当催行的汽笛鸣响第一声时，早早登上船舷的女人却疯了似的奔回码头，在众人的诧异中，飞快地脱下脚上的鞋，端正地将鞋尖对准回家的路……

　　无人能理解女人的这一举动。

　　女人自己也不能。

　　女人就这样赤脚走向异乡。

　　娶她的日本男人是个小职员，大了她差不多 30 岁，模样和气质都属于马尾提豆腐的那种。女人心目中当然没有爱情，她以一种幼稚来诠释成熟，她以为她选择的是一种"纯生活"，所以才会抱着殉道般的心情准备接受异乡的一切。

包括磨难。

"家"在东京西郊，一套标准的日式公寓。屋内陈设简单而且整洁，没有多余的花哨摆设，但女人一进屋就有种寒心的感觉，特别是当她走进那间作为卧室的大房间时，床头上抢入眼帘的那把悬挂的军刀让她触目惊心。还未等她打量其他物件，女人就被猛然的一击重重打在床上，她回过头来，一路上斯文温柔的丈夫正睁着血红的双眼，狞笑着野兽般张牙舞爪地向她扑来。

女人接受的是灾难。

丈夫没有性欲。不，应该说是没有传统意义上的性欲。女人尖叫着、哭喊着、躲避者、挣扎着，丈夫耐心地、兴致勃勃地追逐着，将女人慢慢地撕扯得一丝不挂，尖利的指甲将女人雪白的胴体划割得血迹斑斑。日本丈夫玩的不是猫捉老鼠的游戏，而是原始森林猎杀弱小生物的"战争"。当女人累了、倦了、晕了，丈夫将女人捆扎得严严实实，堵上嘴，以一种极大的兴趣，赤着身，用皮带亢奋地抽打着女人，直到兴尽……

女人醒来时，身上的伤口已被很好地包扎，丈夫在一旁依然如初见时那么斯文、温柔和体贴，当见到女人恐惧、厌恶的眼神时，丈夫痛哭流涕，跪在身边如捣米般鞠躬不止。

女人哭都哭不出来。

女人花一般地凋零。

但女人仍咬着牙坚持，除了那一星期一两次畸形的"亲热"，其他时候，丈夫都公主般侍奉着她，甚至连家务——大多数日本男人绝不沾手的活儿，男人也抢在头里。当然这不是女人留下的主要原因，更重要的当然是丈夫常常将大笔的日元寄回国内。每次收到家中的来信，看到其中对日本"老"女婿的溢美赞扬之词，女人的心总在滴血。

女人就这样在日本待了三年，摆脱这种日子是源于一次车祸。或许是前一天通宵的"运动"过于激烈，丈夫清早出门后就再也没有回来。女人既没有快乐也没有悲伤，她甚至不知道对这个男人是憎、是怜还是厌，那是一种麻木的感觉。

丈夫把一切都早归入了她的名下，包括那笔巨额人身意外保险。当所有的财产手续都办完之后，女人独坐空荡荡的居室，忽然悲从中来，撼天动地地大哭了一场。

她可怜那个男人。

她更可怜自己。

女人把军刀和那个男人葬在了一起。

在一个秋日的下午，变卖了一切的女人登上了回国的客轮。面对朝阳，女人迫切地思念那双留在故乡码头上的鞋，她热烈地想象着自己正穿着它，端正地走向回家的路。

风雪异乡

正好是下第一场雪的时候，我来到了日本的札幌。

在出国前备下的可怜的积蓄即将用完的时候，我终于在一家小料理店找到了一份工作。由于我是店里唯一的中国人，所以常遭其他两个店员的白眼和作弄。妈妈桑是个精明的日本中年妇女，很严厉，每当我动作不够利索，或应答稍迟，妈妈桑就会圆睁杏眼，用又快又急的札幌话朝我吼上一通。加上我日语不好，来客中也时常有人拿我取笑。想到高昂的学费，一切的一切，我都咬牙忍受下来了。

两个多月以后，是札幌特有的"雪祭"节。那天来客特别多，在我即将下班的时候，我送最后一道菜去远离吧台的12号桌。经过3号桌时，一个客人猛地站了起来，我避让不及，托盘里的酒瓶翻摔下来，跌得粉碎。我连忙道歉，并掏出手帕俯身去擦溅在对方裤管和皮鞋上的酒。

这时，对方的右脚飞了起来，把我踢翻在地。我顾不上胸口的疼痛，连忙爬起来，继续一迭声地道歉，并表示愿意赔偿他的损失。

那人皮笑肉不笑地说："你赔得起吗？"然后坐回椅子上，用脚钩起我的下巴，傲慢地说："只要你舔干净我鞋上的脏东西，我就饶了你。"

饭厅里其他日本人都围了过来，拍桌跺脚地起哄。我瞥见妈妈桑抱臂冷眼地瞧着这一切，心里那股无名火腾起又压下：一边是人格和尊严，一边是高昂的学费和欠下国内亲友的血汗钱，还有并不容易找得到的工作……

正犹豫间，一连串的辱骂又钻进了我的耳孔："你们支那人都是猪，对吧。"啪，一记耳光打在我左颊上，"怎么样，支那猪，有决心了吧？"

我听懂了。血轰地冲上脑门。我敏捷地跳起身，抡圆了右臂，狠狠地击在那张傲慢而愚蠢的脸上。随着桌椅杯盘的碎裂声，大厅里忽然静了下来，望着怒狮一样的我，围观的日本人悄悄地退回到各自的餐桌前。

我挑衅地瞪大眼，望着正在艰难地爬起来的对手，用日语一字一句清清楚楚地说："你可以侮辱我本人，但决不允许你侮辱我的民族！"那家伙涨红了脸，捂着流血的嘴巴狼狈地逃出了店门。

我回到厨房，那两个日本招待满眼敬意地让在了一旁。

正洗脸的时候，妈妈桑走到我身边："杰君，今天打碎的东西就在你工资里扣。明天我想跟你再续签一年的合同，工资加你一倍，好好干！"我用劲地点点头。妈妈桑微笑一下："杰君，你那一下真棒！"

她走到门口，又转身对我说："忘了告诉你，你揍的那家伙也是中国人，因为娶了个日本太太，所以刚加入日本国籍。我讨厌忘本的家伙。"

一股恶心泛上我的胸口，忍不住对着水池大呕起来，呕得昏天黑地。

缓过劲后，我毫不犹豫地收拾好自己的东西，来到妈妈桑面前，严肃地说："对不起，我想辞职，我要回国了。"然后，丢下愕然不已的妈妈桑，走出店外。

风雪扑面而来，望着祖国的方向，我禁不住热泪盈眶。

80 年代的纯美爱情

看央视 6 套播映的老片《爱情故事》，随着那熟悉的旋律响起，20 多年前的日子忽然就生动了起来。

20 世纪 80 年代初的大学生活，至今想来都是一种幸福。那时的物质生活并不富裕，然而人们的精神是饱满而充实的，我们会为了《人生》而热烈讨论人生的价值，为了舒婷、北岛的诗歌而不眠不休，会为了一场精彩的演讲而奔赴边疆，会为了在电教馆看一场"内部电影"而挤破大门，会因为讨论生命的意义而争得面红耳赤，会为了 20 年后四个现代化实现了中国会是什么景象而闹得不欢而散，更会为了天气、生日、老乡来访等借口而在校园草地上弹着吉他狂歌一夜。

当然，也有爱情……

可以说，《简·爱》《爱情故事》是那个时代大学生的最爱，纯真凄美的故事耳熟能详，很多人甚至电影对白都能大段大段地背诵。

那时的爱情，是伴随着朦胧的诗意而发生的，先是互生好感，然后才是慢慢流露，之后才是牵手，最后是偷拥相吻，这之前的过程都是"地下活动"，等到公开化了，说明这些步骤都已经走过了。对女生而言，校园中的第一次亲吻是一个隆重的仪式。

记得大二时我的寝室对门是高我两级的同学，我们一进校就看到有个女生每天一早提了两瓶开水来敲门，然后服侍那个男同学起床、刷牙、一起去吃早饭、上课，据说大一时女同学就看中了那男同学，四年间两人形影不离。临毕业前有天半夜女同学回寝室，掩上门后半天没动静，室友开灯一看，诧异地发现女生靠着门傻笑，那时是八人一间房，在其他七姐妹的追问下，女生才捂着脸轻声说：他，今天吻我了……

这事第二天就传遍了全系。

那时的校园爱情大凡都走到亲亲嘴搂搂抱抱这一步，跨越雷池偷吃禁果不是没有，但一般都属高度机密，一旦败露，那是很严重的问题，后果不堪设想。

如果说 80 年代的爱情是生命果树上的一颗甜美果实，那么，今天的爱情，或许就是一杯鲜榨的鸡尾果汁，纯度和口感都差了一点。在繁杂的尘嚣面前，"速食爱情""物质爱情""试验爱情"让很多人在婚姻面前裹足不前，谁都不敢冒"爱对了，娶（嫁）错了"的风险，不是缺少激情和向往，而是情感背后那无法承受的他欲之重。

Love story 的故事简单得如同素描，但那优美的旋律早已成为一代人的爱情的记忆符号。

小米幺

　　小米幺是个十二三岁的彝族小姑娘，圆圆的脸蛋，黑里透红的皮肤，一双大大的眼睛总露着羞怯的神色。

　　到过贵阳的人，大概很少有人不知道郊外 40 公里处那个优美迷人的旅游胜地——红枫湖风景区。这里群山环抱，四季葱绿，一泓清澈澄碧的湖水荡漾其中，宛如一颗璀璨的明珠，镶嵌在云贵高原之上。环湖岸而居的有汉、苗、侗、彝等民族，那秀丽的风光、别致的民居、鲜艳的民族服饰，以及不时随风飘来的山歌，为这美丽的高原湖披上一层梦幻而浪漫的情调。

　　我就是在三年前的一个夏天于游湖时认识小米幺的。

　　那天下午近晚时分，我们因等待参加晚上苗寨举行的篝火晚会，于是趁时间尚宽裕，来到寨口湖边漫游，尽情享受着这田园般的悠闲和轻松。此时，湖边的两只小木船吸引了我们的目光，那尖长的船体，窄窄的船身，犹如印第安人的独木舟，在薄薄的暮霭中，透着一种原始的、古朴的野趣。当我们走近时，惊讶地发现船家是两个小女孩，大的十五六岁，眉目间显出与她年龄极不相称的老练与成熟，小的才十一二岁，羞怯惊怕地躲在她的身后。经过同行的王小姐、徐小姐一番讨价还价，谈妥到对面湖岸来回，每船 3 元船资，然后我们四人分乘这两只"独木舟"开始了我们的旅行。微风习习拂过湖面，层层细浪轻柔地拍击着船舷，对我们这些城市的蜗居者来说，再没有比融入大自然更为惬意的事了。我们放肆地吼着、唱着、笑着，发泄着都市文明留在我们身上的浊气。

小姑娘似乎被我们的举动逗乐了，轻声地笑了起来。我们的目标马上集中到她的身上，不住地向她问这问那，小姑娘红着脸，低头轻声地回答，那难受劲儿，仿佛被审的犯人似的。但我们总算了解了一个大概，知道她叫米幺，今年刚满 12 岁，家中兄弟姐妹 6 人，她排行最小，因家中负担太重，所以刚辍学出来做事，跟着表姐米真每天捕些小鱼小虾去风景区卖，偶尔为游客偷偷地摇船，赚些外快。米真就是另一条船上的大姑娘，此时正与王小姐、徐小姐聊得起劲，活显出山里妹子的大方与泼辣。

约莫 20 分钟后，船靠了岸，米真过来告诉我们，这儿是彝寨，她们姐妹俩就是这寨上的人，并邀请我们去寨中坐坐。我们自然一口就答应了。顺着坎坷的山路，我们这一行人穿过寨民好奇的目光，踏着暮色在满寨的狗吠声中走进了寨子。

经过一处正在修建的砖房工地时，米真告诉我们这是米幺大哥的，是全寨第一座砖瓦房，两姐妹的神色充满了骄傲，令我们也不得不对米幺大哥肃然起敬。

与侗寨、苗寨相同，彝寨内的房屋基本上是竹泥混筑，屋顶用干草捆扎结实后一层层地铺上去，绝不会渗水；有些屋顶因年长日久，还可见厚厚的青苔，甚至长有一丛丛青草；家家门口挂着一串串又红又大的辣椒，透露着浓郁的民族风情和地方色彩。

米幺家坐落在半山坡，门前是一块小小的水泥地坪，供晴天晒草打谷之用，右边是个草棚猪圈，养着三头大肥猪，左边和前面是一溜丈高的大树，透过枝叶隐约可见湖面，我们置身其中，几有处于世外桃源之感。

米幺的父母非常好客，不住地拿些土产招待我们，因尚未通电，我们就围着昏黄跳跃的烛火，喝着怪味却爽口的土茶，一面逗弄着几只刚出世正到处乱拱的小狗崽，一面与主人拉开了家常。慢慢地我们了解到：这个寨中共有百来户人家，全是彝胞，主要是务农。因土地贫瘠，山高石多，再加上交通不便，所以生活比较贫困。米幺的大哥在风景区领了执照划船当导游，靠自己的劳动富了起来，现在国家政策好，电线马上要接到寨子里，通过寨后的高等级公路也已开始修筑，彝胞的生活正发生着以前想都不敢想的变化。现在几个小孩都渐渐长大，老两口打算经济条件再宽松些后，让米幺重回学堂念书。

米幺始终在一旁低头默默地听我们说话，听到让她复学，头蓦地抬了起来，那眼神中流露出的期盼和向往，令我为之心酸和震颤。也许，在城市孩子的心目中，读书是一件很平常甚至是麻烦的事情，但在这贫穷的小女孩心中，读书该是一种何等可望而不可即的幸福和奢侈的梦想啊！

回程路上，小米幺把船划得又轻又决。在我们的再三要求下，她轻轻地哼起了一首彝歌，那优美的旋律，和着被搅碎的万点银光，令我们深深地陶醉了。不知不觉中，船将靠岸，后面的米真忽然吹了声口哨，米幺一愣，更用力地划了几下，米真又清啸了一声，她才极不情愿地放下桨，为难地瞅了我们一眼。米真将船靠拢过来，软软硬硬地说些话，意思要我们每条船加付到5

元船资。本来我们四人已悄悄商量过给这姐妹俩每人10元，可这样一来，不免有种被敲诈的感觉。米幺想说些什么，却被米真瞪眼吓了回去。船靠岸后，王小姐把5元钱给了米真，却把15元钱塞到了米幺手中。小米幺死活不要，结结巴巴地说她只要3元，还说是上船前就说好的，要守信用，我们哪依她，哄骗她下次来时再坐她的船，这是先交的船费，她才半信半疑地收了下来。米真在一旁却是看得呆了……

那以后，我总忘不了米真和米幺这一对彝族小姐妹，忘不了米幺天真含羞的质朴神情。常设想米真是否会悟出些什么，米幺会否因生活所迫也变得世故和圆滑，幻想中，仿佛见到米幺已回到心爱的课桌旁，用功地学习着……

三年后的今天，我有机会在红枫湖参加一个座谈会，遂抽空来到湖边，打听之下，不料却得知米幺已于两年前去世了：开始是感冒，后来发烧，半夜赶山路送到医院，却……

我心里一阵痛楚，不相信一场小小的感冒会夺去一个如此年轻而美丽的生命，但这却是事实，因为山区的落后，因为彝寨人民缺乏常识……

听说今天是彝寨民族村开张之日，我忽然兴起了再游的念头，两个身着节日盛装的彝族青年自告奋勇地请我坐上了他们的船，并声明今天我是他们的客人，免费服务。

放眼湖上，载着各族村民的小船络绎不绝。远远就能听到彝寨那儿传来的鼓乐声，湖上、岸上欢声笑语，一派节日气氛。划船的小伙告诉我，今日彝寨已非昔日景象，寨上已通了电，寨后的贵黄高等级公路也于去年开通，由于和外界联系方便、彝胞的生活已好了很多，好多家盖起了新瓦房。寨上电视机也已有了好几台。

上岸后，置身于欢乐的人群中，我的心里也是热腾腾的。经过米幺大哥家时，看到三间新瓦房里，一群年轻人正在里面一边歌唱，一边忙着庆礼的准备，其中一个姑娘仿佛是米真的模样。

我悄悄来到米幺家门口，屋内屋外焕然一新，老两口端着家酿的土酒不住地敬着来宾；寨中心打谷场上，由几十张饭桌拼凑的特大餐桌上，正流水般地往上摆着各家做的拿手菜；一群群身着各族服装的小女孩在空地上踏着鼓点翩然起舞，张张笑脸宛如朵朵迎春花。

我忽然轻松起来，仿佛看到一个个小米幺正仰着幸福的笑脸走向新生活……

读 雨

今日上海有雨。

我总感觉雨是最达情的一种，无论是缠绵的细雨抑或猛烈的骤雨，无不带有一种灵性的律动。这时，如果你置身雨中或面对雨，你都会生出丝丝情愫。

雨是大自然对生命最慷慨的赐予。

在天地之间，那一片迷蒙的晨雾或者暮霭之中，可能你正劳作于阡陌纵横的田野垄头，可能你正徜徉于秀山峻岭的如画景中；也可能你正伫立在城市高楼某一个灯火阑珊的窗口，或者正踯躅于望乡的漫漫旅途，那么读着雨的故事，想象着人生演绎的各种情节，此时你会不会油然而生感动？

雨总是在适当的时候，以一份惊喜恰如其分地对世界表达一份关注。她不像做作的远云——虽然她有云的纤弱；她不像势利的寒风——尽管她有风的妩媚；她更不像鲁莽的奔雷——即使她有雷一样的傲骨。雨总是那样善解人意，在悲伤时为你垂泪，在孤独时向你絮语，在欢乐时为你高歌，在愤怒时代你嘶吼。

所以，有许多关于雨的传奇和故事。

所以，有许多关于雨的优美而精致的诗行。

"好雨知时节，当春乃发生。随风潜入夜，润物细无声。"这是春天的雨，饱含了诗人对春雨的感念之情，深切地表达了人们对雨最本真的认识和最真诚的赞美。

"坐看黑云衔猛雨，喷洒前山此独晴。忽惊云雨在头上，却是山前晚照明。"瞻之在前，忽焉在后，活现了夏雨的奇趣，生动诙谐。

"江边一雨洗秋容，北郭东郊野意浓。"一幅秋雨时节天高野茫的美丽景色跃然纸上。

"随风且间叶，带雨不成花。"极写冬雨的寥落，令人伤感和忧郁。

还有，"眼随片片沿流去，恨满枝枝带雨淋"是伤情之雨；"残虹挂陕北，急雨过关西"是哀景之雨；"床头屋漏无干处，雨脚如麻未断绝"是愁苦之雨；"山河破碎风飘絮，身世浮沉雨打萍"是悲时之雨；"兰溪三日桃花雨，半夜鲤鱼来上滩"是欣喜之雨；"细雨湿衣看不见，闲花落地听无声"是惜别之雨。这一首首精美凝练的雨歌，是一个个动人的故事。此时的雨，已不仅是自然之雨，也是心灵之雨。

小时候曾读过高尔基的《海燕》，那场暴风骤雨至今还在我耳际留下呼啸的回响，在我消沉退缩的时候，心间总响起这句话："让暴风雨来得更猛烈些吧！"

读雨如读生命。朋友，在雨的每一次倾泻中，只要愿意，我们都能以各自的经历和心情，读出一段段情节，读出一段段美丽。

老　屋

最后一次见到老屋，是读大四的时候。

老屋坐落在黄浦江边一个叫南码头的地方，是浦东城郊接合部，四周绿树环抱，幽竹深深，一条常清的小河，从屋后经年不息地流过。老屋是我童年、少年的梦巢。

那一天，在夕阳的照耀下，看着老屋在推土机的巨铲下悲壮地倒塌，我深切地意识到一段历史的结束，禁不住泪流满面……

老屋是在爷爷的手上建立起来的。

爷爷是山东人，爷爷的爷爷据说是清朝时山东的一个什么大官，后来家道中落，到爷爷年轻时，只能靠自己的双手来谋生了。由于不会种田做工，爷爷只能靠一身的武力，替人贩牛。后来听说上海是个满地捞金的花花世界，就独自一人来到了大上海，靠乡友的举荐，在南市警察局当了一名警察。由于爷爷会武功，人又兼具山东汉子的豪侠和大方，所以深得上司的器重和同僚的爱戴，不久即被提升为警长，手下徒弟如云，煞是威风。听老人讲《上海滩》中周润发所饰的那个流氓原型，就是南市的一个地痞流氓，也曾拜在我爷爷门下，叫白癞痢。后来在城隍庙的一座酒楼上被人用石灰暗算，在乱刀乱棍下丧生。后来，爷爷与浦东一个大地主的女儿——即我奶奶——成了亲，婚后在南市区国货路（靠近现南市工人文化馆附近的地方）买了一套住房。为便于收租，所以爷爷就在浦东盖了凹形的老屋，有大小房间 20 多间，在当时，算得上是浦东地区的华屋了。

日军侵华之后，上海成了孤岛，爷爷调任上海闵行的警察局长，虽是傀儡政府的工具，可爷爷始终秉着一颗中国人的良心办事。当时日本军警曾秘密搜捕一位中共上海市委地下组织的干部，叫蒋阿龙，是陈丕显的老部下，老赤卫队员。爷爷得到消息后，冒险前往通知，使蒋阿龙得以烧毁文件后及时逃脱，由此，蒋阿龙与我爷爷建立了几十年的友谊，并在以后的风浪中多次保护了我爷爷。

那以后，爷爷就辞职了。为维持家族的开销，迫于生计，爷爷用多年的积蓄购置了一辆大卡车，并采办了许多货物，让自己手下的一个亲信副官押车跑运输，不料车走后就此鸿飞渺渺，其下落至今仍是一个谜。这次事件之后，爷爷又东挪西凑了一笔款子，买了一条水泥船，也是时运不济，船出吴淞口就遇上风浪沉了。经过这两次打击，爷爷的精神一下子垮了。再加上大女儿婚后远嫁香港，时局不稳，爷爷开始酗酒，并从"徒弟"们孝敬的鸦片中获得精神和感官的刺激，不多久，就把所有的家产和奶奶的首饰吸光了。要不是解放，可能连老屋最后的几间厢房和几亩土地，都将贴进去。土改时，我家被划成了上中农……

解放后，在政府的帮助下，爷爷被强制戒掉了鸦片，和奶奶一起扛起了锄头。几年后，奶奶因过度劳累，偏瘫了，父亲这时又考上了大学，一家生活非常艰难。1957 年假期，我父亲到香港探亲，姑妈哭求着让他留下，我父亲惦挂着中风的奶奶，还是回到了上海，不料却被污蔑"有特嫌"并被打成了右派。1959年父亲毕业被分配到了贵州，在遵义棉纺厂，我父亲遇上了我母亲，并以一生的忠诚爱着她。1964年初春，我在遵义出生，不久即被送往上海，在老屋，度过了我多梦的少年和青年时代。

心　枷

　　很多时候，我们自觉和不自觉就给自己的心加上了一把锁，我们不是缺少爱心和善良，在浮躁的时代、纷繁的世情面前，缺少的往往是一种合适的表达和勇气。

　　那一天，约好去浦东看望一位老师。下班后，在万体馆车站我好不容易才挤上一辆43路双层大巴，挤车的过程自不待言，这个城市的居民早对这种惨烈习以为常。车行至徐家汇，趁上下人流交会之余，我如一条滑溜的鲟鱼趁隙游往上层。平时素以自行车代步的我其实挺诧异上、下车厢的泾渭对比，及至车过两站，待低矮的车顶使我佝偻的腰背渐至肿痛而不可耐时，方明白个中的原委。正苦恼之际，觉得身子被轻微地碰触了一下，艰难地扭头回望，身边一年龄与我相当的苗条女子往座里挪了挪，空出半个座位，拿手拍了拍，轻轻地说："怪累的，挤挤吧。"毫无心理准备的我赶忙谦让："哦，不好意思，谢谢！"车内挺静，其实我这一声亦未必响亮，却惹得前后左右目光一起聚焦，低语浅笑声渐起。刹那间，少妇脸上一片潮红，她慢慢扭过头视向窗外。

　　心中的不安慢慢地生起来，我不知道我和她究竟是谁做错了什么。在一个非常普通的的下午，一个女子在拥挤的车中挪出半个位子给一个陌生的男子，其间的纯洁和信任足以让人感动，就像一场猝不及防的雨中，窘迫的你恰巧接受异性在你头顶撑起的一把伞，如果你心存坦荡，你的微笑实际就送出了你厚厚的回报。然而在此时，面对他人暧昧的投目和分明不怀好意的浅笑低语，我强烈地感到美好正被侮辱和猥亵。

那空着的半个座位依然诱惑着我，默默地向我发着挑战。在心里，我早已勇敢地坐了下去，并以一种坦然，接受和感谢这份好意，回敬那些恶俗的窥探。但我最终还是未能有勇气坐下去。车到下一站，少妇急急地离身而去，当我坐在那个已成完整的座位上时，透过车窗下望，少妇已在车站上站定，依然红着的脸，扭向下一班车来的方向，强烈的歉意这时候涌上心头……

车又启动了。

当我收回目光，却发现身边不知何时已站着一位高个子少女，如我先前般，弯着脖、佝偻着腰。心再次乱了起来，我极想起身让她坐下，又怕这舶来的"绅士"风度会无端地招来白眼，我也极想如刚才少妇般腾出半个座位，又深恐换来的或许会是一记响脆的耳光，如果她是个老妪，或是个孕妇，或是……

神　韵

　　音乐以一种舒缓自如的节奏，播洒着瞬息万变的情愫。窗外，雨也淅沥而下，无数的思维射线随纷繁的音符飘洒开来，于是心因此而莫名地激动。

　　庄严的静穆中，自然的轰鸣从遥远而辽阔的地平线上响起，钢琴就这样以一种震撼人心的雄壮，奔腾了我们的血液，在低音奏出的暴风雨呼号中，我们认识了人，认识了历史，认识了自然，那白色键盘叩出的回响，使我们有勇气面对厄运，面对不幸。

　　小提琴如泣如诉。似秋月下的缕缕私语，在清朗的空间游动着少男少女的情思，夜凝固着月色，长久不变，在和谐而动人的月光舞曲的旋律中，我们的眼光穿透星空，以不知疲倦的执着，寻求爱情，寻求真诚，寻求心灵的宁静。很久了，那些歌总是在回旋，轻柔地优雅地张扬着我们的心。

　　听，长笛吹响了，飘逸而过的山风，起伏着禾苗的青翠，如长天直落的波浪；单簧管和低音提琴先后奏出悠长而深沉的旋律，仿佛下中班的青工唇边流逝的哨音；圆号奏出的空五度音造成了空旷、宁静的氛围，那些求知者的窗口，总在末班车驰过之后很久还闪烁着，如夏夜星河……

　　随着定音鼓的颤动，生活的乐章画出了一个安谧的休止符……

秋　实

（一）

是并不遥远的萌芽季节，我们踩着淅淅沥沥的雨声，相逢在白昼尽头的任性时刻。有许多的花香以一种令人感动的真诚，悠扬地挥洒成绿色舞曲的旋律，无数复苏的种子，都噼噼啪啪地爆响着，使土地壮美地龟裂，使生命因此而辉煌。

静穆的地平线上，只有你我全身心地倾听自然的轰鸣。风总是很舒缓很自如地吹送，仿佛你固执而多情的心。

你还是背起你的行囊走了，走向高原贫瘠的新绿。

告别时候如低垂的雨云，我送你一朵带露的勿忘草！

（二）

而雨季终于成为过去。

充满离愁别绪的黄昏，仿佛浓浓的夕阳也被冶炼。在你温暖而漫长的注视中，我体会到了生命的庄严和爱情的伟大，也意识到日新月异的现代社会里，重要和不重要的是我们的思想、我们的灵魂和精神。

那些从春天一直开放过来的繁花，悲壮地衰落了，傲然指向天空的枝头，在伟大的母性战栗中分娩了充满生命骚动的果实，它们争先恐后地喧嚷着，使这平淡的世界蓦然产生了许多关于丰收的神话。

天地间一片动人的金黄。

你沐浴着阳光向我走来，有片树叶意外地落在胸前，一如你艰难跋涉的投影，灿烂开放的笑靥，举着你斑驳的古铜肤色，使我恍然明白男子汉誓言的沉重，越过你爬满疤痕的宽肩，我看见一串血红的脚印，从你身后蜿蜒而上，像这满山红遍的枫叶，骄傲地燃烧。

（三）

于是故事得以延续。

因了你宽广的胸，我不再怀疑爱的芬芳和生的欣喜，当你的坦荡熔铸于我纯真瞳睛，我看到无数的快乐精灵在人世间游动，你坚强而执着的信念，使我终于懂得付出也是一种收获，也使所有患得患失的心境回归安然的恬静。

相信人间常有真情在，这该是一种何等的幸福啊！

（四）

终于穿过雨季的诱惑迎向秋天。

花开和花落不过是一个季节走向另一个季节的前奏，而结实的瞬间却是生命永恒的主旋律。

那些新生的果实优雅地沉默着，使所有华而不实的喧嚣羞惭地消失，只有突如其来的金黄在五色土上静静地展示，既不张扬，也不飘逸，那是沉甸甸的感觉。

风从远方吹来，使易于感动的心再次动情。

在云层很高的天空下面，你把所有的雄心绷成紧抿的嘴角弧线，又把一束自信的微笑投向高原，最后在十月的阳光下展开……

还记得那朵勿忘草吗？那是我的名字和真诚的心。

秋天是生命逻辑演绎的辉煌启示，这果实如纪念碑招展的成熟节令，不单是一个赏心悦目的风景点缀，更是急风骤雨的岁月留下的艰难成长的造型。

珍惜自己

工作后不久的一个周末，我应邀参加一个好友的婚礼。那一晚，也如今夜，微雨……

酒自然是喝多了点，当我深夜独自踉跄独行在归家的途中时，忽而想起多年的工作不顺心，想起种种人生不顺意事，不由得悲从中来，在倾腹大吐一场之后，倚着树干泪如雨下。

此时，一只温暖的手扶起我绵软的身子。默默地将我搀回了住处，临走时，他轻轻地说了句："年轻人，要珍惜你自己。"

多少日子过去了，有许多的事情早已淡忘得依稀了，但唯有那一句轻柔的话语，却至今萦绕于耳，在我生命的每一个冬天，给我带来坚强的自信和动人的暖意：珍惜你自己。

假如情绪消沉时，我不再独居于小屋，远离人群，任无尽的愁绪消磨本已不多的意志，我会努力把自己逐出户外，走向晴朗的天空，在宽阔的大自然怀抱觅求轻松的呼应，在朋友、同事、亲人中寻找解脱的良方。

珍惜自己，就是要时时使自己的生活永远保有一份清新和惊喜。

当我无意中落入一个尴尬的处境，比如有人讥笑我的短处，或怀疑我男子汉的尊严，或有心无意地与我打赌能否一口气吃下

10个馒头等，我不再像以前那么血气方刚，意气用事。即使我真能一口气吞下10个馒头，我也绝不会为了一时的面子关系而逞强，但在以后适当的场合，我会以实际行动教他明白：真正的男子汉，绝对不能与一口气吃得下10个馒头的莽夫相等同。

珍惜自己，就是充分的自信，良好的言行，得体的举止以及适度的处世能力。

对朋友，我更加宽容和热情。

我不再斤斤计较诸如住房、职称等微小得失，那是我身外的东西；对别人加于我头上的善意误解，我一笑置之；对别人无意的侵犯，只要不是恶意的，我绝不会耿耿于怀、伺机报复。我努力以自己的谦虚和坦诚，去换取他人的真挚与信任，因为我知道：尊重别人，也是珍惜自己！

珍惜自己，就是珍惜自己的身体、尊严、事业、情感和生命，也就是珍惜别人劳动的果实、他人的人格及亲朋挚友深厚的情谊！

但是，珍惜自己，并不是逃危避难的借口，而是人生生存原则的一个双层断面：救危难于一发，遇贫困于囊助，临困境于微笑，见不平于举义，都是珍惜自己的表现。认定了目标，并坚定不移地走下去，哪怕万山遮路、瀚海横阻，也目不稍瞬地跨过去，同样也是珍惜自己的一种表现。

珍惜自己的核心，是赋生活赋生命予爱心！

今天，当我含笑面对生活，面对我手中的工作，面对友伴的柔情，面对街上无数亲切的陌生面孔，心中总会荡漾起一份温馨，总会想起那个微雨的长夜，有个人轻轻地对我说：珍惜你自己！

长江三章

七月的山城

重庆，朝天门码头。

一声汽笛的鸣响，久久地回荡在七月的山城，城市和挥手作别的人们，在初升的霞光中，披一身清冷的朝露，缓缓地远去。

别了，两江交汇的明珠。

此时，你静静地俯卧着，披一身古老的苍翠。你在想些什么呢？从嘉陵江边迎来载满山歌的木排，又从长江头送去群山的问候。

朝霞越来越红了，金蛇狂舞，给美丽的山城抹上一层晕红，你想起了什么，这般害羞？

一轮红日跃动在彩霞间，渐渐地消融在喧闹的市声里，冲淡在船工鼓起的臂膀上，涨满在满江的风帆里。

啊，七月的山城，山城的七月，你还会忆起我吗？你身边的一个匆忙过客。

长江之夜

最后一抹霞光在船尾的浪花中消逝后，夜便展开了它巨大的斗篷，远伏的山隐在夜的摇篮里，滔滔的林声和涛声该是它们香甜的梦呓吧？航标灯闪闪，和猫头鹰一起上夜班。

长江水隆隆，那是不倦的诗人在轻吟低咏？

船行长江夜，多想效古人而体验"星垂平野阔，月涌大江流"的佳趣啊，然而遗憾的是，今夜的星月却不知躲到何处去了。

江风阵阵，飘去白日里逼人的暑气，嗅着这略带潮意的江风，耳边荡来一阵阵悠悠的声响。左岸一个平平的山顶上，我忽然看到了一堆燃烧的篝火，火光中映着一群闪烁的人影，我绝没想到在这深山的僻地，居然有这么一群快活的人。

也许他们是一群勇敢的勘探队员，也许他们是一批辛勤的农民，或许，是一些浪漫的年轻人……

向你们致意，朋友，祝愿这长江的夜和水永是你们快乐的良伴。

过三峡

缓缓地，轮船带着庄严的喘息，驰入两扇刀削斧劈般壁立的石门。悬崖危岩，带着狰狞的凶色，怒目注视着这不速的客人。千年三峡，三峡千年，就这般两岸对峙、浪卷千堆雪地存在着，礁礁滩滩，流不尽船工的苦泪。神女峰下，犹似闻纤夫的悲号。

船过三峡。长江的水哟，飘过李白的一叶扁舟。也载过流浪者的哀歌，可今天，托起的却是新世纪的幸福。昨日—今朝，远古—现代，随长江之水流在三峡的怀抱中。

何必再去追寻古老的怅惘呢？现代文明，拿掉的仅仅是几只小木排吗？

三峡，你这岩石般沉思默想的性格，注定是我一生的怀念。

春　草

　　因为绿色象征生命，所以青草才会如此充满活力

—— 题记

　　春来了。

　　和暖的阳光，甩着细雨的长鞭，驾着长风的马车，穿过冬天霜雪的封锁，从苍茫的远处，带着希望和生机，带着生命的强劲和欢悦，来了。

　　这是一个阳光和煦的周末，为了躲避城市的喧闹和浊气，也为了追觅春天的芳踪，我来到了郊外。

　　乡村里的空气毕竟清新多了。一两丛不知名的野花耐不住初春的寂寞早早地露出了甜蜜的笑脸，多情的杨柳也羞涩地张开了片片嫩黄的叶芽，远方的炊烟像个多情的少女绕着河袅娜起舞，哗哗的流水声仿佛渺渺的歌声，好一幅明丽的早春图。然而，我总觉得在这"红杏枝头春意闹"的时节，还缺少点什么，就仿佛奔腾急越的非洲舞曲中，没有荡人心魄的鼓点一样令人感到遗憾。是什么呢？我苦苦地寻觅着。

　　踏一片枯萎的败草，信马由缰地漫步，不觉中登上了一座小山，辗转于嶙峋的瘦石间，踯躅在枝杈的群树中，我无意朝山坡

下一瞥，一片浅浅的诱人的绿色如新毯平铺在向阳的地面上、山坡上，每一阵风过，都仿佛融一片春意在其中，满山满坡似乎都流动着春天奏响的天音。我陶醉了，为这春天的主角悄然登场，我张开双臂，忘情地扑向那动人的绿。

然而，到了半山腰，我又一次惊诧了，原先在山顶上显现的那一团绿色不见了，地上，还是那些枯黄的杂草，只在其间，零星地点缀着一两簇绿色的青草。抬眼远处，绿色依然，那美丽的青草毯，总在我追寻的前方，像个调皮的孩童。我疑惑了，望着地下稀疏的青草，百思不解，难道是它们连绵成这一片绿色的海洋吗？我再次奔到山上回望。就在我刚才驻足的地方，那一片流光溢彩的绿，那一片动人心魄的绿，分明又在我的眼前展开。是我的眼睛欺骗了自然，还是莫测的自然欺骗了我的眼睛？我疯了似的山上山下奔跑，试图揭开这一团未知的秘密。

最后，我疲惫地倒在山坡上。准备放弃这徒劳的搜索，"草色遥看近却无"，说的就是这种景象吧。蓦地，我发现那一片绿色的生命，竟然全是从败草枯叶的"尸体"上站起来的。啊，它们原来是带着上代的希望、自身的理想和对春天的呼应，才顶着泥土的重压，顽强地生长起来的啊。正是这一簇簇、一团团的点绿，才织就大地上这一片盎然的春色。

我恍然明白了，原来我要寻觅的，正是这争春的百芳里最平凡、最朴实、最不起眼的小小青草！

为鱼而泣

　　黔北。一个非常美丽的小山村。四周翠竹环抱。花香鸟鸣，一条清澈的小河从村中穿过。鹅舞鸭喧，恍若世外之仙乡。

　　对于从未来过贵州农村的我，这一切的一切无不充满了新奇。每天天刚放亮，即拉上几位亲友或流一身臭汗登高望远，或心情鹿跳执烛野洞探险。运气好的话，还可偶见惊飞的锦鸡、奔跳的野兔。每日总要在山上玩够、疯够，薄暮时才带回一身的伤痕和疲惫恋恋而归。在大自然的怀抱中，我们奢侈地享受着造物主给我们的所有恩赐。

　　然而，这一天的景象却破坏了我们所有的好心情。

　　黄昏，我们唱着歌从山上归来，临近村口，远远地听见一声巨响，随之河中腾起一股水柱。奔至近前，往日清亮的河水已一片浑浊，许多翻白的鱼儿漂浮水面，对岸，几个村民正用竹子编扎的网儿捞着死鱼，脸上流露一种麻木的满足。我们愤怒了，大声地责问他们："难道你们不知炸鱼是犯法的吗？"那几个村民一愣，继而哈哈大笑起来，临了，以一种奇怪的眼神斜瞥着我们，收拾起鱼篓扬长而去。

　　面对狼藉的水面，我们一刹那全沉默了。

　　这不是一场战争，却胜似一场战争。对鱼们而言，这已不能用"屠杀"二字来涵盖，或许，用"残酷灭绝"才更为妥当。试想一下，我们居于斯、长于斯、赖于斯的地球，有朝一日，忽然在哪一角，被另外一种"人"，单单为捕杀我们中之"一分子"，而将一个城市、一个地区，乃至一个国家毁灭，我们该会以一种怎样的悲痛和仇恨来宣泄我们愤怒的情绪？

可是鱼却不能。鱼们没有语言和文字，所以无法控诉它们悲惨的厄运；鱼们没有强健的手足和利牙，所以也不会做一些哪怕最为柔弱的反抗。可是我知道，鱼们是愤怒的，是仇恨的，如果它们能写，一定会写下最泣血的檄文；如果它们能唱，一定会唱出最悲壮的哀歌。

鱼们却什么也不能。它们最大的反抗，就是无谓的躲避，是寻找石缝、草丛，寻找任何可能借以存身的掩体。可是，"刽子手"们投之于水的不再是刀、矛，而是更为文明和先进的武器——炸药。炸的是水，摧毁的却是整个托庇其中的生灵，鳖、虾、虫、鱼，无一能幸免。我无法知道，在这毁灭的关头，鱼们是如何无奈地卫护它们的子孙的，可我相信，在那草丛石缝间，一定会有许多可歌可泣的美丽而动人的故事。

硝烟散尽，水面上漂着一种生灵，漂着另一种生灵的美味，它们挺着优美的胴体，在河面上，构成一幅凄婉的画面！涟漪荡尽，在水下的世界里，又该是怎样的一种景象。幸存的鱼们，会以一种怎样的心情，来面对毁灭的家园，面对消亡的家族，面对灾难之后的种种不幸！我想，这汩汩而流的河水中，有多少鱼们的"眼泪"啊。

我们不得不为鱼哭泣。

我们将不仅为鱼哭泣。

那些手持雷管炸药的人，可曾想过自身的悲哀，其实远甚于死之鱼们的悲哀？为了省力，为了几尾下酒的好菜，为了换回几文可怜的铜钱，他们破坏了自然生态的平衡，难道这条已不那么肥沃的河，仍唤不醒你们麻木的无知的灵魂？许多许多年以后，当水不再那么清绿，河中不再有欢闹嬉戏的生灵，我们的子孙苦守着这凄凉的家园，又该向谁哭泣？！

只要愚昧尚存，文明将永是愚昧的利器！

为我们的子孙，请保护好我们赖以生存的一切！

有雨飘来

小时候，讨厌雨。

这可能是一种源自本能的天性，纯感觉而不带任何理性。每逢下雨的时候，总向往阳光灿烂的日子，因为对孩子来说，无论城市抑或乡村，晴朗总意味着户外的雀跃、玩伴的嬉闹，意味着家长的宽容和放纵，意味着充满童趣的自由。雨天则不同了，面对着居家狭小的空间，听着大人东长西短家外厂里的无聊话题，总愁苦地趴在窗台边盼着雨停。即使偶尔一两次侥幸溜过家长防盗式的戒备目光，一头泥水地尽兴归来，换回的却是几天不去的伤痛。由此归罪于雨，常发狠地想：这天上要不下雨该多好！雨，就像一条条缠密的锁链，禁锢着童心对世界的小小的向往。

渐渐长大的过程，才知道雨实际也像可爱的阳光一样，是一种物候，才逐渐消淡对雨孩子气的憎恶；情感逐渐丰满之中，对雨的观感也就渗入了许多的不同的心思，每当雨再来的时候，总会以一种别样的心境体会雨的暗示。

对雨最深切的记忆，当然还是在如象牙塔般的大学校园里。

那是一次夏夜，晚自习后，朗星忽然骤隐，暴雨狂泻，这时候才诧异地发现自己并非雨唯一的邀客。那一晚，面对一个心仪已久而从不敢启口的柔美女生斜倚门框，看校内灯火在如帘的雨中次第熄灭，感觉这雨就像仙乐，一滴滴的雨珠仿佛也幻变成了跳动着生命律动的音符，欢忙地蹦入心窝。那一晚的雨就这样拨动了我男性最初的生命之弦，虽然这一段不算爱情的暗恋最终并未走向一个似乎该有的结局，但其本身所焕发出来的美丽却足够让我咀嚼一生。

从此，就对雨多了一份有心。

最喜欢的是炎炎夏日突然而至的暴雨，像个大孩子似的鲁莽、刚猛、躁烈但极其坦率，如果你恰巧是熟悉并爱好音乐的人，这时候你就会不期然地想起非洲那种原始粗犷的鼓点，或者想起婴儿诞生时那响亮的充满生命魅力的啼哭……

最害怕的是秋天的雨，冷冽、做作而且毫无温情。在一阵逼似一阵的秋寒中，如果你看到绿色和花朵在雨中苦苦挣扎，力图保持凋零的尊严，你总会想起长夜中木箫幽咽的残鸣，眼前总会浮起欧·亨利捧给你的那一片凄美的常青藤叶……

最讨厌的恰恰是春天的梅雨，缠缠绵绵、病恹恹、嗲兮兮，很自然会让你想起书中所描绘的那些美人来。我从未喜欢过西施，那种娇柔、狐媚、曲情和阴毒，使我对历史的这一页或相似的片段感到——腻味；相比之下我更爱木兰的那种美，豪迈、脱俗、自然，这才是镶嵌历史画卷的明珠……

最无所谓的是冬天的雨，寥落、孤高、不思进取，既难得一见又半遮半掩，还炫耀地到处留下冰块，仿佛生怕别人不知似的。随便你置身在什么环境什么季节，其实只要你有心无意地看看周围，你都能在任何时候，发现这种"冬雨"投下的幽长的影子，包围着什么，窥视着什么，暗算着什么……

所以爱在夏天的暴雨中存心痛快地淋个感冒；在春天的细雨中与心爱的女人共拥花伞辩评时尚，或者在深秋的落红中无奈地捡一片花瓣和残叶夹入书页；或者干脆在冬雨过后的雪地中遥对蜡梅生一蓬通红的柴火……

有雨飘来的时候，无论你愿或不愿，你都无法忽视雨的存在。其实，你只须敞开心怀，不论什么样的"雨"在你无根的心绪中留下什么样的投影，你都能以一抹自信的微笑，迎接雨后那一片亮丽的晴空。

雪在飘

我等待　而且将一直等待
直到这彻骨的冷
将我凝练成透明的白
我是天地中最复杂的构图
是苍茫中最艰难的造型

我在飘
我柔弱　却是支撑冬天的骨血
以朴素　挥洒生命的色
装点冰花灿烂的晨
让爱情默默遥望
跌落的悲壮与华美

是谁扶起我们憔悴的投影
把温馨播洒开来
又是谁在深切注视
我们不息的灵感骚动
季节的内核里　我听见

种子萌生着成长的欲望

春天啊　请再一次接受
我无畏的陨落
化为泥中的水　欣慰体会
死　是不朽
是生命的另一种坚持和永恒

颜　色

花开时悄然无声

却令冬天惊悸　雪的退却

体面而不动声色

太阳照常升起

暖的压力　不曾抵抗透明

自然的原色朴素蔓延

有意无意的鸟鸣

引诱绿色乘虚而上

花的幽芬　缀满音符

这是春天　许多美丽的断句

期待一双灵巧的手指

和树站在一起　若有若无中

听各种颜色一瓣瓣绽开

伤感的心就此动情

古老的歌谣依附其上

面对突兀的色彩

远去的背影充满狂想

季节的回眸中

时间的胴体流光溢彩

花开时我们还能再说什么

挫折之后　每一种视觉

草色般荣枯

最初的雷响使我恍然

其实　每一次哭和笑的目击

或多或少　总与心情有关

这一刻

—— 致 WF

这一刻
我是你陌生的未来
冬天的风雪之后
遥远　而无法想象

就这样走过
春天　岁月的桥
弥漫的片段
拾掇我们不曾相逢的记忆

思念的种子
落满我期待的掌纹
像这春天纠结的根
等候　与你一生的相握

这一刻
你阳光般的手指
以最不可抗拒的姿势
招引我　匍匐而来……

骚　动

这里　即使漫长的岁月

也难突围的死谷

一片片惰性的骆驼刺

组合成凶险的战阵

所有的风景刹那间失去灵气

枯干的老树们单调地凄然独立

成群的嶙峋石

艰难地匍匐

——走向我们

此时　生命的灵光终于萌动

弯曲的视线从书本溯源而来

切割一个又一个黎明弧度

无数界定的叹息汇成河流

冲刷额头沉重的川字皱纹

奔向旷野　在星月之夜

与野狼相对而嗥

这是发酵过久的野性
悲壮如圆明园的残石
披枷戴锁的大泽雄风
蓦然成流动的雨云
骄傲地俯视龟裂不息的响石
绿色的地衣于悲壮中阵阵剥落
以粗野的喘息觅求对应

这是风雪黄昏之后的一个片段
古老的成色
在一季季铜壶滴漏中闪回
再也没有一道道深深的车辙
碾过久经风化的思绪
以沾血的青铜刀戟
创造野蛮　创造生与死的神话
——自那以后

那些经久不息的响声于是变得动人
辉煌着世纪交替的律动
充满自信的年轻头颅
挣脱千年的大龙图腾
沉重地一遍遍抬起
无数的手指从暗处庄严出走
抓向沃土　指向天宇

画成无比绚丽的生命血线
——从背景走向主体

再不以狂讴滥舞的嘶哑嗓声
年复一年地回叙先人的伟绩
而以清晰的执着裂变智慧
默无声息地擎起
属于今天属于我们的旗帜

只有自然创造时间
只有时间创造生命
只有生命创造永无止息的灵感骚动
只有骚动——创造奇迹和永恒

叶化石

忘却历史的民族是没有希望的民族。

—— 题记

齿状的舌头难道相思的旅途
千年的激情当然直捣花心
古诗里剥去斑驳的琴锈
扑翼的姿态隐含欲语的君临

别把泪水如此轻薄地洒向我们
错综的筋络涨满太多的泥泞
叶脉舒展并无固定的循向
阳光的绿素返抵古老的根心

看我们的口哨如此甜美
欢欣的叶笛一洗幽咽的绵音
犹豫的指头可能留不住悲伤的月影
风雨中早难辨久远的梵铃

叶子的排列自然透着树的个性
亿万年沧桑是阡陌和城堞的幻形
狼烟之外我们还能遗忘什么
叶子的纹理饱蕴着难言的抒情

物化三题

蚕　茧

裁剪桑之纹理

把情丝吐尽

灵之舞蹈

纯白的圆

坐圆心成佛

光与影

声与响

色与彩

在茧中

幻空幻静

彻悟后的涅槃

变形　彩纹的翅

不为飞翔

孕茧子如星

再默垂双翅

以一生的勤劳

告别

生命的美丽

蛇 蜕

狰狞尽去

温柔地俯卧

将媚眼凝睇

红唇吐芯

为之动情者谁

裙裾轻抛

款步细腰

显一体赤裸如腻

漫舞颠倒众生的摇摆

谁解风情无限

柔媚百变

幻不尽千年手段

盼农夫再次入梦

毒牙磨碎

恩义两绝

蝶　蛹

聚万千的冥想于刹那

敛神自观　蛹在

挣扎和等待

风中作祟

混沌抑或空明

唾破坚壳

谁为之披上霓裳

袅娜花丛

谁为之媒

再赋梁祝之绝唱

绝非花心的情种

才轻佻于众芳之吻

因赴春之盟约

所以把青春编进舞姿

翻飞于阳光之掌

将万紫千红远播

孤独诗人

就两三点清辉
凝眸于是非之间
笑非笑人事
拔　秃笔而独舞

不愿再一次歌唱
是因错过放喉的季节
沉默亦非所愿
挟　寸铁而鼓目

激扬千年文字
看血泪浸透纸页
歌者自韵其声
弹　孤铗作龙吟

风景如画
英雄未必真折腰
壶中但有风物
勘　红尘泪无数

读　史

目光　独行于文字的清巷
秉烛　燃烧无边的想象

接过卷刃的刀
跨上悲嘶的马
操起沾血的戟

轻舟　再一次万里吟唱
挽一石胡弓
以缚鸡之力
弯射　外虏之雕

滴血的幽咽绵亘
长城的砖和黄河之涛
在夜的流体之中
戛然而止

独坐窗外

温柔恰似　这如许静止的秋波
那一晚的凝视
蜕化成幸福的语言

眼亮起来的时候
时光不再那么匆忙
只痴想一片入夜的静谧
放出青鸟　飞

独坐窗外
并非就是心碎的风景
看远去的背影　猜想
或许
也是一种美丽

御风而行

我没有　一双振动的羽翅
是因我　从未经蛹化的苦痛
可我等待的是风

风将因我而生
呼啸是我的愤怒
密天匝地的狂舞中
怀念是我最悲切的梦

我的骚动源自生活的平淡
那些日子一串串背雪而立
在文字组成的季节里
我听到血的呻吟延续千年
此时　风却沉默

风沉默也是一种语言
它锐利了我思维的触角
所以　我拒绝

阳光　掌声　枕边的鲜花
那于我　是带刃的怜悯

还有泣血的诗行
像春天的潮
漫过我刻于眼眸的脚印
御风而行的爱情
正无怨捡拾
纷繁飘零的方块符号
朗润我行行止止的路程

案头的爱神

眼似笑非笑
嘴如语无语
最完美是莫测高深
偶像的崇拜
情感和年龄已然赤裸

黄金小剑轻佻
无辜的伤口
布满谁相思的掌纹
石头的迷信
爱情的汛期早已错过

秋趣（外一首）

稻谷堆成了点将台

麦子披上黄金甲

蜻蜓的编队震山响

青蛙吹起了大喇叭

夏虫把音乐奏出重量

月亮张开大眼睛

星星怎么掉地上

村庄里笑声阵阵扬

急煞了风婆婆

到处寻找下凡的仙姑娘

踏　秋

无言独语　风中

动人的金黄已然逼近

这时候　阳光

用她优雅的手指　拂过

山川和阡陌

悦耳的鸟鸣　骄傲地

站满　沧桑的枝头

与　落叶之舞

组成一种景观

春播的种子　于斯时

绚烂地开放

一切华而不实的喧嚣

因　愧于秋之魅

而寂然

自然的调色板上　秋

以厚实和凝重的色块

在人们的脸上　心头

留下幸福的节奏

穿越夏日艳情之谷

立于秋天　是由衷的欣喜

抬头仰望雁阵南归

即使　风雪凛冽的哨音

渐响于黄昏

我们也能　含一抹浅笑

目送　秋天洒脱的背影

城市印象

我过早地挤入的这个城市
弥散着一种天堂的霉味
蜗居其中的圣人们
陈旧得像未经抛光的泥塑

空气是一种黏稠的液体
它穿透了我的思绪和毛孔
血不再是红的
温度也离我而去
我的骨肉因此外翻成难看的棱角
任由鸟的影子编造禽类的童话

城市什么时候失去了颜色
被马蒂斯的画布遮满
我看见邻居的一个女孩
挺着被南方搓揉变形的臀部
骄傲地在路边晾着三角内裤

又是谁将无奈涂满了天空
城市假面在香风中醉舞
圣人们生动得令人感慨
而在刹那　却如我
成为没有情感的石头

石　板

在贵州高原，有一种天然的石板。村民们常用它垒墙盖顶，建成奇特的石板屋……

因为岁月的淬火
方生成我高原的肋条
不需要过多的棱角　沧桑证明
我依然是石中最刚硬的傲骨

别弃我于寂寞的荒郊
我野性的血　渴望在奉献中燃烧
也别置我于精美的华堂
我粗糙的纹理习惯霜雪的呼啸

将我一层层地砌起来
我冰凉的躯体能围一方温暖的梦巢
再架我以悬空
在炙烤和寒冷中倾听你动人的畅笑

我是最不起眼的石
却也是高原最古老的华表
所以我的存在
仍不失高原最独特的骄傲

页　岩

地火沸腾　冷却　凝固
高原的页岩
书卷般陈列
谁能留下翻动的指印

漠然的视野里
苍茫四合
受伤的鹰翅　跌落岩头
至今不失悲怆的造型

谁能体会嶙峋的棱角
把泥土戳破
一春的新绿
搅碎一秋的欢笑

涉过爱情的河

一

黑夜最黏稠的流体中

我知道　我即将被淤封的视线

仍在期待着一朵花开

冥想温柔地蔓延

一瞬的昙现正将无限的思念

织成古典的华美

洗浴我疲惫的爱情

枝叶缓慢舒卷

面对鸟鸣　我忽然感到脆弱

在水草茂盛的源头

浅蓝色小花一瓣瓣纷飞

忧伤的情感被托起来

无痕地漂泊而流

二

透过女人飘拂的长发

爱情的朦胧正滋生无边的传奇

月光自如地流泻

在眼神可及的背面

欲望的潮水脉脉地涨过堤岸

野草茂盛开来

朴素的感动浸在泪水里

漂洗着一代代优美的诗行

我站在最后的夕阳那头

看女人用歌声把河水染成金黄

三

黎明的早晨

一颗星就照亮了整个夏天

我已不忍独自　聆听太阳升起的声音

天空如血般灿烂

那些晨飞的翅膀

扑打的是谁绝望的殷红

我看见白皙的手臂

正把浪花一片片翻动

并以绝对的纯柔

把我坚硬的外壳穿透

涉过爱情苦涩的河
女人啊　你香甜的唇吻
已把我野性的灵魂烙痛
在你媚魅的仰卧中
亲亲的爱人
我该以一种怎样的投入
方能燃旺你生命壮丽的火红

别　情

一

真想
把你的微笑
连同十月的风
攥紧

真想
化为满天西去的雨云
呼应你的柔情
同行

送你
有无双手
盼你
唯有一双眼睛

二

列车
在四季的某个站台
忽然宣布
临时停车

而漫长的呓语
却如陈旧的生日卡片
致你

干涩的双唇
再也不能优雅地道别
珠泪　憩息睫毛森林
辉映愁绪

很潇洒地挥手
说不在乎
心却默念你的名字
一遍　一遍

沉　船

再不能以庄严的姿态
走进船的队列　远航

难道就以这样的结局
告别港口　告别温馨的海岸
而把起锚的祝福
铸成突如其来的悲壮

（凝固的钢架铁骨
在潮涨潮落之时
成为流体）

海岸线遥远的弧度
风把棕榈树的形象
剪成日出的辉煌背景
缕缕的炊烟信号
于朦胧中缓缓贴近

（无数的朝思暮想
被忽略地投向海平面）

而风暴却一如既往地敲打
曾是海魂的钢骨
日落日出的时刻
唯与海鸥相对鸣泣
斑驳的苔藓终于肆虐
组成绚丽的死索

船的尊严依旧
船的雄风依旧
不屈的船首
傲然探出海面
寄语新生的船队

既然把命运托付给了海
又何惧风暴暗礁和死亡
即使是沉没
也要为船队指示方位
纵然注定毁灭
也要把高傲的头颅
向岸守望

沉船——依然是船的形象

单程车票

七月　这流火的沼泽季节

注定有一次艰难的分别

小小的单程车票

在黄黄白白粗糙纤细的指缝间

滑来滑去

海阔天空地聊聊聊

却总避开主题

都兴致勃勃都忧愁满面

都高高兴兴都悲悲切切

于是笑了哭哭了笑再哭再笑

很庄重地彼此提醒

别忘了每周一次的"汇报"

第一次报到的忐忑

第一笔工资的安排

第一次浪漫的邂逅

第一次小小的恶作剧

发誓要永远珍藏这张单程票

发酵四年所有的

夜自习文学社测验

考试沙龙咖啡馆和生日 Party

做二十年再次相聚的佳酿

（当然还得谈谈

事业成就职称住房婚姻儿女）

约定

　　不哭

车开时谁都管不住眼泪

再见吧朋友

我们总是有缘

无论以后相隔多久多远

我们生命的年轮中

早留下彼此永远的刻痕

在思念的潮头

哦　单程车票单程车

总是我们心灵的舟

七月有无数的单程车

走进毕业号专列走进晨曦

挥洒年轻的生命笑靥

挥洒无忧的青春花季

古　树

经　时间之刀
刻　层层岁月的年轮
历　风霜之剑
雕　满身沧桑的疤痕

依然以如盖的青绿
演绎生命的激情
依然以深扎的根须
渲染奔放展示力

就因我是树　树啊
所以　才会以永远的不屈
任凭　风留下艰难的造型
那么请捡拾起
我断朽的躯干
投之以火　再一次
重温　青春的欢畅

红雨伞

是谁

在夏季的雨岸

撑一把红伞

飘飘荡荡

泊向伊人的眼眸

是谁

织成雨的珠串

注视的语言

执着等待

一次电闪或雷鸣

回　忆

黑色中

思绪蓦然涌动

不眠

金色鸟的舞蹈

怎么也成不了定格

渐隐渐显

将目光一次次翻转

以轻闲的忧郁

任昨日的风景从手指

无形滑落

睫毛弹动无奈

怀念如流星回溯往昔

听箫声如泣如诉地逝去

感觉失落

再一次回首于月落之谷

怀一份淡淡的伤感

看今日的晨曦萌动

享受喜悦

街　树

置身城市的腹地

一切喧闹的中心

幸　抑或不幸

那些陌生的面具

彼此匆忙地切割

钢铁的机械生物

是如此灵巧地穿梭

——给城市以生动

只有那棵树

在城市文明的沙漠中孑立

默守一方自我的宁静

把欢乐的过去回忆

牧童夕归的短笛

百鸟晨起的啁啾

同胞愉快的婆娑

甚至雷电的闪劈……

在树下仰望树

是一种由衷的敬意

一圈圈的年轮

一道道的节疤

早浸透血泪的印迹

古老的街树

是城市古老的传记

石化的世界

也难摧毁这骄傲的绿色旗

看啊　那遒劲的手臂

依然直指蓝天

以全部的欣喜呼唤

阳光和雀跃的生命

恋

某一个
　　黄昏
你还会
　　回来吗

即使
　　音符
已然褪色
飘不起
　　红帆

即使
　　故事
变得咸涩
从此
　　不再流传

落　叶

把你的刚毅给我
融入泥土于万千的柔情
把你的桀骜给我
回眸星月以坦诚的微笑
把你的期望给我
蔑视秋风以无畏的陨落

我是你生命的延续
因你的悲壮而挺立
我是你金黄的沉重
庄严托起的绿色旗
我是你的伤痕和辉煌
我是树——是落叶的造型

念

默默
　　分手
悄悄
　　别离
远远
　　祝福你

拉动
　　夏季
　　　　阳光的弓弦
弹奏
　　八月　八月的鸽哨
　　　　和八月的信风草

让酒杯
　　斟满
　　　　苦涩的思念

想

哪一阵风

驮你而来

哪一片云

载你而去

女交警

在风雪交加的时候
如果等待一盆通红的炉火
把脸庞烤出一层细汗
或者在阳光浓烈的正午
期盼一阵微风拂过鬓角
那都是幻想

成群的机械生物
早将十字路口围成孤岛
你柔弱而纤细的身形
站成目标
在所有的视线里
把姿势扬起来

这是极为动人的舞蹈
白嫩的藕臂居然
将空气也切割成方块
纤掌一立——

灾难和事故悄然退避
素手划落——
安全随车流阳光般淌过

把背带裙牛仔裤披肩发
　　收起来
把爱哭爱笑爱撒娇的小性子
　　收起来
把母亲的牵挂恋人的心疼
　　也收起来
把戎装和威严一起披挂
指挥桀骜的钢铁爬虫驯服
指挥太阳在白手套上起落
指挥城市有一段美丽的传说

青青的石板路

——致一位乡村女教师

每天的清晨
你随着鸡鸣
　　牵出朝霞
　　牵出阳光
　　牵出一个童心编织的希望
青青的石板路
数着你的脚步
　　一步一步……

每天的黄昏
你伴着夕阳
　　走下山腰
　　走下牛背
　　走下门板和树桩的课堂
青青的石板路
数着你的脚步
　　一步一步……

是因为怀念

儿时那一阵秋风中

不幸失落的童年

是为了让

饥渴的童眸

也畅饮知识的甘霖

你才选择了

点着油灯的小茅屋

和青青的石板路……

情　关

梦中再现的
必将是最铭心的想
而清晰的呓语
会否因醒而断而落

假若思念是甘醇的酒
我会不会是最芬芳的香
假若爱情是苦涩的河
我会不会是触礁的潮

谁会是风中摇曳的名字
被你痴痴地轻唤
谁会是烟雨中最迷蒙的诗
被你低低地浅唱

我只能是石中的火
在你的眼眸中
在我的期待里

或者

　　是火中最炽烈的火

或者

　　是石中最冰冷的石

情　殇

最初的喜悦之后
领悟到最痴情的背叛
冷眼一刀的温柔
把唇语斩尽

一次次花落的期待
依旧在泪雨中独行
心绪无根
向成熟之魅步步逼近

能于绯红中沉醉
或在月下看你之媚
终成我最心伤的梦想
在诗里我听任雨
逐滴丈量失恋
心纤细如毫
体味风寒

告别之时
请留下我往日的忠诚
自心碎的呓语
自背弃的诺言
自欢乐和痛苦之临界
自注定流浪的心

你之于我
　　是永远不敢涉足的风景
我之于你
　　是秋寒中飘坠的落红

述

不论日月星辰
　　如何交替
还是雨雪风霜
　　怎样侵袭

如果
　　你是一株柔弱的草
　　我会是撑一片天的松
如果
　　你是远空中孤寂的星
　　我会是高原的灯向你致意

我不会
　　用语言搭一座漂亮的阶梯
我的注视
　　会证明我的情谊
虽没有
　　金丝为你织就彩衣

我的臂膀

　　永是你温馨的归依

山　神

—— 给勘探队员

这是高原某一次痉挛的悸动之后
被岁月的铁裤坚锁的处女山谷

默默地打着响指使叹息引起回声
　　一片一片聚成云雾
每个春天你都饰以如花的妩媚
可结果总免不了两行清泪从眼角流出
祖辈积下的宝藏在处女谷的闺房
　　闲置了千年
亿万片树叶都带着齿状的舌头
沙沙地觅求对应
太寂寞了寂寞了很久寂寞得
　　再也道不出独白

终于有一缕缕炊烟透过密密的森林睫毛
使野性的处女谷充满了温柔
那片血红的勘探旗飘啊飘地

　　　延续了一段古老的传说
站着的男人们发烫的目光辣辣的
形成七月的飓风八月的山洪
多骨节的大手挥下汗水叮咚地
　　　砸出深坑
他们的脚步仿佛丈量着什么
手指仿佛拨弄着什么
而烟味浓浓的呼吸却如雨季
　　　噼噼啪啪地
在耳边汇成絮语
令处女谷不能自禁
眼里酸酸的心里也酸酸的

这时候标志杆在处女谷的神秘部位
笔直地一头扎进
宝藏的光彩把厚嘴唇吐出的粗鲁话擦得很亮
破旧的帐篷无可奈何地倒下
篝火却依旧烈烈燃烧如夜眼
那个跌倒的男人
脸红红的
身子冷冷的
胡子像树根一样纠缠在一起

站着的低低呼唤

此时有一条古老的情感河流

　　在空间缓缓地回荡

由来已久的疲惫

举着生命的墓碑

走向晨曦

将这群男人铸成了山神

高原

　　从此不再寂寞

送　别

背面之时我已熟悉
你长发甩动的弧度
并且早就习惯
将心语握于掌心
高高举起
　　　远远放飞

我不流泪
即使每一个早晨
都要面对一次梦醒的失落
即使每一个黄昏
　　　注定孤独

从此我将闭锁心的门窗
　　　独守烛火
用思念想象你执着的投影
当我们重逢的时候
再以全部的喜悦
倾听你冒险的游历

太阳村的传说

有关这个村子的故事很长
因袭已久的苦难传说
总绵延如祠堂颓败的墙垣

而村子是男人的野性森林
鼓荡着一代代成熟的疯狂
他们的眼睛血红他们的欲望血红
他们的呻吟血红他们的梦
　　　——也血红
他们所有的男性血红
　　屈辱地留不住迁徙的女人族

世纪末一场动人的暴风雨
放牧了野性森林的所有尊严
无数佝偻的背脊蓦然坚挺
他们的智慧和他们勤奋的骨节
日以继夜地噼啪爆响

与生俱来的渴望

锻打着长长久久的贫困和惰习

　　令荒土因羞惭覆成沃野

　　令顽石因屈服垒成高楼

　　令所有的色彩因感动而一夜怒放

从此男性森林的血红

成为祠堂久远的古老祭祀

从此有了太阳村

　　有了太阳村的女人和传说

问

假如
给你一双美丽的翅膀
姑娘你将飞向何方

假如
一朵花已在微雨中绽放
姑娘你是否还向往阳光

假如
生活本来就是这个样
姑娘啊为什么你还那么悲伤

我家的脚步声

爸爸的脚步声
像一支雄壮的进行曲
匆匆的节奏
仿佛赶着时间的步履

爸爸是个工程师
好多好多的问题等他去处理
你看
昨天他指挥建起一座耸天的高楼
今天又和叔叔阿姨研究起新的设计

爸爸什么都好
可就是对家里的事有点不在意
昨天我的生日他全忘记
后来他一边向我道歉
一边却说十年浪费太可惜

（真怪，难道给我过生日

用得上十年时间吗）

妈妈的脚步声
像一支唱给春天的歌
柔和的旋律
流在我心的小河里

妈妈是个人民教师
她的事儿多得不能提
你看
昨天她笑容满面到东家去家访
今天又到西家帮助生病的学生来补习

妈妈有本珍贵的相册藏在箱子底
（那么多照片那么多陌生的哥哥姐姐叔叔和阿姨）
妈妈常怀着深情指着相片告诉我
这个和我一样大的小女孩现在成了科学家
那个当了作家的小男孩当初如何淘气

哥哥的脚步声
像一支充满朝气的圆舞曲
欢快的拍子
叙述着青春的含义

哥哥是个大学生

黑黑的大眼睛藏着数不清的问题

什么世纪冰川电脑和黑三角的秘密

有一次他竟然声明

将来也要去求证 1+1 等于几

（哼　这么简单的问题我都可以告诉你）

而我的脚步声呢

爸爸说像一个春天的童话

啪嗒啪嗒有数不清的新奇

妈妈说像一只小小的木船

轻轻地漂在她的心里

哥哥却说像只不听话的小鸟

屋里屋外整天地叫个不停

我摸摸胸前的红领巾

摇着头说都不是都不是

我的脚步声啊

像……像……

对了　这暂时还是个军事秘密

闲　暇

那么　何不以一份潇洒

放牧所有市声的喧闹和

无数的漠然与戒备

在周末

告别城市高楼的方阵

　　　走向郊外

就这样

看　远山在暮霭中摇动

思　无所思的幻想

衔　阡陌草梗的汁绿

尝　满嘴满腹的清凉

或者

　　　追逐一缕阳光于树荫下

目送一条狗回家的背影

再聆听一只长尾鸟的歌鸣

向天空

　　　悠扬地逝去

远方来信

黑夜蔓延开来
银河跌落化为城市
窗外雨淅沥而下
蛾影纷飞
一种种情绪乘虚逼近
于独处之时　灯前
意外发现有信

熟悉的"蝴蝶体"
瞬间擦亮双眸
把信封一次次翻转
让喜悦膨胀到极致
这时候再大开门窗
不妨邀风雨进来
同作愉快的笑谈

并且想象
你伏案的投影　在远方

构成怎样的一种生动
想象你的孤独
如何被思念一片片撕碎
想象你的娇柔和纤细
如何被粗犷地勾勒
想象你的汗水和泪
如何将履历透透地浸润

其实我们相距并不太远
把我的时间给你
你会填满所有的空白
那么也请相信
在每一个憔悴的日子里
我都会展开这一方信笺
读出你的形象和声音
读出所有脱漏的情节

萦

穿越
　　青春之夜的眼眸
　　灼灼如星
安谧之梦
　　被一次次击痛
总在不经意时
花　成熟为果
　　成熟为一种温馨

在思念中拔节
回味渐远的
　　背影和红唇
以悲伤的烈炉
　　淬火坚强的情感之盾

野　祭

并不因失却崇拜的偶像
才在荒野嘶扯我们喑哑的咽喉
以狂啸吆喝野性回应
　　——成为
　　　　图腾

山风纠结我们的蓬发
阳光炙烤我们的肌肤
闪电之剑高悬于头颅
山川土地龟裂于脚下
　　——我们
　　　　不在乎

即使千百年季节肢解了躯体
也要将每一片血肉撒之山野
让生命的劲草站起欢歌
即使岁月的苔藓幽闭我们的脉络
也要让高贵的头颅

向山

高昂

我们喧哗于生死不息的宇宙

赤裸迸裂而出的野性

让每一道山风

　　都在胸膛留下隆隆不息的轰鸣

让每一次山崩

　　都在血脉奔走狂力的激荡

让灵魂曝之于八荒

　　辉煌生命的野祭

燃起万山红遍的篝火

乃不息的渴望焦灼于酣栖的惰性风俗

撼动崩裂岩体的鼙鼓

乃血性的狂飙积聚于即发的熔岩喷口

我们　一群不迷信也不盲目的野人

我们　一群将死亡当作涅槃的山神

早誓以筋络鼓胀的躯体

　　——撞动高原

于天崩地陷中改变地脉的走向

使该升的壮丽地升起来

　　哪怕成冲天的峭壁独立

使该沉的痛快地沉下去
　　哪怕穷透地心成为鬼谷

还要考验我们的勇气吗
　　请砍伐我们的肢体投之以火种
还要考验我们的意志吗
　　请抛却我们的血肉撒之以群山
还要考验我们的挚诚吗
　　请托起我们年轻的心赤染晨曦

站台票

如同月夜里一座孤独的雕像

我默默地在月台上伫立

任人群如北冰洋里的浮冰

不时地碰撞我麻木的身躯

也碰撞我麻木的思绪

此时　我缓缓地举起站台票

如同千斤顶举起沉重的记忆

（站台票是分离和痛苦的通行证啊）

昨日里太阳晒过的梦

被凄凉地搁置在记忆的角落里

而被幻想选举出来的失望

正迈着方步行着军礼

冷冰冰毫不客气地开进站台

于是我知道公正的时间

也被离别贿赂了

千言万语如海潮般

被阻挡在坚实的大堤

火车头负荷着沉重的车厢
如老牛负荷着沉重的铧犁
我真愿做长江纤夫
拉住这滚动的铁轮子
我真恨恨不能
如裁判收回拉长的卷尺
卷起这起点和终极

多少话语
失落在站台票的 M 卡孔里

城市在我身后
疲惫地走进黄昏
而远方的村庄
已在火车头前挂起了黎明
（难道老橡树的憨厚
和桦树林的清秀
已对我失去诱惑力了吗）

我攥紧了站台票
也攥紧了成熟的心
我将用这张站台票

去兑换一张加快的单程车票

在铁路的那一端

追赶你的目的地和笑靥

致水手

来吧
　　——天上的雷鸣
　　——海下的火烧
　　——人间的霜剑
一切都
　　来吧

既然是属于
　　这狂风暴雨的季节
我们才无怨言地闯进
　　激动的大海
支起白衬衫做成的风帆
也支起一个信心凝聚的焦点
让舢板如海燕般
　　穿梭在浪的尖
　　　　波的谷
我们有精卫一样的信念

力量鼓满的肌肉

骄傲地凸起在水手的胸臂

扶着橹桨的身子

如弓般弯起在……

（此时我们忽然想起

　　城市花园天桥

　　席梦思巧克力威士忌

　　多想再尝尝海员俱乐部

　　女服务员做的点心）

然而

我们喜欢大海

喜欢大海平静时姑娘般的温柔

喜欢大海小孩子般的天真淘气

更喜欢大海这样

像自尊心被伤害的男子汉

　　燃烧着火

　　激荡着力

　　澎湃着滚烫的岩浆……

扯一片翻过舢板的浪花

我们珍藏

让记忆的永恒

永远地裁下这一天

（此时我们虔诚地脱下海魂衫

当一个巨浪送我们上顶峰

我们向大海抛下这航海的纪念）

我们庄严地敬礼

向大海

注入水手们青春的誓言

我们有着古铜色的皮肤

古铜色的理想

及古铜色的爱情

（我们多么希望

海风和阳光将这世上的一切

都吹晒成古铜色啊）

是因为相信海

会给我们解开一个更大的谜

我们才这样不稍息

既然是属于

这一片神秘的大海

我们才闯进了

一个不甘平静和寂寞的世界

所以我们才会有那么多

海水泡沫般的幻想……

仲　夏

在春天的背后
感觉雷声由远而近
夏草站成一片
蛙声如鼓
把奔放的情绪催动

这是仲夏
阳光被彻底打开
粗野地亲吻
　　城市乡村
　　河流高原
让白皮肤黝黑
让黑皮肤发亮

请尽情享受
这季节最慷慨的馈赠
　　浓荫碧浪浅滩
　　果绿瓜甜花香

还有

    花裙子 T 恤衫游泳圈

爱情在女人长发间游动

欢笑在孩子的脸上闪耀

汉子们摇着蒲扇神侃

老人的一壶茶

品味一个夏天　一段人生

雷雨过后看山

夕阳西下时看云

然后在仲夏的尽头仰望

欣喜发现

一个沉甸甸的金秋

正如辉煌的长轴

缓缓而动人地展开

第四十一个

第四十个是敌人
第四十一个
　　——是敌人
……

第四十个是敌人
第四十一个
　　——是敌人
　　也……是爱人
……

第四十个是敌人
第四十一个
　　——是敌人
　　也……是爱人
不　还是敌人

扣动扳机

敌人倒下爱人倒下

女人……也倒下

战争的绯红中

爱情的姿态绚丽无比

矛　盾

—— 有的情感很难表达

　　有的路很长
　　却倏然断裂

　　有的故事刚开始
　　就已结尾

　　有的平静充满喧嚣
　　有的爆发寂然无音

　　有的"丑"美不胜收
　　有的"美"令人作呕

　　有的善良也滋生罪恶
　　有的宽容却发酵奸诈

　　有的笑渗透苦涩
　　有的哭荡气回肠

有的存在是幻影

有的消亡是永恒

歌手和疯子

—— 对同一事物的不同认识

两棵树并肩而立

根与根在地下紧握

枝与枝在空中相拥

叶和叶亲密地交叠

（随风传递不尽的细语）

连影子也不愿彼此西东

诗人说

啊　多伟大的感情

恋人赤情的表率

兄弟友爱的象征

……

专家说

唉　自然界残酷的斗争

为了争夺生存的空间和养分

它们才把根纠缠在一起

相拥的枝条
　　是刺向对方的无情剑
摇曳的叶片
　　发泄着呐喊和诅咒
甚至连影子也充满了仇恨

然而人们却说
诗人是歌手
专家是疯子

自　勉

我已经学会忍耐
学会在孤独的季节里
蜷起受伤的情感
学会在背对人群之后
用笔蘸着泪写诗
学会让梦超越梦之上

我不再轻信雪中
真会有温馨而漫长的冬眠
也不再相信阳光
能优雅地晒干带露的羽翅

但我仍然坚持真理
用不着为之删除纷繁的谎言
坚持路虽湮灭
生命依然有前行的轨迹

我只是苍茫中最微小的尘埃

却也是最活跃的生命粒子

渴望每一次碰撞

都会有一次光华的闪现

我们怎能

因一次不经意的错过

而惧怕生存的尖锐和锋利呢

所有的生命在陨落之前

都必定有过一段辉煌

正如花在飘零之前

必定尽情地绽放

所以我学会忍耐

学会在夜静之时

听竹叶瑟瑟独白

学会在暴风雨来临之时

告别温暖的巢

奋力振动薄薄的翼

艰难保持

    飞翔的姿态

高原之魅

面对朴素的日子
我固守的
是我失却的伤痛
不定的风向中
阅读岁月的年轮
沧桑早布满流浪的诗情

但激情依然踊跃
午夜的片段中
我仍将坚守
最后的一支火把
投身最动荡的裂变
也不放弃刚硬和棱角

谁能指引我们向往的天空
时间的铁裤里星云纷坠
谁给我们永久的启示
我看见风沙和熔岩一起

把石头堆成高原

高原因此极具性格
在每一个季节的深处
把阳光彻底过滤
那些孤峰的火焰
将以一种怎样的真诚
诱惑我一天天奔向
永不企及的黎明

大高原

从此成为一块石头
　　我们存在
从此化作一片落叶
　　我们存在

成为石头
　　我们将互相挤压耸立成山
化作落叶
　　我们将腐朽自己融入沃土

是你首先赋予我们宽厚的肩
　　担起沉重的誓言
是你首先赋予我们开阔的胸
　　包容坎坷的岁月
是你首先赋予我们响亮的名字
　　使我们不再害怕失去

我们以尖锐而多棱的角

毫不含糊地表达对生命的阐述
我们以纷繁芜杂的枝丫
全心全意地向蓝天展示我们的思索

某一种勃发的雄心
　　　总使喉结不安分地蠕动
沉默得过久了我们渴望被开采
某一种动人的诱惑
　　　总使躯干频频摆动
积聚得太多了我们渴望被砍伐

我们不愿
　　　因等待使难看的角变得圆润
我们不愿
　　　因等待让荒草长满背脊
我们不愿
　　　在等待中被风化
我们不愿
　　　在等待中被龟裂成朽木
我们不愿
　　　不愿……

宁可让岩浆轰轰烈烈地重新塑造一次
只要血管里永远鼓荡青春的歌

宁可让野火悲壮地再次焚烧

只要种子能得以新生

高原的最后放逐者

一

高原很老了，它长满胡须的颌部
结满夜鸟的巢，如筛般的铁肺，
贮满谁的苦泪，高原，这远行的姿态
能否守住一丝期盼，留下

牵挂的倒影？鹰的翅膀下，
谁把永久的相思放飞，
我最后听见的钟声，谁告诉我
是岁月昭示的告白，框定我前行的

路？

可高原毕竟老了，它坚硬的
骨头，把我的每一个梦
戳得生疼。每一次翻开
手掌，我都能找到化石的

影子，它们在我泥泞的
指缝里，号啕痛哭，
最后被自己的悲伤，浸泡
成熟。一片古老的处女林，夺去

我唯一的影子，"这没有什么"！
我悲怆的嘶喊，只在
老牛的眼睛里激起回声，语言
的锋刃下，无数的名字枯叶般

凋零。

二

从某一个蜂窝上，我忽然得到
启示。石头们正在酣睡，巫师
的手杖，击在我固态的眼皮，
世界从此没有醒来。

背负着苍天行走，感觉
很累。有星的夜晚，谁常怀
惊恐？想一种神话的多眼怪物，
它无眠的动作，连冷汗也为之

逃逸。夜色最黑的时候，

我总奇怪，自己的影子会如此
清晰，并且以一种怪异的舞蹈，
向我，预示着

什么！

三

"那么，把我举起来！"高原的鸡
向我呼喊"抛我在云端上，我能
飞得比鹰还高！"我抬起头、看
鸡们昂首阔步，高崖上鹰依然啄食

盗火的叛逆。有个牧童朝我走来，
他轻轻的一掌，引来满天的风雷，
我布满伤疤的阁楼，被
书页的翅膀驮起，如烟

而逝。

四

今夜，我只能在岩洞中
独坐。借着周身的血液，
把高原博大的心参透。再
畅快地吮吸手指，不怕有人

讥笑。睡眠不再是风骚的"货",
在每一个梦的入口,把青春撩拨。
我渴望生命的欲望,能像高原的
风暴一样,撕裂任何一座想要

占领的山头。还有飘拂的长发,
沾满目光的血红,我听到狼的喘息,
像高原的崖一样勃起。山寺的
古僧,坐也非佛、立也

非佛。

五

面对墓地伸出的手臂,我敬重
死,是不朽。这时候,会想起
母亲的恩情,她温暖的注视,
把我一生的灵魂深深

烙痛。俯卧云中,我目睹
分娩的阵痛,已将高原的
丰腴熬尽。她忧伤的面容,
使再硬的心肠,也为之

感动。善良的树们并肩而立,

卷起美丽的绿色口哨，把
伤感吹出来，把忧郁吹出来，把爱
也吹出来，我周身的骨节被

分解成音符纷繁飘坠。"我
会回来的，母亲！"迷蒙的夜色中，
那双温暖的手，以永恒的爱
做灯。拾掇并修补我破碎的

心

六

给我最明确的答复吧，高原。
你沉默的姿态永是我心痛的根源，
在严冬的早晨，阅读的符号
已如苔藓，缠绕我思维的触须，

而且开花。我如何能拒绝它苦难
的果实，把我膏腴的肌肤，
点点啮尽、滴滴嚼透？那么，
请给我一把最利的斧，我将迎着风

痛斩！

七

现在，我准备再一次贴近你，
在最冷的时候摘一片雪花。
有句话一直想对你说，
现在也还没到说的时候。

那陌生的气息是谁？在文字
的背面，我总在寻找
一种声音。音乐无法呈现
这些，所有的狂想，只有

你懂。是吗？吟诵的声音
早已拔节，那些古老的智者，沉入
植物的根部，他们深邃的智慧，
在你长久的孕育中，腐败抑或

陈酿？

八

这仍不是最后的结局。在死亡
之门，我一次次倒下，那狡狯
的死神，总因我艰难的识破而
愤怒，它巨大的阴影夜衣般

覆盖。我每一步前行的足迹，
都带着血，在身后悲壮地
燃烧。就让危险搁在头顶吧！
我微笑着，阳光如雨般

倾泻。

九

我们来了。在目光可及的边界，
我们已读懂每一个早晨的
暗示，所以我们仰望高山，
在最远的地方回望最近。

我们曾经走得很远啊，高原。
一身白眼洞灼的疤痕，妙手无愈，
沾满唾沫的褛衣，倾海难净，
还有被影子压垮的

尊严呢？渴望你苍老的胡须，
再一次成我蔽体的蓑笠，
在你浑浊的老泪里，
抖翻每一寸皮肉，彻底

清洗。

十

所以，我注定是你贫瘠而刚硬的
组成，于火中、于风中、于
沉积耸隆和风化的裂变中，
投我圆润的躯，炼出尖刀状的棱角。

别让我等待过久，高原！
当哀伤的歌告别我们厚实的唇，
我们已接近春天，把我们的心根须般
纠结在一起吧，我们永远坚强地

活着！
活着！！活着！！！

图书在版编目（CIP）数据

编涯拾掇 / 张衍著 . -- 上海：文汇出版社，2025.2
ISBN 978-7-5496-4114-7

Ⅰ.①编… Ⅱ.①张… Ⅲ.①中国文学－当代文学－
作品综合集 Ⅳ.① I217.2

中国国家版本馆 CIP 数据核字（2023）第 169015 号

编涯拾掇

著　　者 / 张　衍
责任编辑 / 乐渭琦　周卫民
装帧设计 / 张　晋

出版发行 / 文匯出版社
　　　　　　上海市威海路 755 号
　　　　　　（邮政编码 200041）
经　　销 / 全国新华书店
照　　排 / 上海歆乐文化传播有限公司
印刷装订 / 上海颛辉印刷厂有限公司
版　　次 / 2025 年 2 月第 1 版
印　　次 / 2025 年 2 月第 1 次印刷
开　　本 / 890×1240　1/32
字　　数 / 220 千
印　　张 / 13.75

书　　号 / ISBN 978-7-5496-4114-7
定　　价 / 68.00 元